I0831916

Metamorfos Celestiais - Livro 1

Fragmentos de Vênus

Tjalara Draper

Tradução de
Naiara M. Floriano

Esta é uma obra de ficção. Nomes, lugares, eventos e acontecimentos são produtos da imaginação do autor ou usados ficcionalmente. Qualquer semelhança com pessoas reais, vivas ou mortas, é mera coincidência.

www.tjalaradraper.com

Edição de: Kristin Andrews

Design da capa de: Tjalara Draper Criações

Design dos capítulos: Tjalara Draper Criações

❀ Created with Vellum

Para meu marido Kevin,
Minha rocha, minha alegria e meu melhor amigo.
Muito obrigado por acreditar em mim e por ler este livro mesmo não gostando de fantasia e achando que dedico tempo demais aos "meus dragões e fadas bobos".
Te amo para sempre.
Beijos Beijos Beijos

CAPÍTULO 1

DEIXANDO PARA TRÁS

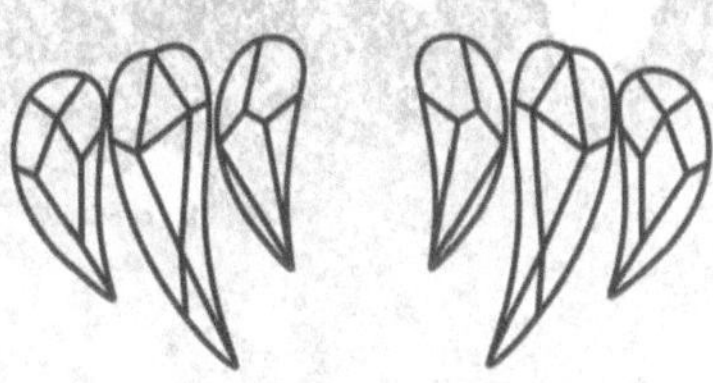

Nathan Delano vagou pela sombria sala de estar da cabana, observando seus passos com cautela. As luzes da polícia lampejaram extravagantemente nas inúmeras poças e manchas escarlates, à medida que ele cumprimentava cada erathi uniformizado por qual passava.

Humanos, lembrou a si mesmo, meneando a cabeça. Mesmo depois de todos esses anos, a palavra *erathi* ainda vinha primeiro à sua mente.

A Detetive Judith Walker usava luvas para inspecionar o pesado dispositivo de trava da porta de um dos quartos. Quando percebeu que ele se aproximava, acenou.

— Oi, Jude — ele disse, mais uma vez varrendo a sala com o olhar. — Qual é a situação?

— Olá, Delano. — Ela arrancou as luvas com um estalido e apontou para um saco de cadáver preto que estava sendo fechado por um paramédico. — Uma adolescente morta.

— Sabemos quem é?

— Sim. É a garota Branstone, que estava desaparecida. — Jude entregou seu celular a ele. — Aqui, dê uma olhada. Tirei essas quando cheguei.

Nathan deslizou pelas fotografias que Jude fez, reconhecendo imediatamente a vítima loura, Lyla-Rose Branstone. Em um terrível contraste com o largo sorriso da foto do anuário, na ficha do caso, seus olhos estavam abertos e vidrados. Quatro fendas horríveis foram talhadas na lateral de sua cabeça, indo de trás da orelha até o seu queixo. A própria orelha estava cortada em vários pontos.

— Veja isso. — Jude esticou a mão sobre ele para ampliar o local entre o pescoço e o ombro da vítima. — Se eu não soubesse das coisas, teria pensado que isso era algum tipo de marca de mordida estranha.

Seis perfurações ensanguentadas formavam um arco incompleto com uma lacuna no topo, situadas logo abaixo da clavícula esquerda de Lyla. As duas marcas internas eram as menores, enquanto as do meio eram da espessura de uma caneta esferográfica.

O peito de Nathan se comprimiu. *Não. Aqui não. Não em Brookhaven.* Somente uma espécie produzia aquela distinta marca de mordida: sua própria raça, os veniri.

E ele passara os últimos quinze anos escondendo-se deles.

— Encontraram alguma arma? — Nathan perguntou, esperando que Jude não tivesse percebido a mudança de assunto.

Ela balançou a cabeça.

— Nada. Pelo menos, ainda não. Um veículo abandonado foi localizado no final da estrada. Enviei um agente para dar uma olhada. Ainda tenho que verificar as imediações por mim mesma.

Nathan assentiu e devolveu o telefone.

— E as testemunhas?

— O proprietário desta cabana mora mais abaixo da colina. Ele e sua esposa estavam indo para a cama quando ouviram gritos vindos desta direção. Ele veio averiguar e ligou para o nove-um-um logo depois de encontrar a vítima.

Um músculo se contraiu no maxilar de Nathan.

— Ele viu mais alguma coisa? Talvez um relance de quem fez isso?

Ela negou.

— Quem quer que estivesse aqui já tinha ido embora quando ele... — Uma melodia, vinda do telefone de Jude, a interrompeu. — É uma das minhas filhas — ela falou, olhando para a tela. Deu a Nathan um olhar de desculpas.

Ele fez um gesto para ela atender.

— Eu cuido disso.

— Obrigada, Nathan. — Ela afagou seu ombro, antes de rapidamente aceitar a ligação e seguir direto para a saída. — Oi, docinho...?

Enquanto os dois paramédicos com o saco de cadáver a seguiam, Nathan virou-se para a sala. Hora de começar a trabalhar.

O casebre pitoresco tinha, possivelmente, várias gerações de idade, provavelmente construído por um dos ancestrais do proprietário. Tapetes de malha e de retalhos adicionavam um toque acolhedor, ou pelo menos teriam, se não estivessem amarrotados por entre os móveis descascados. Um suporte de arma decorativo estava montado em uma das paredes de madeira expostas, juntamente com uma coleção de cabeças de animais em placas: cervos, raposas, um urso, uma zebra e um tigre. Nathan nunca entendera o desejo humano por troféus, a necessidade de exibir os pedaços e peças de seus alvos com orgulho.

Com deliberada precisão, escolheu seu caminho através do caos, absorvendo os detalhes de cada sulco, respingo e mancha de sangue e, periodicamente, tirando algumas fotos. Suas botas faziam ruído no piso de madeira a cada passo que dava. Quando chegou na porta dos fundos, que estava escancarada, uma rajada de vento gelado mordeu seu rosto e pescoço, e ele levantou a gola e apertou seu casaco. Espreitando a escuridão, Nathan puxou uma profunda lufada do ar frio da noite.

Um comichão familiar rastejou para baixo de sua língua.

Olhou para trás, assegurando-se de que nenhum dos oficiais restantes estavam prestando atenção. O comichão se transformou em um feroz formigamento à medida que ele deixava a transformação simples tomar seu curso.

Em questão de segundos, uma língua bifurcada disparou por entre os lábios dele como um chicote e, então, tremulou de volta para dentro de sua boca. Ele avaliou os aromas e sabores noturnos, o buquê de fragrâncias remanescentes das atividades daquela noite.

A habilidade dos veniri de farejar a essência de uma pessoa, ou a fragrância de sua alma, era algo com que Nathan fortemente contava em seu trabalho erathi, como detetive. Deduzir os mecanismos internos da cena de um crime era muito mais fácil quando podia farejar as intenções e emoções residuais do momento. Mas com todos os policiais extras, paramédicos e civis vagueando pelo local durante a última hora, dessa vez ele precisaria de mais do que apenas sua língua para isolar a informação de que precisava.

Ele analisou as estrelas. Eram quase espantosamente luminosas, mas nenhuma delas era mais brilhante do que Vênus, cintilando logo à frente, recortada contra os galhos da árvore. Nathan fechou os olhos e respirou fundo, aquecendo-se nos raios venusianos.

Por trás de suas pálpebras fechadas, finas membranas deslizaram sobre ambos os olhos. Quando piscou e os abriu novamente, o cenário diante de si ainda estava banhado em escuridão — até ele fustigar sua língua bífida. Desta vez, os rastros de alma iluminaram-se como tentáculos de fumaça, feixes reluzentes contra a escuridão da noite. Cada um reluzia uma nuance diferente do arco-íris, conduzindo para além da floresta.

Resíduos de folhas crepitaram e foram triturados debaixo de seus pés quando ele saiu do casebre. Os rastros começavam a desvanecer, mas pulsaram de volta à vida com outro movimento de sua língua. Em toda amostra de ar, ele processava os sabores impregnados em cada rastro de alma, reunindo informações valiosas.

Após alguns instantes de caminhada, suas botas bateram em alguma coisa. Ele deslizou suas membranas nictitantes para trás dos olhos e puxou sua lanterna. Os raios incandescentes revelaram um homem de moletom e calça jeans caído de costas. Perto dele, a cerca de trinta centímetros de distância, outra pessoa jazia estendida no chão — uma adolescente. Manchas de um vermelho profundo salpicavam suas roupas.

Quando os raios da lanterna iluminaram seu rosto, ele sussurrou um palavrão. Outra garota de um dos seus casos. *Violet Chambers, 16 anos de idade. Tutores legais: Norman e Connie Hopkins. Endereço: Rua Daisy Crescent, número 42. Desaparecida. Vista por último por volta das 23:15 horas, na quinta-feira, 18 de julho.*

O cabelo castanho-escuro estava emaranhado com sangue, sujeira e folhas. Comparada com a foto, suas feições estavam vazias. Cortes e hematomas enlameados cobriam a maior parte do seu rosto e o olho direito estava quase imperceptível, devido ao inchaço que o envolvia.

Nathan baixou a cabeça, cobrindo seu rosto com as mãos e massageando exaustivamente as têmporas. Depois de respirar fundo algumas vezes, ele estendeu a mão até o pescoço dela, em busca de uma pulsação.

Uma batida tênue pulsou contra seus dedos.

* * *

Nathan rapidamente refez seus passos de volta ao casebre, tomando cuidado para evitar encontrões na jovem em seus braços. Violet soltou um gemido baixo.

— Aguente firme — ele disse. — Estamos quase lá.

Ele irrompeu pela porta dos fundos e atravessou o cômodo em direção à porta da frente.

— Preciso de um paramédico!

A atenção de Jude passou para ele imediatamente. Ela ofegou, os olhos arregalados e, em seguida, bradou algumas ordens. Em segundos, dois paramédicos trouxeram uma maca. Nathan colocou seu pacote e deu um passo para trás, dando espaço aos paramédicos para executarem seu turbilhão de procedimentos coreografados.

Os próximos instantes foram um borrão, à medida que ele relatava a Jude o que tinha encontrado, deixando de fora a descoberta do segundo corpo. Esclareceu tudo apressadamente, pois precisava limpar logo aquela bagunça — antes que alguém encontrasse e começasse a fazer perguntas. Principalmente Jude.

Sua mandíbula tensionou enquanto a estudava. O queixo estava apoiado em uma das mãos, em sua característica pose reflexiva. Quase podia enxergar suas engrenagens mentais dividindo e analisando os novos pedaços de evidências que ele havia fornecido. Sua inteligência e intuição sempre o impressionaram; era isso que fazia dela uma ótima policial. E também era isso que o fazia trabalhar dobrado para mantê-la no escuro. Ela nunca poderia descobrir quem foi o responsável por esta confusão infernal. Sua vida estaria em perigo, sem mencionar a dele próprio.

Riu consigo. A quem estava enganando? Sua vida já estava em risco há anos.

Seu sopro zombeteiro rompeu o estupor de Jude. Ela sacudiu a cabeça e direcionou sua atenção para ele.

— Desculpe por me distrair. Só estava pensando.

Ele lhe deu um sorriso, mas não respondeu.

— Aqui. — Ela alcançou o carro em que Nathan estava apoiado e puxou uma garrafa térmica vermelha. — Beba um pouco de café. Talvez ainda esteja quente.

Ele tomou um gole, encolheu-se e se forçou a engolir o líquido morno e amargo.

— Credo, talvez com um pouco de açúcar na próxima. — Limpou sua boca com a manga.

— Não temos tempo para o açúcar — disse Jude, sorvendo um longo gole da garrafa.

Por sobre o ombro dela, Nathan percebeu que um dos paramédicos gesticulava para eles.

— Acabou a pausa para o café. Estamos sendo convocados.

Se dirigiram até a ambulância e Nathan cumprimentou o paramédico que estava ao lado da maca com um aceno.

— Como está a vítima?

— Ela está consciente e estável, por enquanto. Demos a ela uma dose de morfina, para ajudar com a dor, até que possamos levá-la para o hospital.

Nathan assentiu.

— Se importa se eu fizer a ela algumas perguntas?

O paramédico deu de ombros.

— Você pode tentar. Pode ser que consiga obter algo dela, mas talvez não muito esta noite.

Nathan se aproximou da garota.

— Como você está, menina? Está bem aquecida?

Ela olhou para ele com os olhos enormes e vidrados.

— Seu nome é Violet, não é?

Após alguma hesitação e um ligeiro olhar para Jude, ela concordou com a cabeça.

— Violet, consegue me falar o que aconteceu?

Nenhuma resposta.

— Consegue nos dizer quem fez isso com você? — Jude perguntou.

O estômago de Nathan revirou com a pergunta. A fisionomia de Violet ficou distante. Por fim, ela meneou sua cabeça e desviou o olhar.

Nathan se acalmou.

— Está tudo bem, Violet. Você está segura.

Uma de suas mãos apertava a parte de cima da manta térmica prateada. Havia sangue seco debaixo das suas unhas e metade da unha de seu dedo indicador tinha sido plenamente arrancada. As articulações estavam raladas e ensanguentadas. O que quer que tenha acontecido com essa garota, ela certamente lutara muito para se defender.

A mente de Nathan disparou, imaginando os horrores que ela deve ter enfrentado, enquanto gritava e implorava ao seu agressor para parar. Uma raiva ardente ferveu no fundo do seu estômago. Seus cotovelos começaram a queimar, à medida que os gritos em sua mente ficavam mais e mais altos. Uma sensação de corte substituiu a queimação em seus cotovelos e ele sentiu as mangas do seu casaco começarem a rasgar. Precisava retomar o controle de si mesmo, *rápido*.

Mas o rosto feminino que gritava em sua mente não era mais o de Violet. Transformara-se na...

Pare! Nathan fechou seus olhos e virou o rosto para longe de Violet. Respirou profundamente, forçando-se a se acalmar até que as lâminas em seus cotovelos se fundissem novamente em sua carne.

Voltou-se novamente para a garota.

— Violet...

— Ele tinha uma tatuagem — ela falou, com uma voz estridente.

O choque o dominou. Os olhos azul-cinzentos capturaram os dele, com uma repentina e acentuada intensidade.

— Uma tatuagem? Que tipo de tatuagem? — Jude interrogou, puxando seu celular.

As próximas palavras de Violet foram lentas e ponderadas.

— Ele tinha uma tatuagem de um escorpião de cristal, bem aqui. — Ela apontou para a lateral do seu pescoço.

Nathan franziu o cenho e coçou a cabeça.

— Tem certeza? — Jude perguntou, tomando mais anotações em seu telefone.

Violet assentiu.

— Ele era seu amigo? — indagou Jude.

— Eu... — Ela torceu o rosto, pressionando os olhos cerrados. Depois de alguns segundos, soltou um soluço silencioso. — Eu... não... não consigo me lembrar.

— Está tudo bem — Jude disse delicadamente.

Violet virou-se para Nathan, uma lágrima rolando por sua bochecha inchada.

— Eu não sei quem ele é — sussurrou.

— Está tudo bem, Violet. — Ele deu uma leve palmadinha em seu ombro.

A película prateada amassou-se à medida que ela agarrava a manta térmica com as duas mãos, todo o seu corpo tremendo com o choro silencioso. As lágrimas esculpiam trilhas limpas através do sangue e da sujeira em seu rosto.

— É o bastante por hoje — falou o paramédico. — Já a deixamos aqui por tempo demais. Devemos levá-la ao hospital.

Nathan e Jude se afastaram, enquanto Violet era levada para a parte de trás da ambulância. As luzes dos faróis acenderam-se e o motor ganhou vida.

Jude soltou um suspiro pesado.

— Imagino que devemos continuar com os procedimentos no local onde você encontrou... — Outra vez, o toque do telefone a cortou. Ela verificou seu relógio de pulso e estalou a língua. — É a minha filha de novo. Ela esteve bem doente, e com os turnos longos que tenho feito, ultimamente...

— Está tudo bem, Jude. Se precisa voltar para casa, apenas vá.

Jude franziu os lábios.

— Na verdade, eu não deveria.

— Sim, deveria. Suas filhas precisam de você. — Ele afagou

seu ombro. — Está aqui há mais tempo do que eu, de qualquer forma. Eu vou lidar com essa bagunça.

Ela hesitou.

— Tem certeza de que você não se importa?

— Nem um pouco. — Ele a conduziu até seu carro. — Vá para casa e dê um beijo de boa noite nas suas filhas.

Jude ofereceu a ele um sorriso cansado e endireitou um pouco seu corpo, como se um fardo pesado tivesse sido retirado de seus ombros.

— Obrigada, Nathan. Sempre posso contar com você.

Duas horas depois, Nathan estava ao lado do seu carro vendo a última viatura distanciar-se do local. Assim que os faróis afundaram na noite, ele passou por baixo da fita policial e caminhou de volta para a cabana.

Estava na hora de encerrar essa investigação.

Por mais que odiasse alterar as evidências, os casos envolvendo metamorfos eram melhor serem deixados para trás. O que Jude não sabia, não poderia manter ela e suas filhas acordadas à noite.

Ele precisava se livrar do segundo corpo, mas primeiro, tinha mais uma coisa que precisava fazer. Violet havia se lembrado de uma tatuagem e, se ela a visse outra vez, todo o inferno se libertaria.

O vento chicoteava ao seu redor, enquanto apertava os olhos para a escuridão da cabana. Nada. Piscando, ele ergueu o rosto para o céu e, como antes, procurou Vênus. A radiante estrela vespertina cantava para ele, em uma melodia suave que somente ele conseguia ouvir, e seu corpo reagiu, as pálpebras internas contemplando a existência uma vez mais.

Ele atiçou sua língua e a escuridão inundou-se com coloridas brumas fosforescentes, cada nuance do brilhante arco-íris aceso com seu próprio conjunto de sabores. A luz etérea começou a desvanecer, mas, com outro movimento, pulsou de volta à claridade vívida.

Como um cão de caça ele seguia os rastros, virando para a esquerda ou direita de acordo com o impulso de sua língua bifurcada. Mas diferente de um farejador, no lugar de odores, ele seguia emoções e intenções, desejos e interesses, a mistura única que compõe a alma de um ser vivo.

Aos poucos, neutralizou a conhecida essência de Jude e dos outros oficiais e paramédicos, reduzindo o arco-íris para menos cores. Isolou rapidamente a essência de Violet, bem como a da garota morta, e também as neutralizou. Somente alguns rastros permaneceram.

Ele convocou sua energia venusiana interior e, como uma lufada de névoa no inverno, expeliu parte dela sobre os rastros restantes, iluminando-os e aprimorando-os contra a escuridão. Nuvens de luz sutis se reuniram em várias áreas. Eram ecos de momentos passados — capturas instantâneas da emoção mais forte do alvo. Com outra lufada de energia venusiana, canalizou sua atenção nesses pontos até os rostos nublados entrarem em foco. Inspecionou cada um deles, até encontrar o que estava procurando.

Nathan soltou um suspiro carregado. Bem ali, no eco vaporoso do pescoço do homem, estava uma tatuagem de um escorpião de cristal.

Ignorando suas emoções crescentes, Nathan continuou a seguir o rastro de volta para a noite.

CAPÍTULO 2

PALADAR AGREDIDO

VIOLET DESPERTOU; ALGUÉM HAVIA SE APODERADO DO SEU BRAÇO. Memórias claras de seu sequestro passaram por sua mente, e ela o puxou de volta.

— Está tudo bem, Violet — disse uma voz feminina. — Eu estou apenas verificando os seus sinais vitais.

O pavor de Violet diminuiu quando ela reconheceu a enfermeira ao lado do seu leito. Recostou-se nos travesseiros novamente e esfregou seus olhos.

— Vou verificar sua pressão arterial, certo?

Antes que Violet pudesse responder, a enfermeira posicionou o aferidor de pressão e ligou a bomba elétrica. O aperto no braço de Violet já estava ficando desconfortável quando a enfermeira liberou a pressão e fez anotações no registro. E então, passou a verificar energicamente a temperatura e o seu ritmo cardíaco.

Violet repreendeu-se silenciosamente. Já deveria estar habituada à essa rotina, considerando que uma enfermeira verificava seus sinais vitais a cada seis horas, mais ou menos. Estava sendo bem cuidada pelas enfermeiras e médicos do Brookhaven Hospital, mas isso não mudava o quanto odiou estar ali. No que lhe dizia respeito, todos os hospitais eram desagradáveis, com as suas paredes totalmente brancas, os cartazes médicos promocionais de "Pergunte ao seu médico" e as fragrâncias de fluidos corporais infectados mesclados com o forte odor antisséptico que comprimiam os narizes.

Mas até mesmo os cheiros e o ambiente eram infinitamente mais suportáveis do que a dor permanente do que os hospitais representavam para ela — o lembrete doloroso de que sua mãe a tinha abandonado em um destes edifícios frios e solitários logo depois de ter dado à luz. Violet já desistira há muito tempo da ideia de que sua mãe um dia voltaria para reivindicá-la, mas isso não impedia a sua tristeza de ressurgir toda vez que era obrigada a entrar em um desses lugares esquecidos por Deus.

— Hmm — disse a enfermeira, escrevendo algumas observações na prancheta, na extremidade da cama de Violet. — Suas lesões estão cicatrizando muito bem, mas você ainda está apresentando uma febre baixa. Vou me certificar de que receba outra dose de Tylenol.

Violet assentiu e, pestanejando para afastar a ardência das lágrimas, engoliu o caroço crescente em sua garganta.

Apesar do grande peso das emoções, ficar no hospital ainda era preferível à sua outra alternativa. Um ligeiro tremor correu pelo corpo de Violet com o pensamento de ser enviada de volta aos seus tutores.

A enfermeira fez uma careta.

— Está com frio?

Violet respondeu com um pequeno aceno. Era melhor do que explicar o verdadeiro motivo. Como poderia encarar seu "lar" agora que Lyla-Rose se foi? Lyla fora sua tábua de salvação, a fagulha na escuridão, a brisa sob suas asas quebradas. Lyla fizera com que Violet seguisse em frente, sua única amiga no mundo. E agora, também partiu.

— Vou pegar um cobertor quente para você. — A enfermeira deu-lhe um sorriso reconfortante e saiu do quarto.

Violet olhou para o padrão sem graça das placas do teto, tentando respirar através do aperto cada vez maior em seu peito.

Morta. Lyla está morta.

Dessa vez, nem mesmo tentou afastar as lágrimas. Desciam em cascata por suas bochechas, e ela afundou seu rosto no travesseiro. As dores e o sofrimento, que não tinham cicatrizado completamente, rugiram de volta à superfície enquanto seu corpo tremia com os soluços.

Os últimos dias foram obscuros, nublados pela dor e emaranhados em uma sequência constante de enfermeiros, médicos, assistentes sociais e oficiais da polícia. Os oficiais a questionavam sobre cada detalhe. *O que aconteceu? Quem?* Mas não importava o quanto Violet tentasse, ainda não fora capaz de se lembrar de nada — com exceção de uma imagem intensa. Uma tatuagem no pescoço, um escorpião de cristal.

Violet fechou os olhos e enterrou as pontas dos seus dedos na cabeça. *Vamos lá. Pense! Tente se lembrar.* Nada mudou. Suas memórias continuavam trancafiadas. No espaço de alguns segundos, o medo afastou sua frustração. O que havia de errado com ela? Por que não conseguia se lembrar?

Conversas fracas interromperam os pensamentos de Violet. Conforme iam aumentando, ela foi reconhecendo a voz barítono do seu médico e a voz mais suave da sua assistente social, Miranda. A julgar pelo tom do diálogo, estavam discutindo alguma coisa séria.

Violet rapidamente se aninhou em seus travesseiros e fingiu dormir enquanto os dois paravam do lado de fora da sua porta.

— Não podemos mantê-la aqui para sempre, Miranda.

— Eu sei, eu sei... Eu tinha esperanças de ter outro lar pronto para ela a essa altura mas, na sua idade, está se tornando quase impossível.

Um leve pânico começou a se agitar no peito de Violet.

— Eu entendo, mas ela está aqui há quase duas semanas, e

isso é apenas porque não estamos com excesso de pacientes no momento. Ela está mais do que pronta para ter alta. Eu não dirijo um centro de reabilitação aqui.

— Você está certo. Eu entendo. E nem posso lhe agradecer o suficiente por mantê-la aqui por mais tempo do que o necessário. Só não consigo suportar a ideia de levá-la de volta para aquelas pessoas horríveis.

— Gostaria que houvesse mais que eu pudesse fazer para ajudar. De verdade. Mas por enquanto, tudo o que eu posso oferecer é o restante da tarde. Precisa levá-la hoje.

— Obrigada, eu compreendo, de verdade. Isso deve ser tempo o bastante para fazer mais algumas ligações.

— Ótimo. Por ora, vamos deixá-la dormir. Vou garantir que uma das enfermeiras lhe entregue os formulários da alta.

Passos se distanciaram no linóleo do hospital.

Os olhos de Violet se abriram.

Hoje. Miranda estava levando-a para casa *hoje*. Suas sobrancelhas se apertaram enquanto ela analisava suas opções. Claro, não tinha nenhum outro lugar para ir, mas ela já tinha dezesseis anos. Não era mais uma criança. Podia cuidar de si mesma — pedir carona para a cidade, encontrar um emprego, passar despercebida até o serviço social esquecer-se dela. O plano não era infalível, mas não iria voltar para um orfanato, de jeito nenhum. Disso tinha certeza. Estava farta.

Ela afastou seu cobertor e estremeceu. Outra coisa da qual tinha certeza era de que precisava de alguns analgésicos para a viagem.

Alguns momentos depois, Violet estava vestida e com sua pequena bolsa de brim, repleta com os poucos pertences que Miranda recuperara para ela, pendurada em seu ombro. Enfiou a cabeça no corredor e olhou para os dois lados, antes de sair do quarto.

Ao longo dos anos, ela havia se tornado uma profissional em esgueirar-se. Ficou longe dos postos de enfermagem e saía do corredor sempre que passava alguém que pudesse reconhecê-la. Com um pouco de sorte, chegou na farmácia do hospital sem qualquer problema.

A persiana da janela de pacientes estava fechada, assim como a porta de acesso, ao lado. O farmacêutico devia estar fazendo as rondas da ala hospitalar ou saíra para almoçar. Olhando casualmente em volta para se certificar de que ninguém estava vendo, Violet vasculhou sua bolsa e retirou alguns grampos de cabelo. Forçando um deles com os dentes, ela distorceu o metal e, então, prendeu seus arrombadores improvisados na fechadura da porta da farmácia, com uma destreza adquirida de horas de prática.

Clique.

Perfeito. Ela abriu minimamente a porta.

— Sabe — disse uma voz profunda atrás dela —, fugir do hospital é uma coisa, mas roubar medicamentos é um atalho para o reformatório.

Violet congelou. Mal tinha aberto um centímetro da porta. Próximo a ela, um homem estava encostado na parede bem ao lado da porta da farmácia — um dos policiais que a visitaram e questionaram com frequência sobre o assassinato de Lyla. Ele não estava olhando para si. Pelo contrário, inspecionava suas unhas despreocupadamente.

Ela deu uma olhadela em direção à saída do hospital, no extremo oposto do corredor.

— Eu não faria isso se fosse você — ele avisou. — Vou te derrubar e algemar antes mesmo que o sensor da porta de correr registre a sua existência.

Violet franziu as sobrancelhas. Com as costelas, coxa e tornozelo ainda não curados completamente, ele provavelmente estava certo.

— Mas uma coisa que eu *iria* fazer — ele continuou — seria considerar muito cuidadosamente quais decisões tomar de agora em diante.

Olhou-a de soslaio.

— Se você fizer algumas escolhas sensatas, é provável que eu esqueça de dizer algo à minha parceira e ao superintendente do hospital. Sem mencionar a Miranda. Ela ficaria arrasada se soubesse o que você anda aprontando. Ela ficou te elogiando o tempo inteiro.

Violet hesitou, mas a antecipação nos olhos castanho-amarelados dele avisaram-na para agir depressa, ou ele agiria. Bufando de forma infantil, ela removeu os grampos de cabelo da fechadura e soltou a porta, que se fechou lentamente em um chiado pneumático. Toda sua adrenalina se esgotara, deixando apenas a vergonha. O policial provavelmente a delataria, de qualquer maneira, e Miranda iria matá-la.

— Por aqui, menina — disse o policial.

Ele se dirigiu ao fim do corredor, na direção contrária à porta do hospital. Violet lançou um olhar pesaroso àquela saída para a liberdade. Ainda podia fugir; o policial nem se incomodou em verificar se ela estava mesmo seguindo-o.

Encolheu-se. *A quem estou querendo enganar?*

Com um suspiro derrotado, Violet se arrastou atrás do policial, porém, depois de alguns passos, começou a estranhar. Ele não estava guiando-a de volta ao quarto. Ao invés disso, passou por uma porta de vidro e a segurou aberta para si.

— Esse não é o meu quarto.

— Eu sei — foi tudo o que ele falou, quando fez um gesto para ela passar.

O mundo em que acabara de entrar era um contraste completo com o hospital esterilizado: os jardins botânicos da instituição. Árvores erguiam-se, muito acima. Ao invés de paredes totalmente brancas, cada tom de verde imaginável descia e subia em todas as direções, somente rompidos por uma vasta gama de flores resplandecentes. A água escorria sonoramente por uma parede de matéria rochosa junto à porta e uma brisa delicada, carregada com os aromas da terra enriquecida e florida, afugentava o cheiro de antisséptico.

Outros pacientes encontravam-se vagando pelo caminho trançado ou sentados nos bancos disponíveis. Uma enfermeira empurrava a cadeira de rodas de uma senhora idosa, mas parou para permitir que sua paciente alisasse uma flor mais baixa com a mão enrugada.

— O que estamos fazendo aqui? — Violet perguntou.

— Lembrando por alguns minutos que a vida nem sempre é uma droga.

Ele avançou alguns passos pela trilha e acomodou-se em um banco com vista para o pequeno lago, que era alimentado por uma cachoeira artificial.

Violet franziu as sobrancelhas. Qual era o problema desse cara? Tinha acabado de apanhá-la tentando roubar drogas e, em vez de se gabar, queria relaxar na natureza?

Depois de alguns instantes, Violet se aproximou e atirou-se na extremidade oposta do banco. Espiou-o pelo canto dos olhos. Ele estava com os olhos fechados e seu rosto estava inclinado para cima, captando porções de luz solar que pontilhavam através das folhas. Imaginava que ele talvez tivesse quarenta e poucos anos, julgando por alguns fios prateados em seu cabelo escuro e a barba grisalha, ainda por fazer, ao longo da mandíbula quadrada. As rugas em torno de sua testa, olhos e boca o deixavam com um ar de estou-prestes-a-chutar-sua-bunda, e sua altura imponente e corpo musculoso só aumentavam sua margem de intimidação.

Ainda assim, Violet não se sentiu assustada ao lado dele da maneira que tinha se sentido com os polícias anteriores — os quais gostavam de usar seus distintivos e músculos para atormentar os criminosos da tão chamada justiça. Sentia algo tranquilizador nele.

— Então, menina, quer me contar por que estava tentando fugir?

Violet segurou nas pontas das mangas de seu suéter, fitando a carpa laranja que deslizava vagarosamente pela água.

— Eu não estava tentando fugir.

— É mesmo? Então do que você chamaria isso?

Ela dobrou as pernas no assento e abraçou os próprios joelhos.

— Eu estava...

Passaram-se alguns instantes silenciosos. Ela não conseguiu terminar a frase. Não havia razão. O policial devia estar ensaiando mentalmente o seu discurso, incluindo ameaças de usar seu taser para fazê-la voltar aos terríveis tutores. Porque era a coisa certa a se fazer. Porque ela não tinha idade suficiente para tomar conta de si mesma. Blá-blá-blá...

Em vez disso, ele abriu o zíper do casaco até a metade, encontrou e puxou um pacote de papel branco. Abriu-o e o segurou na sua frente, revelando algum tipo de doce no formato de discos pretos. Ela pegou um. Ele pegou outro e o jogou na boca antes de colocar o saco de volta no casaco.

Violet inspecionou os dois lados do disco. Um lado era liso, enquanto o outro tinha uma imitação em relevo de algum tipo de moeda europeia. Com um pequeno dar de ombros, Violet colocou o disco em sua boca. Imediatamente, sua língua quis se suicidar. Seu rosto inteiro se distorceu, enquanto os sabores intensos do sal e do alcaçuz revestiam sua boca.

— Mas o q...? — ela exclamou, pouco antes de cuspir, involuntariamente, a gosma elástica no jardim atrás de si.

Gorjeou sons contínuos de nojo, à medida que tentava eliminar o sabor persistente. Quando isso não funcionou, ela esfregou a língua em sua manga.

— Que desperdício — falou o policial.

Sua expressão detinha uma pitada de diversão.

— O que *é* essa coisa?

— Nesta parte do mundo, é chamado de alcaçuz holandês.

Todo o rosto de Violet se contraiu, em repulsa.

— Eca! Lembre-me de nunca mais colocar um desses na minha boca.

O contentamento dele transbordou em um sorriso.

— Ora, vamos. Não é tão ruim assim.

— Está de brincadeira? Eu prefiro lamber a estrada! *Que nojo*!

Ele gargalhou, uma ressonância grave do fundo de seu peito.

— Violet, aí está você!

Violet voltou-se para Miranda, que irrompeu pela porta a alguns metros de distância. Seu rosto estava calmo, mas os olhos estavam em chamas. *Epa, ela está furiosa.*

— O que significa isso? — exigiu Miranda. — Por favor, não me diga que estava tentando fugir *de novo*? Acha mesmo que viver nas ruas é uma alternativa melhor? Já é ruim o bastante que aquela garota tenha morrido, e agora você...

— Está tudo bem — outra voz a interrompeu. Outra policial que Violet reconhecia, uma mulher de meia-idade, apareceu por trás de Miranda e tocou seu ombro. — Nós a encontramos.

Violet se enroscou em uma bola e abraçou as pernas novamente. Seus olhos pinicaram com novas lágrimas.

— Vamos, Miranda — disse a policial, conduzindo-a para longe de Violet. — Que tal termos uma conversa? Nathan, importa-se?

— Já volto, menina. — Ele afagou seu ombro e foi se reunir com as duas mulheres.

Eles se amontoaram a poucos metros de distância, perto o suficiente para que conseguissem manter os olhos em Violet — e perto o bastante para que ela ainda pudesse ouvir a conversa, apesar do tom abafado.

— Me desculpe, Jude — disse Miranda.

— Não precisa se desculpar comigo.

— Eu sei. Eu só estou... não sei o que fazer. Entendo porque ela está fugindo. De verdade. Eu faria a mesma coisa, em seu lugar. Estou fazendo ligações há dias para tentar achar um novo lar para ela, mas até mesmo os meus abrigos de emergência estão além da capacidade. Eu só...

Ela baixou a cabeça nas mãos e deu um gemido contido de frustração.

— Eu entendo você, Miranda — falou Jude. — Também não gosto da ideia de levá-la de volta para aquelas pessoas. Raios, se eu já não estivesse criando duas filhas sozinha, ofereceria a ela uma cama num piscar de olhos.

— Obrigada, você é muito gentil. E você também, Nathan. Obrigada por se certificar de que ela não fosse embora. Não sei o que eu faria se ela tivesse desaparecido novamente.

— Ela pode ficar aqui por mais uma noite? — Nathan perguntou.

Miranda meneou a cabeça.

— Já tentei isso. Violet já permaneceu além do permitido. Tenho que levá-la hoje e o máximo que posso oferecer no momento é um orfanato, nos limites da cidade; pelo menos, até que eu possa encontrar uma casa disposta a assumir uma adolescente de dezesseis anos. Se ao menos ela fosse dez anos mais jovem.

Violet apoiou a cabeça em seus joelhos.

— Bem, por acaso eu tenho um quarto de hóspedes que não está sendo usado — disse Nathan.

— Oh, meu Deus! Você faria? — exclamou Miranda.

— Olhe, não sei se é apropriado um policial acolhê-la ou não, mas...

— Não se preocupe — interrompeu-o Miranda. — Deixe comigo. Vai ser apenas temporário. Eu prometo.

— Nathan, tem certeza? — perguntou Jude. — Não é como acolher um filhotinho, sabe.

— Sim, eu sei. Mas a garota passou por maus bocados. Ao menos posso oferecer a ela uma cama por alguns dias. Além disso, você pode me dar algumas dicas, não é, Jude?

Jude caçoou.

— Ainda não experimentei as mudanças de humor adolescente. Deve ser um daqueles casos de cego guiando outro cego.

— E qual é a novidade?

— Ótimo, está resolvido.

Miranda sacudiu uma relação de formulários que precisava preparar, antes de levar Violet para a casa de Nathan.

— Ei, Violet — chamou Jude.

Violet levantou sua cabeça e encontrou Jude fitando-a, Nathan ao seu lado. Miranda já estava fazendo uma ligação, por trás dos dois.

— Faremos alguns arranjos temporários para você ficar no quarto extra de Nathan até que possamos encontrar acomodações melhores. — Jude inclinou a cabeça para Nathan. — Acha que pode lidar com esse cara por alguns dias?

Violet mordeu o interior de sua bochecha. A ideia de ficar com um policial era um conceito estranho. Mas que outra opção tinha? Até onde sabia sobre policiais, ele não era tão ruim. Certamente não precisava lhe dar uma chance, depois de pegá-la arrombando a farmácia e não a ter delatado. Ainda. De fato, a pior coisa que ele tinha feito até agora fora agredir suas papilas gustativas com aquele disco com sabor de alcatrão.

— Sim — ela disse, dando a eles um aceno demorado —, acho que posso lidar com isso.

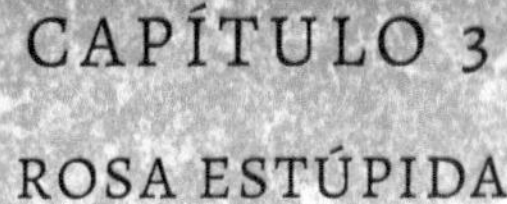

CAPÍTULO 3

ROSA ESTÚPIDA

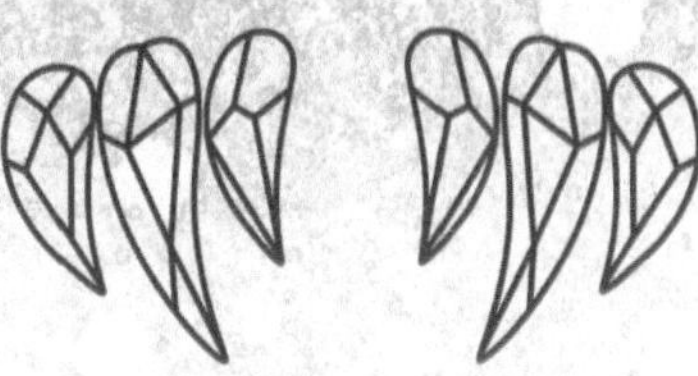

TRÊS ANOS DEPOIS

Nathan suspirou de alívio quando vislumbrou um lugar vago para estacionar próximo à entrada da faculdade.

— Deve ser meu dia de sorte — murmurou.

O jipe parou e a forma adormecida de Violet foi sacudida no banco do passageiro. Seus braços se debateram, chocando-se contra o painel, e ela gritou com os olhos ainda fechados.

Nathan se inclinou e segurou um de seus braços.

— Acorde! É só um sonho.

Ela soltou um grunhido estrangulado, lutando contra o punho dele.

— Violet!

Seus olhos se abriram e ofegos afobados substituíram os gritos. Ela olhou ao redor, as sobrancelhas franzidas em confusão. Quando avistou Nathan, voltou a se recostar no assento e gemeu.

— Desculpe, devo ter adormecido. Eu estava gritando de novo?

Nathan assentiu, os lábios em um sorriso sem dentes.

— Mesmo sonho?

Violet esfregou os olhos com as costas das mãos.

— Sim, o homem sem rosto com tatuagem no pescoço.

A familiar onda de culpa atravessou o peito de Nathan. *Aquela maldita tatuagem no pescoço.* O trauma de Violet tinha se agarrado tão intensamente a essa imagem que foi impossível suprimi-la. Ele respirou fundo e conteve um suspiro.

— Não precisa se preocupar, Vi. Foi só um sonho.

— Sim, eu sei.

Seu tom estava cercado de uma frustração crônica. Voltou sua atenção para os edifícios, do lado de fora.

— Nossa. Já chegamos.

Eles desceram do carro e recolheram as coisas de Violet da parte de trás.

Um cara com cabelo azul oleoso e uma jaqueta de vinil preta com espinhos de metal esbarrou em Nathan, fazendo-o soltar a caixa de papelão que carregava. O garoto não parou e nem pediu desculpas. Nathan rosnou uma série de palavrões enquanto se curvava para recolher o conteúdo da caixa que fora espalhado. Ele deteve-se em meio ao xingamento quando Violet parou a seu lado.

— Porra, as crianças de hoje — resmungou, remexendo com uma mão os itens rapidamente reembalados. — Se ele quebrou sua câmera, juro que vou...

— Não se estresse. Estou com ela aqui.

Violet ergueu a câmera, que estava pendurada por uma alça em volta do seu pescoço.

Nathan prendeu a caixa de forma segura, ainda carrancudo.

— Se algo estiver quebrado, pode culpar o punk de cabelo azul bem ali.

Ele projetou seu queixo em direção a um grupo de universitários com cabelos de cores excêntricas. Acompanhando o de vinil preto polido, vários deles usavam coleiras com tachas, e Nathan estremeceu quando viu um rapaz usando batom preto.

Violet olhou para eles, ajeitando o modo como segurava o travesseiro e a mala.

— Eu diria que são góticos, não punks.

Nathan bufou.

— Qual é a diferença?

Violet mordeu os lábios. Ele sabia que esse era o seu jeito de conter um sorriso.

— Bom, se você colocar óculos, velhote, vai notar a falta dos grampos e moicanos.

— Moicanos ou não, estão com sorte de eu não ir lá — Nathan brincou.

Dessa vez, Violet sorriu.

— Por quê? Tem medo que eles descubram que você cheira a naftalina?

— Só para registrar, não é naftalina. É Old Spice.

Ela jogou a cabeça para trás e gargalhou.

— Sério? Está usando uma coisa que literalmente tem a palavra *velho* no nome?

Nathan sorriu. Ela tinha uma risada tão incrível; um progresso recente para a garota que continuava a florescer e libertar-se das cascas de sua vida antiga. A imagem dela na noite em que a encontrou pela primeira vez estaria para sempre gravada em sua mente, mas a garota que estava diante de si era um contraste completo. Os olhos azul-cinzentos — nítidos, contra a moldura do seu cabelo castanho-escuro, na altura dos ombros — continham mais brilho e alegria. Quando ela sorria, as definidas e angulares maçãs do rosto tornavam-se rechonchudas e circulares; prova do quanto uma dieta saudável e exercícios haviam suprido sua estrutura, anteriormente magra.

Tivera seu aniversário de dezenove anos há algumas semanas e, conforme seu pedido, foi um churrasco discreto somente com Jude e suas filhas. Por mais que Nathan se preocupasse com ela saindo para o mundo afora, sabia que estava mais do que pronta. Ele fez o melhor que podia para prepará-la para tomar conta de si mesma. Seus instintos eram letais — desde que não entrasse em pânico primeiro.

Ele a cutucou com o cotovelo.

— Sim, sim. Vamos lá, esta coisa está ficando pesada.

Deram vários passos e, então, Nathan parou.

— Quase esqueci.

Ele equilibrou a caixa em uma mão e puxou um conjunto de chaves do bolso do seu casaco.

— A última coisa que eu quero é que algum valentão roube meu carro novo. — Apertou o botão de trava no controle.

Violet sorriu novamente.

— O quê? — Ele adquiriu um tom defensivo. — Só o tenho há uma semana.

Ela riu e balançou a cabeça.

— Fala sério. Seu jipe vai ficar bem.

Uma escadaria de pedras largas seguia do estacionamento até a entrada da faculdade, que consistia em dois pilares de tijolos vermelhos com alicerces de pedras brancas, situada dois lances acima. No topo jazia um arco preto decorativo, delimitado com ouro. O emblema da faculdade, um livro aberto apoiado por um escudo, estava posicionado na parte superior e, logo abaixo, estava escrito Monarch Grove College em prata. Os compridos portões negros estavam abertos, convidando os recém-chegados aos jardins da faculdade.

Violet parou na entrada com a testa vincada. A expressão lembrou Nathan do primeiro dia em que ela chegara em sua casa há três anos, logo depois de receber alta do hospital. Seu nervosismo era evidente naquele momento, mesmo durante a excursão por seu novo quarto.

Ele se inclinou e lhe deu uma leve cotovelada.

— Sabe aquele lance de começar de novo que você vive falando? É através destes portões.

Ela suspirou.

— Eu sei. — Contudo, não se mexeu.

— Não é aqui nos degraus, Vi.

Ele não recebeu a resposta sarcástica que estava esperando. Ao invés disso, os olhos dela ficaram mais angustiados.

— Não sei se consigo fazer isso, Nathan.

Nathan piscou algumas vezes e coçou o topo da cabeça.

— Hm... bem...

Era em momentos assim que ele gostaria de ser mais o tipo de pessoa que sabia fazer um "discurso encorajador".

— Olhe, do meu ponto de vista, você pode desistir agora e passar o resto da sua vida se perguntando 'e se', ou pode atravessar estes portões com a cabeça erguida, sabendo que merece demais estar aqui. Você vai fazer amigos, irá em festas, vai estudar muito e, então, vai sair com seu suado diploma. Seja como for, depende de você.

Ela assentiu algumas vezes, mordendo seu lábio inferior.

— Mas eu nunca fiz nada tão grande assim antes.

Nathan sacudiu os ombros.

— Sim, bem, nunca vai saber se é capaz, se não tentar.

Ela inspirou e, para o alívio dele, os cantos de sua boca se empinaram em um sorriso.

— Então, Violet. O que vai ser?

— Certo. — Ela acenou. — Eu vou tentar.

— Ótimo! Odiaria pensar que dirigimos duas horas por nada.

Ela riu e lhe deu um soco descontraído antes de passar pelos portões.

A luz do sol brilhou por entre o dossel arborizado que se curvava sobre o caminho, e a vegetação bem cuidada abaixo florescia com centenas de flores silvestres. Bancos estavam espalhados pelos jardins, a maioria já ocupada. Os prédios do campus, que seguiam genericamente o design de tijolos vermelhos com alicerces de pedras brancas, podiam ser vistos além das árvores. Os dormitórios foram fáceis de detectar pelas janelas salientes que ondulavam para dentro e para fora da fachada dos edifícios, contrastando com as janelas lineares das salas de aula e dos estabelecimentos comunitários.

O quarto de Violet ficava no segundo andar de um dos dormitórios. Eles navegaram por entre os inúmeros estudantes, pais e anfitriões da faculdade, assegurando-se de não tropeçar em nenhuma das caixas e roupas de cama que ainda não haviam chegado aos quartos.

Por fim, chegaram do lado de fora do quarto número 2052 da ala oeste. A porta estava entreaberta e Violet vacilou.

Nathan colocou uma mão em seu ombro.

— Começar de novo, lembra?

Quando ela se virou, ele ficou aliviado ao ver que sua expressão não era de medo. Pelo contrário, os olhos detinham um brilho de entusiasmo. Com um sorriso e um aceno, ela abriu a porta com tudo.

— Ai! — gritou, de dentro, uma voz masculina.

— Mas o que...? — Violet cambaleou contra Nathan e a caixa que ele carregava caiu e espalhou seu conteúdo pela segunda vez naquele dia.

A porta abriu-se novamente aos poucos, revelando um rapaz que apertava seu rosto. Alguns gemidos de dor escapavam por entre seus dedos.

— O que aconteceu? — perguntou uma voz feminina mais adiante no quarto.

O cara apenas resmungou.

Uma garota pequena, com dreadlocks castanhos que iam até sua cintura, apareceu. Ela usava uma camiseta de banda de heavy metal enorme, com shorts jeans azuis bordados com renda branca. Sua pele era dourada, seja banhada pelo sol ou bronzeada com spray; parecia que tinha acabado de sair de uma praia.

— Me mostre.

Ela arrancou as mãos do rapaz de seu rosto.

— Ai! Com cuidado, Autumn.

— Pare de agir como um bebê e me mostre.

Após um momento de inspeção, ela o soltou e deu um tapinha em seu ombro.

— Não tem sangue. Você está ótimo.

A resposta foi um grunhido de escárnio. E então ele apontou para Violet.

— Acho que esta é a sua colega de quarto.

Os dreads espalharam-se quando a garota girou em sua direção. Os olhos de Violet ficaram apreensivos. Suas mãos cobriram a boca e suas bochechas ficaram vermelhas.

— Eu sinto muito. Não sabia que... Ai, minha nossa. Você está bem?

A garota sorriu.

— Não se preocupe, ele está bem.

Ela colocou suas mãos nos quadris. Seu nariz esbelto enrugou-se à medida que inspecionava Violet de cima a baixo com seus olhos castanho-escuros.

— Então... é você a minha colega de quarto.

Mesmo a garota sendo alguns centímetros mais baixa do que os 1,76 m de Violet, ela irradiava uma intensidade que fez Violet se retrair contra Nathan.

— Sim — ela disse, depois de alguns segundos.

— Acho que você deve servir.

O garoto suspirou e revirou os olhos, por trás dela.

— Não ligue para Autumn. Mais cedo ou mais tarde, você se acostuma com o jeito arrogante. — Ele se colocou em sua frente e estendeu uma mão. — Oi, sou August.

Ele era mais alto do que Violet, mas ainda faltavam alguns centímetros para atingir o nível dos olhos de Nathan. Seu cabelo castanho-escuro estava penteado em um topete desordenado. O jeans, desbotado e rasgado, combinava com sua camiseta branca, que tinha uma pequena gola em V, e com cerca de meia dúzia de gargantilhas feitas com cordão preto, contas de pedras preciosas, cobre e prata.

Depois de uma ligeira hesitação Violet apertou a mão dele, que ostentava um bracelete turquesa desbotado, adornado com algumas pulseiras que combinavam com as gargantilhas do rapaz.

— Oi, eu sou a Violet.

— Demais. — Ele abriu um sorriso.

— Me desculpe, novamente, por te atingir com a porta.

August sacudiu a mão livre; sua outra mão ainda segurava a de Violet.

— Não precisa pedir desculpas. Não causou nenhum dano permanente. Vai ser preciso muito mais esforço para acabar com esse rostinho bonito.

O aperto de mão continuou e, pelo que Nathan calculou, parecia ser o mais longo da história. Por fim, ele pigarreou e o garoto baixou ambos, o sorriso e a mão de Violet.

Ela inclinou sua cabeça.

— Este é Nathan.

— Maneiro.

August assentiu de um jeito que lembrava a Nathan um daqueles bonecos que balançavam a cabeça. Ele estendeu sua mão.

— Legal te conhecer.

— A você também — Nathan respondeu, certificando-se de que seu timbre detivesse uma nota de advertência.

Ele conteve a tentação de esmagar a mão do rapaz, mas ainda escolheu dar um aperto mais firme do que o normal. O garoto escondeu muito bem o estremecimento de dor, porém seu alívio ficou evidente quando Nathan soltou o cumprimento.

— Então — Nathan disse, após uma pausa —, Autumn e August?

— Sim, pode culpar as nossas mães hippies — disse August.

Ele colocou as mãos nos bolsos, balançando-se nos calcanhares, e deu um sorriso tenso. Autumn gesticulou entre ela e August.

— Somos primos, nascidos com uma semana de diferença. Nossas mães são irmãs e pensaram que seria muito fofo os bebês terem nomes semicombinados.

August forçou uma risada e tentou parecer indiferente.

— Obviamente não ocorreu a elas exatamente o quão adorável ainda seria quando nos tornássemos adultos. E, caso queiram saber, eu nasci em maio, não em agosto. — Ele fez uma breve pausa. — E sim, para ser sincero, fico realmente feliz que minha mãe não me chamou de May. Mas se me perguntar...

— Pode só chamá-lo de Gus — Autumn o interrompeu.

— Certo. Gus está ótimo. — Sua cabeça voltou a acenar e ele cruzou os braços. — Então, Violet, o que acha do seu novo quarto?

— Ela ainda não o viu — disse Nathan.

Autumn bufou uma risada e as bochechas de Gus ficaram um pouco vermelhas.

Todos eles recolheram as coisas de Violet da caixa entornada e os primos conduziram-na para o interior de seu novo lar. Duas camas, duas cabeceiras, duas escrivaninhas, duas cadeiras e dois guarda-roupas espelhavam-se em ambos os lados do banco da janela saliente. À direita da entrada, uma porta levava a um banheiro pequeno e, à esquerda, ficava uma pequena cozinha com um frigobar e um micro-ondas.

Autumn já tinha, visivelmente, reivindicado o lado direito. Roupas, sapatos, cabos, painéis elétricos e uma quantidade de outros objetos estavam espalhados por toda aquela parte do cômodo. Violet largou os lençóis e cobertores na cama livre e Nathan colocou a caixa em cima da escrivaninha.

Autumn plantou-se no banco da janela, as pernas dobradas por baixo de si, e deu tapinhas no lugar ao seu lado.

— Vem cá, fique à vontade, colega.

Violet voltou seu olhar para Nathan. Ele murmurou: *Dê uma chance.* Ela lhe deu um leve sorriso e atravessou o espaço entre as duas camas para sentar-se ao lado de Autumn.

— Então, Violet, o que te traz à Faculdade Monarch Grove? — Autumn perguntou.

— Hm, nada em especial. — Violet pegou uma almofada e colocou-a em seu colo. — Vou apenas fazer fotografia.

Nathan cruzou os braços. Odiava quando Violet subestimava seus talentos. Desde o dia em que pegara sua velha câmera empoeirada, ele soube que ela tinha talento para fotografia. Nunca esqueceria do sorriso em seu rosto quando comprou uma câmera nova para ela, com botões e funções suficientes para competir com uma nave espacial. As paredes da sua casa estavam revestidas com as obras emolduradas dela.

— E você? — Foi a vez de Violet perguntar.

— Vou estudar cibersegurança e engenharia de programação — disse Autumn, deitando-se e se aconchegando nas almofadas.

Ela escolheu um dreadlock e começou a enrolá-lo nos dedos. O sol fluía através da janela e realçava o tom dourado de sua pele.

— Oh. — Violet acariciava uma das franjas da almofada. — O que é isso?

— É apenas um jeito chique de dizer "hackear". — Gus desabou na cadeira de Autumn e ficou girando-a, de um lado para o outro. — Ela só quer descobrir o que as pessoas normais do campo da internet fazem nos dias de hoje para se proteger de gente como ela. — Cravou um dedo acusador na direção da prima.

Ela revirou os olhos.

— Cale a boca, Gus. Você sabe muito bem que não estaria aqui se não fosse por eu "hackear", então diminua essa sua atitude todo-poderosa e me mostre um pouco de gratidão.

Ele sacudiu a cabeça.

— Não. Eu ainda afirmo que trabalhei muito duro para conseguir aquelas notas patéticas. Você acabou de arruinar minha reputação de garoto rebelde. Sério, nem *tudo* precisa ser manipulado para se conseguir o que quer. — Apontou para o laptop dela. — Você trata essa coisa como se fosse um gênio da lâmpada que realiza desejos.

Autumn revirou os olhos.

— Que seja. Só admita o quão feliz você está por esfregar os ombros em garotas universitárias, ao invés de ficar virando hambúrgueres.

— Rá. Não se parabenize, ainda. Não esfreguei os ombros, ou qualquer outra parte do meu corpo, por sinal, em nenhuma garota universitária.

Autumn deu risada.

— Espere, aguenta aí — falou Violet. — Está falando sério? Você realmente hackeou a rede da sua escola para mudar as notas dele?

— *Hackeou* é uma palavra tão grosseira — disse Autumn. — Gosto de pensar que estava fazendo um favor ao mundo. Não só ajudei um primo, como também descobri que o nosso professor de biologia estava usando o computador da escola para armazenar sua coleção nojenta de filmes pornôs proibidos. Vamos apenas dizer que, depois de uma pista anônima da minha parte para os policiais, ele nunca mais vai ensinar biologia. — Autumn estremeceu de nojo. — Credo!

— Porra, garota — disse Violet. — Onde você estava quando eu precisei de ajuda com as minhas notas?

Nathan pigarreou e lhe deu um olhar penetrante.

— O quê? Só estou brincando — disse ela, abafando uma risadinha. — E quanto a você, Gus? O que vai estudar?

— Nada de importante. Peguei algumas aulas aleatórias, até eu descobrir o que quero fazer.

— Que desperdício — Autumn zombou. — Continuo dizendo que, se você se dedicasse, poderia se tornar um médico como sua mãe. Já corrigi suas notas do ensino médio, então ninguém vai saber que você estava tentando fingir ser um preguiçoso.

— Esquece isso, Autumn.

O tom na voz dele sugeria que essa era uma discussão antiga.

— Qual é — choramingou Autumn —, ainda não é tarde demais para mudar sua posição para 'estudante de medicina'. Fala sério, está perdendo tempo com poesia grega e aulas de tecelagem.

— Nunca se sabe. As aulas de tecelagem podem vir a calhar, para ajudarmos a tia Skye em seu negócio de costura com cânhamo.

— Pare de zoar — rosnou Autumn. — Não vou te deixar desistir da medicina. Só não sei por qual motivo você...

— Você *sabe* o porquê — Gus disse, entre dentes. — Agora, esquece isso.

Seu olhar frio teria transformado água em gelo. A boca de Autumn fechou-se em um aperto, mas seu olhar se igualava ao nível de intensidade do de Gus. Nathan e Violet trocaram um olhar constrangido. Gus suspirou e lançou a cabeça para trás, olhando para o teto.

— Podemos, por favor, discutir isso mais tarde, quando não estivermos tentando deixar uma boa impressão para a nossa nova amiga aqui?

— Ótimo — Autumn cedeu. — Mas isso ainda não acabou.

Gus revirou os olhos.

— Claro. Por que eu iria pensar que você deixaria isso para lá?

Autumn soltou um *hum* e cruzou os braços. Gus deu a Violet e Nathan um olhar de desculpas.

— Me desculpem pelo drama.

— Está tudo bem — disse Violet.

Nathan apenas esboçou um sorriso contido e agitou a mão, indiferente.

— Então...

Gus afundou-se em conversas triviais com Violet, até que a tensão começou a abrandar. Autumn, por fim, abandonou sua atitude e os três iniciaram uma longa discussão sobre suas expectativas para as carreiras universitárias, as cidades das quais vieram e outras coisas triviais, como filmes e moda.

Nathan observava o quanto Violet sorria e como reagia a tudo o que Autumn e Gus estavam dizendo. Não a via com um semblante tão feliz e confiante há muito tempo. De fato, pensando bem, todo o tempo em que conhecia Violet, nunca a vira agir como... bem, como uma adolescente.

— Oh, meu Deus! — Autumn exclamou. — Não consigo acreditar que você não conhece a banda The Wanderers.

— Hm, desculpe. — Os lábios de Violet se comprimiram em um meio sorriso sem graça.

Gus gemeu.

— Se prepare. Está prestes a ser iniciada em uma das obsessões de Autumn, quer você goste ou não.

— Não é minha culpa que você não tenha desenvolvido o gosto por boa música, priminho — retrucou Autumn.

— Não é ao seu *gosto* musical que me oponho, *priminha*. É à hora, ao lugar e à coerência. Violet, sugiro que invista em um bom par de protetores de ouvido, se quiser dormir.

Autumn jogou uma almofada, que bateu direto no rosto dele. Gus guinchou.

— Autumn! Porta! Machucado! Lembra? — Ele limpou seu nariz com a gola da camiseta. — Poxa! O que é preciso para um cara conseguir um nariz sangrando, por aqui?

Autumn se recostou novamente nas almofadas, as mãos por trás da cabeça e um sorriso vitorioso em seu rosto. Violet escondeu uma risada com a mão.

Nathan meneou a cabeça. Não invejava Violet, por ter que aguentar esses dois. Seu telefone tocou e ele o puxou de seu bolso para ler a mensagem e, então, percebeu a hora.

— Caramba! Alerta dinossauro!

Gus apontou para o celular flip de Nathan, a sombra de um sorriso brincando em seus lábios.

— Não fazia ideia de que as pessoas ainda carregavam essas antiguidades por aí.

Nathan deu-lhe um olhar que reservara para os suspeitos que interrogava. Após um momento, Gus cruzou os braços e, sem jeito, baixou seu olhar para o piso. *Rá, essa foi muito fácil.* Queria que as pessoas que interrogava cedessem tão facilmente quanto este garoto.

Ele fechou seu telefone e o colocou de volta no bolso.

— Violet, desculpe interromper, mas eu preciso ir.

— Sem problema. Eu te acompanho.

Depois de poucos passos, no fim do corredor, um jovem segurando uma pilha de panfletos aproximou-se dos dois, mostrando a Violet um largo sorriso cheio de dentes.

— Oi, estou certo em presumir que você é nova por aqui?

Violet assentiu.

— Hm, sim. Acabei de chegar.

— Ótimo! — O rapaz ergueu seu polegar com muito entusiasmo. — Bem-vinda à Faculdade Monarch Grove, ou FMG, se gosta de siglas. Garanto que vai adorar este lugar. E, em honra ao seu primeiro dia, vamos dar uma festa.

Ele lhe entregou um panfleto.

— Uma festa? — disse Violet. — Já?

— Claro! Que melhor momento do que o presente para demonstrar o nosso extraordinário espírito acadêmico?

— Por que tudo o que temos é o presente, não é? — Violet ofereceu-lhe um largo sorriso.

— Correto! Uma garota que pensa como eu.

Nathan se arrepiou por dentro. Caras animados assim o irritavam, mas não podia ignorar sua gratidão por este garoto estar recepcionando Violet tão calorosamente.

Ela examinou o panfleto e apontou para o nome do local.

— Hm, desculpe, mas onde fica isso?

— Ah, é muito fácil chegar lá.

O rapaz se virou e gesticulou, explicando as direções. Mas,

ao fazer isso, revelou uma tatuagem de uma rosa em seu pescoço.

Nathan sentiu Violet enrijecer ao seu lado. Sua respiração ficou superficial e irregular. O panfleto amassando enquanto suas mãos se fechavam em punhos, os nós nos dedos ficando brancos.

Quando o jovem se voltou para eles novamente, Nathan e Violet não reagiram e o sorriso de comercial de creme dental vacilou.

— Ah, como você disse, muito fácil de chegar — Nathan despejou. — Obrigado por sua ajuda.

Violet acenou e sorriu, embora não com tanto brilho quanto antes. Pelo contrário, era o sorriso forçado que Nathan conhecia tão bem — aquele que não possuía alegria, apenas mascarava a agitação crescente dentro dela. Ele segurou-a pelos ombros e, gentilmente, a guiou para longe.

— Respire, Violet — dizia ele, em uma voz suave, somente para ela ouvir. — Era uma rosa. Não é ele. Apenas respire, está bem?

A ansiedade, desencadeada por algo tão despretensioso como uma tatuagem inconvenientemente situada, ficava evidente para qualquer um que tratasse de olhar com atenção suficiente. Era visível na tensão de seus ombros, no jeito que seus olhos se agitavam, em sua respiração desigual, na forma como amassou o panfleto.

Nathan levou-a para fora, na esperança de que um pouco de ar fresco ajudasse. Encontraram um banco vazio debaixo de uma das árvores antigas, no jardim.

— Me desculpe, Nathan. Sei que você tem que ir — disse Violet, se sentando. — Não se preocupe comigo. Eu vou ficar bem.

— Está tudo bem, Vi. — Ele sentou-se ao seu lado e lhe afagou as costas. — Posso dispor de dez minutos.

Ele se lembrou de quando Violet começara a apresentar os

primeiros sintomas de seu estresse pós-traumático, não muito tempo depois de ter sido encontrada. As inúmeras crises na escola variavam, de catatônicas a gritos frenéticos. Nathan prontamente a encaminhara a um psiquiatra e ao conselheiro escolar.

Foram necessárias algumas tentativas e erros, mas assim que começou a trabalhar com alguém especializado em traumas, a saúde mental de Violet melhorou com uma rapidez surpreendente. Com o tempo, ela aprendeu a reconhecer seus gatilhos e criou métodos para enfrentá-los.

Sentia orgulho de ver o quão bem ela estava lidando com aquele. Alguns gatilhos eram piores do que outros e, há menos de um ano, a mera visão de uma tatuagem no pescoço resultaria em um pânico completo que levaria Violet a puxar o canivete que escondia em segurança, no bolso de trás do seu jeans. Agora ela controlava a situação, como a guerreira que era.

Ela respirou profundamente, várias vezes, regulando seu fôlego e baixando a frequência cardíaca. Aos poucos, a tensão em seus ombros dispersou e ela recostou-se no banco, com um pouco menos de rigidez.

Ele sabia que ela tinha tudo sob controle, mas adicionou algumas palavras de estímulo, apenas por precaução.

— Violet, você está segura. Ninguém está aqui para machucá-la. Você não corre perigo nenhum. E está indo muito bem ao controlar sua ansiedade.

Isso a fez gargalhar. Ela assentiu e inspirou mais algumas vezes, controlando-se, enquanto Nathan liberava um discreto suspiro de gratidão. O pior já tinha passado.

Fazia alguns meses desde que ela tivera um ataque de pânico — o último, Nathan esperava, que ela teria que vivenciar. Mas não conseguia deixar de se preocupar sobre como ela ficaria, em um lugar novo e estranho, estando sozinha.

Parou de analisar sua lista mental de preocupações quando Violet se levantou.

— Certo, estou bem agora.

Ela forçou um sorriso, que não chegou aos seus olhos. Mesmo que sua expressão estivesse mais calma, o panfleto ainda sacudia com o leve tremor em suas mãos, da adrenalina remanescente.

Nathan teve vontade de agarrar seu pulso e levá-la de volta para o carro. E, se estivesse lendo suas expressões corretamente, ela estava com medo de que ele fizesse exatamente isso.

Obrigou-se a sorrir.

— Então, tem tudo que precisa?

— Acho que sim. — Sua voz falhou um pouco, mas ela elevou o queixo e disse em um tom mais forte: — Sim, eu tenho tudo que preciso. Vou ficar bem.

Precisava reconhecer, ela estava determinada a provar que não iria deixar um quase ataque acabar com ela em seu primeiro dia na faculdade. Com um sorriso genuíno, ele ofereceu-lhe um aceno de aprovação.

— Ótimo. Oh, e antes que eu esqueça — ele puxou o conjunto de chaves do jipe e colocou em sua mão —, isto agora é seu.

Os olhos dela arregalaram-se e seu queixo caiu.

— O quê? Sem chance. Esse é o seu carro novo! Não posso ficar com seu carro. — Tentou devolver as chaves.

Ele balançou a cabeça e fechou-lhe as mãos ao redor das chaves.

— Você já usou todas as suas economias em despesas escolares. Pense nisso como um presente de aniversário atrasado.

Ela negou.

— Muito bem. Se não pode fazer isso por você então, ao menos, faça por mim. Este velhote quer dormir à noite, sabendo que você tem uma forma segura de voltar das festas fora do campus, das escapadas para compras na cidade e do que mais vocês, universitários, fazem hoje em dia. Serei sincero, não gosto da ideia de você pegando trens ou ônibus e, principalmente, caminhando para o dormitório no escuro.

Ela lhe deu um olhar de *tá tirando uma com a minha cara.*

— Sério? E do estacionamento ao meu dormitório? Ainda são uns bons dez minutos de caminhada, e há muitos lugares escuros em que os agressores podem estar à espreita, sabe.

— Eu sei, mas é para isso que serve aquilo.

Ele apontou para o lugar onde estava escondido seu canivete.

— Não me diga que já se esqueceu de todo o treino de autodefesa dos últimos anos? Caso tenha esquecido, um belo chute nas bolas deve bastar.

Violet colocou as mãos na cintura.

— E se for uma garota que estiver me atacando?

— Eu... hm... — Nathan franziu o cenho e esfregou sua nuca. — Não sei, dê um chute na boca e puxe os cabelos ou algo assim.

Ela riu.

— Ou algo assim?

Ele sorriu.

— Enfim, vou te deixar voltar para seus novos amigos. — Ele afagou seu ombro. — E não esqueça, pode me ligar quando quiser. De dia ou à noite, não importa a hora.

Ela acenou.

— Eu falo sério, Vi.

— Eu sei. — Seu sorriso brincalhão ganhou seriedade. — Obrigada, Nathan.

— Não há de quê.

— Não, sério. Muito obrigada. Por tudo. Eu não teria chegado até aqui, se não fosse por você.

Ele agitou sua mão.

— Ora, alguém tinha que te trazer. Era melhor do que pegar o trem, com todas as coisas que você tinha para carregar.

Ela lhe acertou no braço.

— Sabe o que eu quero dizer.

Ele concordou e, antes que pudesse reagir, ela o abraçou. Hesitou por um segundo e, então, abraçou-a de volta.

— Sabe, acho que você vai se sair bem aqui. — Não precisou olhar em seu rosto para saber que ela estava sorrindo. — Nos falamos mais tarde, Vi. — Ele se virou e seguiu seu caminho.

— Espere — ela o chamou. — Como vai chegar em casa, sem um carro?

Sem se deter, ele disse por sobre seu ombro:

— Comprei uma passagem de trem. A estação fica a apenas alguns minutos de caminhada.

— Mas a estação de trem, na cidade, fica a vinte minutos da sua casa.

— Jude vai me pegar.

— O quê? Está me dizendo que vocês finalmente...

— Tchau, Vi. Aproveite o seu primeiro dia.

CAPÍTULO 4

FADAS RAIVOSAS

VIOLET SENTOU-SE SOZINHA NO BANCO POR ALGUNS MINUTOS, uma vez que Nathan saiu de sua vista. Depois do seu quase ataque, tudo o que ela queria era se aconchegar em sua cama e dormir.

Viver no quarto extra de Nathan pelos últimos três anos tinha sido uma dádiva. Era para ser apenas um arranjo temporário, mas, mesmo depois de três meses, sua assistente social não foi capaz de encontrar uma moradia apropriada para ela. Algumas conversas depois, Nathan ofereceu-a uma estadia em caráter permanente e, sem muita hesitação, Violet concordou. No fim das contas, Nathan era tão tranquilo quanto um guardião poderia ser e ter seu próprio espaço, um lugar para se esconder sempre que sentia necessidade, sem perguntas, dera a ela um porto seguro, um lugar onde poderia curar-se e recarregar, depois de perder Lyla.

Conviver com outra pessoa, no mesmo espaço, não seria uma adaptação fácil. Ela não era do tipo que facilmente confiava nas pessoas, quando muito. Contudo, Autumn e Gus *eram* o tipo de pessoas que ela gostaria de conhecer. Talvez, com um pouco de tempo, poderia até vir a chamá-los de amigos.

Ela se remexeu. Algo no bolso do seu jeans estava espetando sua pele. Puxou para fora seu canivete, outro presente de Nathan. Ele o deu para ela pouco depois de começar a treiná-la em autodefesa. No início, ele apenas ensinou-lhe o básico — coisas como se libertar de uma chave de pescoço e imobilizações — mas, após algumas semanas, passou a ensiná-la a como se defender de alguém com uma arma, começando com uma faca. Não só a treinou para se defender contra uma lâmina, como também a ensinou a usar uma.

Quando a presenteou com o canivete, alegando que estava em sua família há várias gerações, naturalmente ela se recusou a pegá-lo. Nunca tivera algo tão valioso. Mas ele insistiu.

Girou-o na palma de sua mão. Não tinha como negar o quão belo era. Quando apertou o botão, uma lâmina de dois gumes deslizou para fora do centro do cabo com um *shink*.

Ela o segurou, o cabo encaixando-se confortavelmente nos contornos da sua mão. O sol refletiu mudanças de cor sutis ao longo do cabo perolado e havia algum tipo de brasão, ricamente esculpido, na parte superior do acabamento. Na parte de baixo haviam dez pedras preciosas negras embutidas.

Em cada extremidade do cabo branco-perolado, tanto o apoio quanto a trava de segurança eram, em sua maior parte, azul-petróleo, mas, quando ela rodopiou o canivete de um lado para o outro, filamentos verde-esmeralda e magenta brilharam na luz do sol. Eles combinavam com a própria lâmina, onde o esmeralda e o magenta cintilavam através do azul-petróleo, num padrão de redemoinho orgânico, até sua ponta mortal.

Ela pressionou o botão novamente. *Shink*. A lâmina desapareceu no cabo.

Violet voltou sua atenção para as chaves na outra mão, meneando a cabeça. A generosidade de Nathan era surpreendente. Uma parte dela desejara, várias e várias vezes, que ele tivesse aparecido muito antes em sua vida, mas outra parte sabia que ele havia chegado na hora certa.

Passara a maior parte de sua vida vendo seu mundo ser devastado, peça por peça, e a morte de Lyla tinha sido a destruição final. Mas Nathan mostrou a ela como se reerguer, ajudou-a a sair do seu deplorável abismo e a ensinou a lutar contra seus demônios. Ele tornou-se o seu farol, um motivo para confiar não somente nele, mas também em si mesma. Ele esteve ao seu lado quando ela mais precisava de alguém.

Inspirou profundamente e foi expirando aos poucos. Agora estava na faculdade, sozinha. Ele não estava mais no final do corredor. O pensamento de seguir este novo capítulo de sua vida sem ele quase trouxe uma nova onda de pânico.

Ela apertou os olhos. *Pare!* Não podia mais fazer isso. Não podia continuar caindo aos pedaços e esperar que Nathan a consertasse. *Vamos, Violet, controle-se. Vai ser necessário fazer alguns ajustes, só isso.*

Precisava crescer, aceitar sua nova realidade, lembrar que essa vida universitária era o que ela queria. Só precisava enfrentar um dia de cada vez.

Por ora, quem sabe um pouco de cafeína ajudasse. Há pouco tinha visto uma pequena cafeteria peculiar perto do estacionamento, fora do campus da faculdade. A caminhada de ida e volta talvez lhe desse tempo o bastante para desanuviar sua mente e se preparar para encarar a dinâmica do seu novo cotidiano.

Cerca de vinte minutos depois, ela empurrou as portas de vidro da cafeteria e pediu por um chai latte com espuma extra. Então se encostou na parede, fora do caminho dos outros clientes, e ficou enrolando uma das franjas do cachecol enquanto esperava.

O papel de parede lustroso e várias obras de arte decoravam as paredes da cafeteria. Uma televisão, instalada em um canto, reproduzia um filme preto-e-branco de Marilyn Monroe, em um volume baixo. Pessoas entravam e saíam com copos de isopor, croissants fumegantes e outros lanches para viagem. Um barista chamou um pedido e uma mulher com sinuosas madeixas louras e um sobretudo marrom passou por Violet para pegar o seu latte.

O coração de Violet parou por um segundo. *Aquela mulher... Ela era...?*

A mulher se virou e seus olhos encontraram os de Violet por acaso, antes dela sair. Os ombros de Violet murcharam. O que havia de errado com ela? Claro que aquela mulher não era Lyla.

Um caroço se formou em sua garganta.

Perdera as contas de quantas vezes desejou se lembrar do que aconteceu na noite em que Lyla partiu. Sabia apenas o que Nathan e Jude lhe contaram, mas nada disso explicava o *porquê*. Por que Lyla e ela foram sequestradas? Por que Lyla teve que morrer? Por que ainda estava viva? Lyla merecia viver, muito mais do que ela. Lyla tinha família: uma mãe, um pai e um irmão, que sentiam sua falta.

A autodepreciação se agarrou a Violet como uma gosma gelatinosa. Não importava o quanto tentasse eliminá-la, um resíduo viscoso sempre permanecia — da mesma forma que o homem tatuado dos seus pesadelos. A pessoa sem rosto com aquela maldita tatuagem que ela via toda vez que fechava os olhos.

Violet encolheu-se, relembrando como tinha reagido ao cara que distribuía os panfletos. *Era a tatuagem de uma rosa estúpida, pelo amor de Deus!* Esfregando seus olhos, ela suspirou.

— Senhorita? Com licença, senhorita.

Ela piscou algumas vezes. A jovem barista por trás da bancada estava acenando para ela.

— Seu chai latte está pronto.

— Oh, desculpe.

Violet foi até a bancada e entregou à barista algumas notas de sua carteira.

— Aqui está.

— Sem problemas, querida — disse a barista, pegando o dinheiro.

Querida? Violet odiava quando garotas mais jovens a chamavam de "querida". Deu a ela um sorriso forçado, pegou seu latte e girou.

E colidiu em cheio com alguém.

Por um instante, o líquido marrom e a espuma branca bloquearam a visão de Violet. O aroma da canela e das outras especiarias alcançaram seus sentidos.

Ela paralisou de horror.

Um homem mais ou menos da sua idade olhava para o próprio cachecol, o casaco, a calça e os sapatos, agora cobertos de uma tonalidade escura. Ela arrependeu-se de ter pedido espuma extra. Ambos observavam enquanto uma bola branca deixava um rastro no cachecol dele e, então, salpicava na poça leitosa, aos seus pés.

Ele levantou o olhar até ela.

Seu coração martelava, as bochechas esquentaram e seus olhos não poderiam se abrir mais. Seu corpo inteiro enrijeceu, preparando-se para o que estava por vir. A raiva. Os berros e gritos das queimaduras de terceiro grau e das roupas arruinadas. Lembranças passaram por sua mente, cada uma mais violenta que a outra. Se preparou.

E, então, ele sorriu.

Ela piscou.

Ele estava, de fato, sorrindo para ela.

Seu pânico travou. O sorriso era torto, mas verdadeiro. Um indício de diversão cintilava nos olhos castanho-dourados.

— Sabe — ele disse, limpando alguns salpicos de espuma branca de seu cavanhaque louro —, quando pensei que um pouco de café me aqueceria, não era exatamente isso que eu tinha em mente.

— Como?

Ela estava perdendo alguma coisa? Era assim que as pessoas reagiam depois de serem batizadas com chai quente?

Ele deu de ombros, ainda sorrindo para ela.

— Desculpas aceitas.

Desculpas? Violet arfou. *Oh, certo!* Ela colocou sua mão sobre a boca.

— Eu sinto muito, *muito* mesmo.

Virou-se e pegou um punhado de guardanapos da bancada. Deveria estar ajudando-o a limpar suas roupas, mas a ideia de tocar um estranho a deixava um pouco desconfortável. Em vez disso, ela abaixou-se e tentou secar a poça a seus pés.

Ele riu e se agachou no mesmo nível.

— Aqui. — Estendeu uma mão em sua direção e os dedos dele roçaram seu pulso. — Me deixe te ajud...

Por instinto, Violet encolheu-se e se levantou. Uma expressão de espanto substituiu instantaneamente o sorriso, e ele ergueu-se com deliberada lentidão, as mãos para cima.

— Sinto muito... Não quis... Eu apenas...

Seus olhos disparavam dela para o seu redor. Ele deu meio passo para trás, como se estivesse preparando-se para fugir.

— Ah!

Ele estava apenas tentando alcançar os guardanapos na minha mão.

— Não, eu sinto muito.

Céus, daqui a pouco esse cara vai pensar que a única coisa que eu sei dizer é sinto muito. Ela deu-lhe um sorriso de desculpas no momento em que percebeu sua outra mão pousada no canivete, escondido no bolso de trás. Obrigou-se a relaxar e deixou a mão cair ao seu lado. *Tudo bem, Vi. Ele não iria, de fato...*

Ela pestanejou. Iria o quê? Atacá-la no meio de uma cafeteria? Agarrar seu pulso e arrastá-la até uma caminhonete branca e enfiá-la dentro?

Ela cerrou os dentes e balançou levemente a cabeça. *Fala sério, recomponha-se. Nem todos são sequestradores.*

— Hm, você apenas... me surpreendeu. Foi só.

Ela estendeu os guardanapos.

— Aqui.

Os olhos dele se estreitaram em direção aos guardanapos. Ainda mantinha suas mãos levantadas, as palmas viradas para fora.

Céus, esse cara está agindo como se eu estivesse apontando uma arma, ao invés de segurar um punhado de guardanapos. A concentração dele em si era intensa. As bochechas de Violet esquentaram. Poderia culpá-lo? Seu recuo fora um pouco exagerado para um roçar acidental no pulso. Pela reação dele, parecia que também tinha gritado: "Mãos para o alto, camarada, e me entregue todo o seu dinheiro!"

Ele deu mais um passo para trás e começou a se virar.

Ela xingou a si mesma. Era a segunda vez que reagia de forma exagerada naquele dia. Precisava agir como uma tonta psicótica toda vez que um cara bonito tentava ser legal com ela?

— Deixe-me pagar pelo seu café — soltou, antes que ele pudesse girar completamente.

Ele parou, mas quando não disse nada, ela acrescentou:

— ...por toda a semana.

Ele ainda não reagiu, mas sua expressão tensa se suavizou um pouco.

Ela mirou o cachecol.

— Também posso substituir o seu cachecol, se quiser. Vou lhe dar um com, hm... — estremeceu — menos salpicos de leite.

— Hmm...

Ele inclinou a cabeça para um lado e então, para o outro, demonstrando ponderar a oferta. Para seu alívio, ele baixou as mãos; o ato a fez se sentir menos criminosa.

Por fim, ele assentiu, um meio sorriso aparecendo em seu rosto.

— Acho que vou aceitar esse café grátis. Mas não se preocupe com o cachecol. Nunca gostei dele, no fim das contas.

Ele içou uma das franjas ensopadas entre o indicador e o polegar.

— Na verdade, acho que você fez umas melhorias.

Dois lattes e uma pilha extra de guardanapos depois, Violet e o indivíduo situavam-se na porta da cafeteria. Ela colocou a mão na maçaneta e hesitou. O vento tinha aumentado, puxando os casacos, jaquetas e cachecóis das pessoas que passavam com seus tentáculos ambiciosos. Nuvens cobriram o sol, bloqueando qualquer esforço seu de irradiar algum calor.

Ela suspirou e segurou seu chai latte rente a si.

— Se não estiver com pressa — disse o rapaz —, por que não nos sentamos por alguns minutos e vemos se o sol se dispõe a mostrar sua cara de novo, hoje?

Ele gesticulou para uma mesa vazia, com duas cadeiras, próxima às janelas panorâmicas. Antes que ela pudesse responder, ele ergueu uma das mãos, sinalizando.

— Só prometa que não vai jogar outro latte em mim.

Um canto da boca dele se retorceu, a diversão brilhando em seus olhos.

Violet não conseguiu evitar um sorriso, apesar das borboletas de constrangimento que ainda restavam em seu estômago. Deu uma última olhada na vista deprimente do lado de fora. Seria uma boa caminhada de vinte minutos para voltar ao seu dormitório, e tudo o que planejava fazer quando retornasse era tirar um cochilo.

— Garanto que eu não mordo — ele falou.

As borboletas em seu estômago se agitaram com mais força. Borboletas não — estavam mais para fadas raivosas, zumbindo e se debatendo, querendo sair.

Ele sorriu para ela.

Seu cochilo podia esperar.

Ela concordou e o seguiu até a mesa.

Uma vez acomodados, ele retirou seu casaco ainda molhado. O constrangimento de Violet irrompeu novamente, os salpicos malhados do latte escorriam em sua camisa de mangas compridas. Ele ajustou o cachecol e tomou um gole da bebida.

Violet baixou sua cabeça, na esperança de que suas bochechas coradas não ficassem tão óbvias. Bebericou seu latte, apreciando a fermentação e o sabor irresistível dançarem em sua língua.

— Então, você não me disse o seu nome.

O homem virava seu copo, girando-o lentamente sobre a mesa.

— Meu nome?

Novamente, um canto da boca dele se remexeu.

— Sim, bem, você sabe. A palavra que as pessoas usam para chamar sua atenção. Imagino que se uma mulher tão adorável como você se ofereceu para me comprar café pelo resto da semana, eu deveria ao menos saber seu nome.

Ela arqueou uma sobrancelha.

— 'Mulher adorável'? Isso me faz pensar em uma senhora idosa com poodles.

Ele riu.

— Tudo bem, que tal eu mudar para 'moça bonita'?

As bochechas e o pescoço de Violet esquentaram. Ela baixou seu olhar para a tampa da sua bebida, fitando as quatro redomas, três das quais elevadas, rotuladas *White, Capp, Latte* e *Choc*. A redoma para *Latte* estava pressionada e ela circulou seu polegar no declive.

— É Violet.

— Violet. — A voz dele era aveludada.

Ela mordiscou seus lábios.

— Então, você é um estudante? — Foi a vez de Violet perguntar.

Ele meneou a cabeça.

— Não, felizmente já terminei a minha formação. Agora, trabalho em casa.

— Oh, é mesmo? O que você faz?

— Sou um consultor de marketing.

— Isso parece sofisticado.

Ele soltou um suspiro, achando graça.

— Nem tanto. Basicamente, eu avalio a estratégia de marketing de uma empresa e desenvolvo um plano que destaca propostas de melhorias.

— Legal.

— Sim, bem, não é um trabalho ruim. Sou meu próprio chefe e posso escolher meus horários. No início eu não tinha o luxo de selecionar e escolher meus clientes, mas criei um pouco de reputação e, agora, posso pegar aqueles que me interessam.

— Uau, isso parece incrível.

Há pouco, imaginara que ele tinha sua idade, mas se havia terminado sua formação e já tinha o próprio negócio então devia ter, pelo menos, vinte e três anos. Fazia sentido; seus traços masculinos superavam facilmente os garotos na puberdade do ensino médio, que ainda estavam saindo do delicado período infantil.

— Então Violet, se não se importa que eu pergunte, por que chai?

Sua sobrancelha vincou e ela inclinou a cabeça.

— O que quer dizer?

— Isto é, perdoe-me se eu estiver errado, mas você não me parece com alguém que gostaria de... chai.

— Ora. — Violet deu de ombros. — Não sei, por que não gostaria? É como beber um copo do Natal em si. Todos aqueles sabores festivos: gengibre, cravo, baunilha, anis-estrelado e canela. Quem não gosta de canela?

Ele enrugou o nariz.

O queixo de Violet caiu.

— Não me diga que você não gosta de canela?

Ele franziu os lábios e balançou a cabeça.

— Desculpe. Não sou muito fã.

— Fala sério, tipo, e que tal donuts de canela? Recém-preparados?

Ele enrugou seu nariz novamente.

— Prefiro com glacê.

— O quê? Está brincando? Não existe possibilidade de donuts com glacê serem melhores do que os de canela.

Ele riu e levantou as mãos.

— Certo, certo. E que tal nós concordarmos em discordar? Vou deixar você com a sua escolha pelo chai e você me deixa com a minha preferência por donuts com glacê.

Violet riu e assentiu.

— Certo, temos um acordo.

Ele esboçou um sorriso.

— Ótimo.

O espaço entre eles era pequeno por cima da mesa minúscula. Dessa distância, ela podia ver que os olhos dele eram, na verdade, de um chocolate profundo com brilhantes manchas douradas que, juntos, emitiam uma tonalidade acastanhada de longe. Seu cavanhaque aparado, agora livre da espuma, combinava com o louro arenoso do seu cabelo, que tinha mechas douradas antigas, clareadas pelo sol. O cachecol escondia o pescoço e a maior parte do peito dele, mas suas mangas cinzentas estavam justas o bastante para destacar os músculos nos ombros e braços.

Se deu conta de que ele estava analisando-a, enquanto ela fazia o mesmo com ele. Novamente, suas bochechas enrubesceram e ela baixou o olhar para a tampa do seu latte.

— Então, acho que posso saber o seu nome? — ela perguntou. — Porque, bem, imagino que meus amigos iriam querer saber quem foi a pobre alma infeliz que foi atingida pelo meu chai.

Ele soltou uma risada.

— Ah, nesse caso, não podemos decepcionar seus amigos.

— Não, não podemos — ela disse, mordendo os lábios.

— Então, acho melhor dizer a eles que meu nome é Thane.

* * *

Violet retornou ao dormitório, o restante do chai latte no copo em suas mãos.

— Então, seu pai é muito maneiro.

Autumn estava sentada em sua cadeira, enroscando um dreadlock no dedo. Cordões e contas coloridas decoravam alguns de seus dreads e os brincos com sinos prateados refletiam o brilho da luz solar em seu rosto. Eles tilintavam quando ela movia a cabeça.

Gus estava sentado na cadeira de Violet, rodopiando-a casualmente, de um lado para o outro.

— Sim, ele também é meio que... — Semicerrou os olhos, procurando a palavra. — Intenso.

Violet deixou-se cair no banco da janela, sorrindo. Ela balançou a cabeça, enquanto envolvia os braços em uma almofada.

— Nathan não é meu pai.

— Oh — disse Gus. — Então, ele é seu tio ou o quê? Um irmão bem mais velho?

Deu a Violet um sorriso cúmplice e sacudiu as sobrancelhas.

— Ou seu amante rico?

Violet riu e jogou a almofada nele.

— Ele é apenas um amigo.

Gus soltou um *ugh* quando a almofada atingiu seu rosto.

— Pelo amor dos donuts, garotas, vocês poderiam, por favor, parar de agredir o meu lindo rosto? Estou começando a achar que estão com ciúmes do meu charme.

— Se fosse verdade, eu teria jogado o meu chai em você, em vez disso aí.

Gus deu risada.

— De agora em diante, vou ficar de olho em bebidas quentes voadoras.

Violet riu e bebeu o restante do seu chai, para em seguida colocar o copo vazio no batente da janela. Um chai sempre acionava o seu pequeno conjunto de lembranças felizes — a maioria delas envolvia Lyla.

— Então — falou Autumn —, além de carregar caixas, o que seu amigo faz?

— Ele é policial.

— Caramba — disse Autumn na mesmo hora em que Gus exclamou: "Um policial!"

Gus bateu na própria testa e grunhiu.

— Por que, sério, por que tive que mencionar o comércio de cânhamo da tia Skye na frente de um policial?

Autumn revirou os olhos.

— Não é ilegal, tonto.

— Pode ser que *ele* não pense assim. E você? Aquele foi um momento excelente para abordar as suas atividades virtuais ilegais. Ele já deve estar no rádio, solicitando reforços.

— Pare de fazer isso soar tão suspeito — Autumn soltou.

— Sabia que você seria pega, um dia!

— Nathan é legal — disse Violet. — Confiem em mim, ele não liga para esse tipo de coisa.

— Diga. — Gus apontou para ela. — Como saberemos que você não é uma terrorista, enviada para cá para reportar as atividades hackers de Autumn?

— Uma o quê?

— Você sabe, uma *terrorista*. É a linguagem policial para 'espiã'.

— Hm, na verdade, acho que não é bem isso.

Autumn resmungou.

— Ela não é uma espiã, Gus.

— Como você sabe?

— Eu apenas sei.

— Como? Acha que pode só fazer um pouco de *claque-claque* — fez movimentos como se estivesse digitando em um teclado — e já saber de tudo?

Autumn chutou a cadeira dele.

— Cale a boca, Gus.

— Estou falando sério. Vai passar dos limites e ficar em sérios apuros, algum dia.

— Você está surtando por nada.

— Você não está surtando o bastante!

Autumn rangeu os dentes e soltou um gemido exasperado. Gus apenas fitou-a. Por alguns instantes, os dois ficaram se encarando.

Violet estava começando a achar que voltara cedo demais.

Então, como se saindo de um transe, Autumn falou:

— *Enfim,* passando para assuntos mais importantes — levantou um panfleto igual ao que Violet tinha recebido mais cedo —, um cara passou por aqui para nos dar um destes. Nós definitivamente vamos, certo?

Quando Violet não respondeu de imediato, ela se virou para Gus.

— Certo?

Gus suspirou e ergueu as mãos.

— Claro, vamos à festa.

Autumn guinchou.

— Que tal, Vi?

— Hm... — Violet hesitou.

Quando recebeu o panfleto mais cedo, ficara ansiosa para experimentar. Mas festas significavam pessoas, muitas pessoas e, depois do seu quase ataque de pânico, a ideia de transmitir um comportamento animado pelo resto da noite era esmagadora demais para imaginar.

Além disso, já tinha atingido a sua cota diária de conhecer pessoas novas. Sem dúvida, haveriam mais festas no futuro. Era a faculdade, afinal.

— Vocês dois deveriam ir. Eu acho que preciso dormir cedo. Quero estar renovada e disposta para amanhã.

Autumn fez beicinho.

— Está brincando, não é? — disse Gus. — É a faculdade! Este

é o momento que temos para descontrair e festejar até vomitarmos. E, na real, não temos que nos preocupar com as aulas até, pelo menos, a semana anterior aos exames, de qualquer forma.

— Sim, eu sei — disse Violet, tentando não estremecer. — Mas tive um dia longo. Vou deixar os vômitos para depois.

Autumn e Gus desistiram de tentar convencê-la após mais algumas tentativas. Continuaram ali um pouco mais e então, para alívio de Violet, saíram para preparar o quarto de Gus, que ficava na ala sul do edifício.

Violet encolheu-se no banco da janela saliente e abraçou firmemente uma almofada, dominada pela exaustão.

Lá fora, os últimos raios do pôr do sol tingiam o mundo de um amarelo morno. Logo abaixo, podia-se ver a rede de trilhas que atravessavam os jardins de cada dormitório. Cada trilha estava repleta de estudantes, a maioria deles seguiam na mesma direção.

Estavam todos indo para o local da festa iminente, baseando-se nas indicações que o cara com os panfletos dera a Violet, mais cedo. Aquele cara provavelmente pensava que ela era anormal. Talvez estivesse agora mesmo contando a todos os seus amigos o quanto era esquisita.

Ela gemeu e enterrou seu rosto na almofada.

Era a tatuagem de uma rosa. Uma maldita, estúpida rosa!

Com um suspiro, ela inclinou-se no batente da janela, apoiando a cabeça em uma das mãos. Quem sabe, amanhã poderia ser um pouco melhor. Mesmo que o dia não tivesse sido *de todo* ruim.

A canela e as especiarias ainda permaneciam em seu paladar e os pensamentos vagaram até Lyla. Uma dor violenta e conhecida atravessou seu peito e apertou-lhe garganta e, antes que pudesse detê-la, uma lágrima escorreu por sua bochecha.

— Eu consegui, Ly. Cheguei à faculdade.

CAPÍTULO 5

AÍ ESTÁ VOCÊ

A MÚSICA RETUMBANTE, AS RISADAS E OS RUÍDOS DE CONVERSAS vagueavam até onde ele estava na escuridão da noite, as sombras negras das várias árvores e dos arbustos espessos proporcionando-lhe uma camuflagem perfeita.

A primeira festa do novo ano letivo estava sendo realizada em um salão de festas, no térreo de um dos dormitórios. Ele inclinou sua cabeça para espreitar por entre as brechas na vegetação, vasculhando cada janela saliente. Os frequentadores se dividiram em suas posições típicas: os dançarinos, próximos ao palco do DJ, os foliões experientes, observando uma partida de beer pong, aqueles que precisavam de álcool para aumentar sua confiança, ao redor das tigelas de ponche e barris, e os socialmente desajeitados, espalhados pelos arredores.

Seu nariz enrugou-se com o comportamento estrondoso. Nunca entendera o apelo de se fazer passar por idiota sob a influência de bebidas alcoólicas e entorpecentes.

Voltou sua atenção para o prédio dos dormitórios, verificando as janelas até avistar quem estava procurando. Uma luz interna mostrava a figura de uma estudante sentada na janela saliente, observando os frequentadores extravasarem no gramado abaixo.

Ele deu um sorriso.

— Ah, aí está você, Violet.

Um mosquito passou zumbindo por sua orelha e pousou na lateral do seu pescoço. Ele o estapeou e, em seguida, esfregou a pele irritada, temporariamente enrugando o contorno nítido da tatuagem de um escorpião de cristal. Cruzou os braços e encostou-se na parede de tijolos, sem tirar os olhos da garota na janela, nem sequer uma vez.

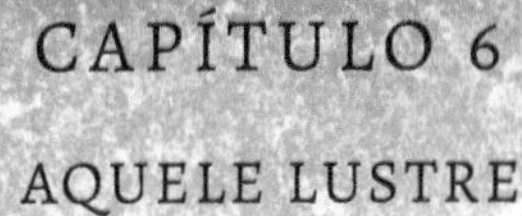

CAPÍTULO 6

AQUELE LUSTRE

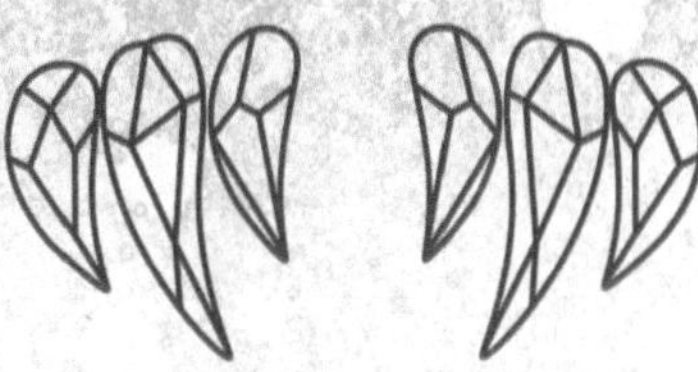

Nathan abriu a janela do carro deixando o vento acariciar seu rosto, enquanto analisava as casas e lojas que passavam.

— Como foi a primeira semana da Violet na faculdade? — Jude perguntou por trás do volante da viatura descaracterizada.

Era melhor quando ela dirigia; na verdade, nunca tinha se adaptado bem ao jeito de manobrar estes veículos erathi.

— Bem, ela...

Foi interrompido por alguém da central, reportando uma invasão de propriedade. Nathan alcançou o rádio portátil e respondeu que Jude e ele iriam verificar.

— Ótimo — disse a voz do outro lado. — Esse é o endereço.

O local era familiar para Nathan, embora não conseguisse definir o porquê. Por outro lado, qual endereço nesta cidade não lhe era familiar?

— Sem descanso para os bárbaros — disse Nathan, à medida que Jude virava o carro em direção ao seu novo destino.

— Se descansassem, ficaríamos sem emprego.

— Isso seria tão ruim?

— Seria, para mim. A sua filha pode estar na faculdade, mas eu ainda preciso fazer minhas duas filhas chegarem lá. Deus sabe que meu ex-marido não está pagando pensão o suficiente nem para cobrir as aulas de piano. Mas, voltemos à minha pergunta inicial. Como está Violet?

— Nada mal — ele disse, depois de uma breve pausa.

— Ai, ai, o que aconteceu?

Ele a encarou e meneou a cabeça.

— Como faz isso, Jude?

Ela agitou a mão, casualmente.

— Estou há anos nessa função. Sempre consigo dizer quando alguém está tentando minimizar um fato.

Nathan olhou para fora da janela do carro. Desde que começara a trabalhar com Jude, há três anos e meio, havia recorrido a medidas extremas para esconder sua verdadeira identidade não apenas dela, mas também do restante da cidade. Suprimir sua natureza significava aprender a confiar em suas habilidades humanas para interpretar e prever as emoções e intenções das pessoas ao seu redor — algo que acabou sendo infinitamente mais complicado quando passou a cuidar de uma adolescente.

Quando Violet fora morar com ele, pediu conselhos à Jude sobre como lidar não só com a garota, mas também com as variações de humor adolescente da inquilina. A experiência de Jude em criar duas pré-adolescentes fora indispensável. Sem ela, nunca teria descoberto o poder que uma barra de chocolate tinha para consolar garotas temperamentais.

Não tinha chegado muito fundo em seus pensamentos, quando um soco acertou seu braço.

— Olá? Desembucha. O que houve com Violet?

— Ah, você sabe. Violet é durona. Ela passou por mais coisas do que podemos imaginar.

Jude exalou um assovio.

— Isso é um eufemismo. Ainda sofro com o fato de que não fomos capazes de encontrar os sequestradores de Violet e Lyla. Não consigo acreditar que cada pista que tínhamos deu em nada. — Ela bateu no volante. — *Odeio* casos não resolvidos.

Nathan se remexeu em seu assento. Era uma aposta certa a de que ele não teria a menor chance contra a fúria de Jude, se ela algum dia descobrisse quantos de seus casos arquivados foram resultado da interferência dele.

— Enfim — Jude olhou em sua direção —, ainda não respondeu a minha pergunta? O que houve com Violet?

Ele abriu a boca para responder.

— Deixa para lá — ela falou. — Já chegamos.

Estava envolvido demais na conversa com Jude para reparar na área nobre da cidade a que foram direcionados: os gramados bem cuidados, as sebes e os jardins esculpidos, as entradas com terraço e pilares de arenito. Cada mansão competia com a próxima em grandeza e complexidade de design. Os moradores chamavam essa rua de "rota dos milionários". Políticos e algumas celebridades pouco conhecidas possuíam mansões aqui. Com um aperto no coração, Nathan reconheceu a mansão ao lado daquela onde estacionaram como sendo a que pertencia ao prefeito Clearwater.

O receio inquietou-o enquanto percebia onde haviam parado.

A mansão Branstone. A casa de Lyla-Rose.

Os Branstone não tinham uma posição política, nem de celebridade. Pelo contrário, vinham de uma família de comerciantes prósperos que expandiam há várias gerações. O assunto na cidade era de que a família possuía algumas franquias bem conhecidas em todo o país, que variavam de joalherias até lojas de decoração doméstica.

Nathan fez o possível para suprimir sua apreensão enquanto Jude e ele permaneciam em frente às portas duplas. Nunca esteve dentro da mansão dos Branstone. Durante a investigação da morte de Lyla, Jude e ele usaram a abordagem "dividir e conquistar". Ele tinha se concentrado em estudar a cena do crime e o lado pericial da história, participando dos interrogatórios quando eram realizados na delegacia, mas foi Jude quem fizera as visitas necessárias à família de Lyla.

Jude apertou a campainha. Alguns segundos depois, uma mulher vestida com um top desportivo rosa-choque e leggings com estampa de leopardo abriu a porta. Havia uma toalha sobre seus ombros e os cabelos louros caíam em ondas suaves.

— Sim?

— Oi, Sra. Branstone — disse Jude —, deve se lembrar de mim. Eu sou...

— É claro que me lembro de você, detetive — disse a mulher, interrompendo-a. — E me lembro dele também. — Indicou Nathan.

Ele tentou recordar a última vez em que vira a mãe de Lyla. Anteriormente ela era morena e ele também notou algumas mudanças em seus lábios e nariz. Cirurgia plástica, talvez?

— Ótimo — disse Jude. — Recebemos uma chamada sobre uma invasão a domicílio.

A expressão da mulher mudou de cautelosa para aliviada.

— Oh, certo! — Deu-lhes um largo sorriso. — Bem na hora. Terminei meu treino a pouco.

Nathan duvidava disso, com base em sua maquiagem plena e impecável.

— Entrem.

Ele esperou Jude ir na frente.

— Ah, esperem! — A Sra. Branstone levantou a mão para impedir Jude de seguir adiante.

— Santo Deus — Jude murmurou entre dentes, antes de dar um passo para trás.

— Acabei de encerar o chão — continuou a Sra. Branstone —, por isso tirem os sapatos e as meias antes de entrar.

Nathan baixou o olhar e reparou no piso de madeira, embaixo das unhas dos pés vermelhas da mulher. Jude exalou um "Certo", antes de voltar para retirar seus sapatos e meias e Nathan reprimiu um suspiro e revirou os olhos, antes de tirar os próprios. A Sra. Branstone batia as unhas vermelhas na porta, enquanto esperava.

Assim que ficaram descalços, a mulher lhes deu um sorriso exultante e fez sinal para entrarem.

A entrada ampliava-se em um grande saguão com um pé direito alto, iluminado por um enorme lustre de cristal pendurado no centro do cômodo. À direita, uma escadaria levava aos andares acima, com corrimões feitos de madeira complexamente entalhados, à esquerda. Fotos de família decoravam as paredes completamente brancas, ao longo dos degraus. Algumas portas fechadas levavam para fora daquela área e Nathan não conseguia deixar de imaginar qual delas tinha sido o quarto de Lyla.

— Me deem um segundo, vou me trocar. Também trarei alguns aperitivos — disse a Sra. Branstone, conduzindo-os por uma entrada ao lado da escadaria até uma considerável sala de estar. — Sentem-se, por favor. — Apontou para um dos sofás antes de partir por outra porta.

Jude e Nathan sentaram-se de frente à uma lareira de pedra. Quando pensou que a Sra. Branstone estava fora do alcance de suas vozes, Nathan se aproximou de Jude.

— Não me lembro da mãe de Lyla ser tão loura.

— Sim — disse Jude, baixando também a sua voz —, ou de ter lábios tão volumosos.

Ele bufou uma risada e inspecionou a sala, examinando a mobília extravagante. Estava tentando recordar o nome da franquia de artigos de decoração doméstica da família, quando avistou algo que fez suas entranhas se agitarem. Vasos e candelabros de cristal, em uma prateleira acima da lareira, cintilavam na luz solar que fluía através das janelas. Verificou o restante da sala, notando mais enfeites cristalinos e de vidro.

Não ouviu quando a Sra. Branstone retornou, então o surgimento de uma taça de água em frente ao seu rosto o sobressaltou.

— Aqui está — ela disse, em uma voz cantarolada.

A luz brilhava no colar em torno do pescoço dela. Três grandes gemas incolores cobriam o espaço ao centro, sobre suas clavículas, com pedras menores emoldurando-as. Para olhos inexperientes, pareceriam diamantes ou possivelmente zircônia, mas Nathan conseguia identificar a diferença na forma em que os raios solares refletiam nas facetas. O padrão nítido de um redemoinho. E o cheiro...

Nathan fixou seus olhos na taça de água que ainda estava nas mãos da Sra. Branstone. A agitação em suas entranhas transformou-se em náuseas e ele se obrigou a concentrar-se na taça — para não direcionar seu olhar para nenhum outro lugar. Focou-se na sua respiração, em uma tentativa de combater a iminente ânsia de vômito.

Jude deu-lhe uma cotovelada, sua própria taça de água nas mãos. Ela franziu o cenho, a dúvida evidente em sua expressão. Ele forçou o que esperava ser um sorriso e, em seguida, pegou a taça.

Quando a Sra. Branstone se sentou no sofá ao lado, Jude falou:

— Desculpe, parece que ele nunca viu uma taça antes.

— Gosta delas? Meu marido comprou-as para mim na semana passada. Produtos de cristal antigos, do Japão.

Nathan fechou seus olhos, tentando abafar os ruídos da mulher que tagarelava sobre todos os outros "cristais" que seu marido tinha adquirido. Jude até mesmo fazia comentários sobre o colar.

Ele tentou impelir sua mente a pensar em outra coisa, qualquer coisa, para se controlar. Mas seus pensamentos esgueiravam-se para o lustre de cristal, no saguão.

Um suor frio irrompeu por todo seu corpo e a saliva inundou sua boca, enquanto a intensa náusea se duplicava.

Diamantium. Mas quanto?

Somente aquele colar seria, pelo menos, um.

Mas aquele lustre...

Estava a ponto de vomitar no chão.

Ficou tenso. Jude e a Sra. Branstone o fitaram, claramente surpresas.

— Sinto muito — soltou — deve ser a comida chinesa de ontem à noite. Onde fica o banheiro?

CAPÍTULO 7

O QUE VOCÊ QUER, LOIRINHA?

VIOLET INALOU OS CHEIROS CONHECIDOS. O CAFÉ AMARGO torrado era com certeza o mais forte deles, mas algo diferente acrescentava uma suave presença de xarope de caramelo. Uma baforada de manteiga e queijo derretidos, misturados com os outros aromas: um sanduíche de croissant grelhado para o café da manhã de alguém.

Fazia somente uma semana desde o seu primeiro dia e, até agora, sua adaptação à vida universitária não tinha sido *tão* ruim. Uma vez que recebera seu cronograma, a rotina das aulas e estudos — com eventuais refeições e descansos programados — arrastou-a e não a largou mais. Nunca se sentiu tão exausta em sua vida.

A correria foi uma mudança bem-vinda da banalidade que deixara em Brookhaven. Ainda assim, a cada nova aula vinha uma nova lista de atividades, cada uma mais esmagadora do que a anterior. Em um momento particularmente obscuro, ela considerou desistir totalmente da faculdade. Teve que lembrar a si mesma que era isso o que ela queria, fora para isso que tinha se esforçado.

E era isso o que Lyla iria desejar.

Violet se agarrou a todas as suas lembranças de Lyla. O dia em que se conheceram, seis anos atrás, ainda era tão claro como cristal.

* * *

A porta fechou-se, deixando Violet sozinha no quarto enquanto as vozes abafadas do outro lado gradualmente retornavam para o andar de baixo. Miranda estava, provavelmente, contando aos novos tutores a história de Violet.

Ela encolheu-se. Já havia visto através da fachada doce e melosa que essas espécies de guardiões usavam sempre que alguém do departamento visitava. Estremeceu internamente e sentiu o gosto da bile, quando o novo tutor lhe deu um sorriso vulgar e uma piscadela enquanto Miranda não estava vendo. Violet olhou para a esposa do homem e logo concluiu que ela era do tipo que fazia vista grossa.

Ouvira histórias de outros órfãos que encontravam tutores amorosos e atenciosos até finalmente serem adotados. Mas, em seus treze anos no sistema, ainda não tinha sido sortuda o bastante para encontrar esse lar místico.

Ela atirou o saco de lixo que continha seus poucos pertences no chão e desabou na cama, sem se incomodar em familiarizar-se com o novo quarto. Ao invés disso, encarou o teto e começou a planejar sua estratégia de fuga. Provavelmente seria capaz de cair fora dali em algumas semanas, duas na melhor das hipóteses, três meses, na pior.

Um barulho do lado de fora da janela interrompeu sua linha de pensamento.

Violet levantou apressadamente quando a janela se abriu. Um pé, com meias, e depois uma perna foram enfiados por esta, logo seguidos por todo o corpo de uma jovem com a mesma idade de Violet. A intrusa espanou o pó do seu sobretudo bege e de suas leggings pretas, tirou algumas folhas das longas madeixas louras, voltou-se para Violet e sorriu. Um cachecol xadrez de cor creme-claro, preto e vermelho, estava pendurado frouxamente em volta do seu pescoço e... ela estava mesmo usando uma boina? E onde estavam seus sapatos? Ela era outra órfã? Se era, visivelmente esteve assaltando uma loja de moda de alto nível.

— Olá. — A garota estendeu a mão. — Sou Lyla-Rose. Fico feliz em conhecê-la.

Violet não se moveu. Analisou a postura e a expressão da garota, tentando adivinhar suas intenções. Hmm, ela provavelmente não estava no sistema. *Era muito sorridente e... educada. Violet nunca conheceu nenhum outro adolescente que usasse a frase "Fico feliz em conhecê-la".*

Quando Violet não reagiu, a garota baixou sua mão e deu de ombros.

— Tudo bem, que tal começarmos com o básico?

Ela enfiou a mão no bolso do sobretudo e retirou um bloco de notas e uma caneta, antes de se sentar na beira da cama. Abriu o bloco, deixou a caneta pairando sobre a página e olhou para Violet.

— Qual é o seu nome completo e a data de nascimento?

Violet encarou-a. O que diabos estava acontecendo? Já tinha visto muitas coisas ao longo dos anos, de loucas a aterrorizantes, mas algo assim jamais acontecera antes. Apertou os punhos, recusando-se a baixar a guarda, só por precaução.

Lyla-Rose fez uma careta.

— Hm, você fala inglês?

Violet franziu o cenho.

— O quê? Sim, claro que eu falo.

A garota sorriu, aliviada.

— Oh, excelente. Por um momento, pensei que você fosse estrangeira ou, possivelmente, muda.

Violet ergueu as sobrancelhas. Meio que se perguntou se essa garota havia fugido de algum hospício nos arredores e, então, assaltado uma modelo antes de subir pela árvore até sua janela, no segundo andar.

— Então, nome e data de nascimento? — ela repetiu.

Violet cruzou os braços, não sabendo ao certo como lidar com esse encontro esquisito.

— Hm, por que está aqui? Você é outra órfã?

Os olhos da garota se arregalaram.

— O quê? — Ela colocou a mão no peito. — Eu? Sem chance! Não, não, não. — Ela sacudia os braços, como se Violet tivesse sugerido que criasse asas.

— Então o que você quer, loirinha?

Lyla-Rose inclinou a cabeça.

— Não é óbvio?

Violet amarrou a cara.

Lyla-Rose suspirou e largou o bloco de notas e a caneta na cama, ao seu lado.

— Certo, olhe.

Ela respirou fundo.

— É o seguinte: a senhorita Graham me disse que eu preciso de um artigo de interesse humano muito atraente, para concorrer ao cargo de editora da revista da escola. No entanto, Cynthia Clearwater *— torceu o nariz ao dizer o nome — já completou sua entrevista sobre o prefeito, o que é totalmente clichê e completamente injusto, porque o pai dela* é *o prefeito.*

Lyla-Rose levantou-se e começou a caminhar, indo até a janela e voltando para a cama.

— Então, em comparação com todas as outras pessoas que já o entrevistaram, é claro que ela teria um ângulo "sem filtro" e "emocional". — Ela elevou os braços, fazendo gestos de aspas, no ar. — Mas quando expliquei à senhorita Graham que nada acontecia em Brookhaven e que qualquer coisa que valesse a pena fazer uma matéria de interesse humano já havia sido feita um milhão de vezes antes, tudo o que ela me disse foi — ela colocou as mãos nos quadris e fingiu um sotaque britânico estridente — 'Você é uma garota inteligente, Lyla. Se o cargo de editora é realmente importante para você, então com certeza você, de todas as pessoas, pode encontrar um tópico

atraente para escrever a respeito'. — Ela parou em meio a um passo e sorriu.

— Então, aqui estou eu.

Violet semicerrou os olhos em sua direção.

— Hm, desculpe, ainda não entendi o que está acontecendo.

Lyla revirou os olhos. Correu até a cama para pegar o bloco de notas e a caneta e os içou, para dar ênfase.

— Estou aqui para te entrevistar. Dã.

— O quê? Você só pode estar brincando. — Sim, agora Violet estava totalmente convencida de que essa garota fugira de um hospício.

Lyla riu. Seus olhos verdes cintilaram e o rosto brilhou, em triunfo.

— Claro que não. Você não entende? É perfeito. — Ela abriu os braços. — Além de você ser a mais nova moradora da cidade, também está no sistema. Aqui está uma oportunidade para eu poder escrever um artigo fascinante de interesse humano que a revista da escola ainda não viu. Você poderia me dar todos os detalhes sórdidos, de uma perspectiva privilegiada, sobre como é realmente ser um dos 'órfãos esquecidos' que são 'desprezados pelo Homem' em nosso país. Vou listar os prós e os contras, o mito e a verdade.

O queixo de Violet caiu. Essa garota também devia ser drogada. Nunca em sua vida alguém havia resumido sua trajetória de órfã como "fascinante". E quais eram exatamente os "prós" que essa vadia esperava?

Violet começou a balançar a cabeça.

— Não acho que...

— Por favor, me deixe entrevistar você. Eu sei que este vai ser o meu melhor artigo, até agora. E vai ser exatamente o que eu preciso para ganhar o cargo de editora da revista da escola. Por favor, diz que sim. — Lyla correu até Violet e agarrou-lhe os braços, com um olhar desesperado no rosto.

Violet imediatamente gritou de dor, empurrando Lyla para se libertar.

Lyla cambaleou para trás, os olhos arregalados em choque fixos nos braços de Violet.

Em algum momento, compreendeu Violet, deve ter arregaçado as mangas, revelando os feios hematomas azuis e roxos nos antebraços. Suas bochechas esquentaram. Puxou rapidamente as mangas até seus pulsos e voltou a cruzar os braços, antes de ousar olhar novamente para Lyla. A curiosidade reluzia nos olhos da garota, mas outra emoção tremulava por trás desse olhar — algo que Violet não conseguia decifrar. O que quer que fosse, era demais para Violet suportar.

— Saia — ela disse, em uma voz fraca.

Lyla abriu sua boca.

— O quê? Mas...

Violet apontou para a janela e rosnou:

— Eu mandei sair.

Um momento se passou e Violet considerou agarrar a garota pelo cachecol caro e jogá-la pela janela, como a um martelo.

Lyla franziu os lábios e ergueu o queixo.

— Ótimo. — Com isso, ela atravessou a janela e desceu pela árvore.

Quando chegou ao chão, ela colocou um par de patins que tinham sido deixados ao lado do tronco da árvore. Olhou de volta para Violet e, com um sopro hostil, pisoteou seus patins pela grama e deslizou para longe, quando chegou à calçada de concreto.

Alguns dias depois, quando Violet começou a frequentar a nova escola, não ficou espantada ao descobrir que Lyla estava em sua série. A escola era pequena, comparada com algumas de suas anteriores na cidade e, com uma população de alunos menor, seria quase impossível evitar Lyla completamente. Mas, para seu alívio, Lyla parecia estar ignorando-a, também.

Violet também não demorou muito para descobrir quem era a garota Cynthia, de quem Lyla falara com tanta veemência. No entanto, demorou um pouco mais para desvendar o motivo. Pelo que Violet conseguiu decifrar, as garotas eram vizinhas e tinham sido melhores amigas desde o jardim de infância. Mas, ao que parecia, alguns meses antes de Violet chegar elas tiveram um desentendimento. Dependendo de quem contava a história, o motivo variava; desde o roubo de um namorado até rivalidade familiar. Qualquer que fosse a razão, o resultado foi que Cynthia surgiu como a rainha social da escola e Lyla tornou-se alvo de fofocas.

Entretanto, Lyla tinha duas coisas a seu favor: a reputação de sua família e o irmão, Sagan. Ele era dois anos mais velho e a história era que estava sendo preparado para assumir os negócios da família, o que incluía ausências frequentes da escola para fazer parte das viagens de negócios do pai. Fora isso, Violet não sabia muito sobre Sagan, exceto que era altamente respeitado e a maioria das garotas tinha uma queda por ele. Especialmente Cynthia.

Mesmo assim, Sagan não conseguiu proteger Lyla de todas as mensagens de texto cruéis, das humilhações nas mídias sociais, dos deboches e zombarias nos corredores da escola e no banheiro feminino. E as coisas ficavam piores, sempre que ele estava ausente.

Um dia, alguns patifes ardilosos sentaram-se atrás de Lyla durante um documentário, na aula de história, e se revezaram cortando mechas do seu cabelo até Lyla finalmente se dar conta. Mais tarde, Violet a encontrou no banheiro feminino, soluçando enquanto se olhava no espelho e agarrava as pontas do cabelo recém-cortado, como se quisesse forçá-lo a crescer.

A emoção crua e o desespero eram dolorosamente familiares para Violet, junto com o desejo incessante de que alguém, qualquer um, parasse e prestasse atenção.

Contudo, desta vez alguém estava *prestando atenção.*

Foi Violet quem percebeu e era Violet quem estava lá quando Lyla mais precisava de alguém.

Ela deveria... o quê? Consolá-la? Mas... o que uma pessoa faz para consolar a outra? Isso parecia estar fora do seu alcance, uma coisa mais apropriada para um professor, um conselheiro ou um... um amigo.

A mente de Violet acelerou e seu coração disparou. Ela deu alguns passos à frente, até Lyla conseguir vê-la no reflexo do espelho.

— Certo, eu faço — declarou Violet.

O soluço de Lyla parou. Algumas emoções tremularam por seu rosto, antes de sua expressão cair em confusão.

— O quê?

Violet adentrou em uma das cabines e, em seguida, apareceu com um punhado de lenços de papel, estendendo-os.

— Vou fazer a entrevista.

Lyla virou-se para ela, mas não fez nenhum movimento para pegar o lenço. Em vez disso, fitou Violet com um olhar intenso.

Violet lutou contra a vontade de se contorcer, reconhecendo o mesmo olhar que ela mesma dera à Lyla, quando a garota invadiu seu quarto. Mesmo que não estivesse envolvida em nenhum dos tratamentos cruéis direcionados à Lyla, tampouco fez nenhuma tentativa de intervir, o que a tornava tão ruim quanto aqueles patifes que cortaram seu cabelo. Sabia que Lyla estava procurando por falsidade — questionando as verdadeiras intenções de Violet.

Depois de uma ligeira hesitação, Violet deu mais um passo para a frente, levando-a a ficar cara a cara com Lyla.

— Olhe, diga a hora e o lugar e vou responder a todas as suas perguntas. — Ela colocou os lenços na mão de Lyla. — Juro que não tenho objetivos disfarçados e nem restrições.

O olhar de Lyla não fraquejou. Pelo contrário, pareceu se intensificar. Depois de alguns instantes, Violet começava a pensar que a garota nunca iria responder.

— Minha casa, depois da escola — Lyla falou, por fim, todos os indícios do choro recente ausentes de sua voz.

— Ótimo. Te vejo lá, então.

Lyla dava tapinhas nas bochechas com o lenço e Violet se virou para sair.

— Antes de você sair... — disse Lyla.

Violet olhou para trás para encontrar Lyla segurando uma tesoura.

— Por acaso, você não teria alguma experiência em cortes de cabelo, teria?

Violet deu um sorriso pequeno. Pegou a tesoura e começou a cortar as partes irregulares do cabelo dourado de Lyla.

* * *

Se Lyla ainda estivesse aqui, teriam ido para a faculdade juntas, talvez até fossem colegas de quarto. Ela poderia estar com Violet agora mesmo, esperando seu próprio café enquanto conversavam sobre a última atividade e os desentendimentos com o orientador da classe.

Violet inspirou fundo. A pontada em seu peito era uma companheira familiar, junto com os agridoces "e se's". Não podia dizer, inteiramente, que a vida era pior sem Lyla. Era só que... a vida seria melhor, se Lyla ainda estivesse aqui.

Desde que perdeu Lyla, Autumn e Gus tornaram-se a coisa mais próxima de amigos que ela tinha, além de Nathan e Jude.

Viver e dormir tão perto de Autumn era um pouco claustrofóbico, às vezes, mas não era tão diferente de compartilhar o quarto com meia dúzia de outras crianças órfãs. E, no que dizia respeito à colegas de quarto, Autumn não era tão ruim. Ela passava a maior parte do tempo perdida em seu computador, laptop ou smartphone. O *claque-claque* constante do teclado começara a desaparecer, como um ruído branco.

Violet também estava conhecendo mais alguns colegas de turma que frequentemente visitavam seu dormitório, entre as aulas. A principal era uma garota irlandesa chamada Bessie, uma pessoa esfuziante e dinâmica, com um vício doentio por Hello Kitty, doces japoneses e filmes do Quentin Tarantino. Autumn e Gus a tinham conhecido na festa, no primeiro dia. Eles disseram que se aproximaram de Bessie pensando que era Violet, mas, quando Bessie começou a falar, o sotaque irlandês imediatamente denunciou o engano. Com exceção da mesma cor de cabelo, Violet não via semelhanças, mas vários outros colegas fizeram comentários sobre a dupla.

Uma semana na faculdade e tanto Gus quanto Bessie eram praticamente parte da mobília do quarto de Autumn e Violet. Os quatro se davam muito bem, mas Violet ainda fazia questão de reservar um pouco de tempo livre para si, fora do dormitório; geralmente às manhãs.

Acordava cedo e saia de fininho, mesmo que demorasse mais uma ou duas horas antes que Autumn estivesse acordada e na vertical. Essa era a hora que Thane e ela concordaram em se encontrar, assim como vinham fazendo todos os dias, desde o batismo com chai.

A cafeteria estava lotada com sua habitual agitação matinal. Um dos baristas assobiava uma melodia leve, quase inaudível sob o rangido e chiado das máquinas de café. Os clientes se amontoavam para o seu toque de cafeína matinal, trazendo rajadas de vento cortantes cada vez que um deles abria a porta.

Violet esquadrinhou o recinto, em busca de uma mesa livre, e aninhou-se em uma cadeira. Ainda tinha alguns minutos para matar antes da chegada de Thane, então aconchegou-se em seu cachecol de lã verde-jade e puxou sua câmera. Havia ficado inspirada a caminho dali e tirou algumas fotos espontâneas dos alunos que aproveitavam o raro brilho do sol. Ela rolou para a foto de um casal sentado em um dos bancos do jardim. O rapaz tinha seu braço envolto casualmente nos ombros da garota, que estava no meio de uma gargalhada, a cabeça jogada para trás, os dentes brancos reluzindo. Ele estava sorrindo para ela, como se estivesse fascinado.

Violet nunca teve um namorado. *Como é que se sentiria, se fosse aquela garota?* O convívio deles parecia tão íntimo e confortável. Se ele ou ela fossem removidos, a imagem ficaria incompleta.

Ela sorriu, pensando nas conversas recentes com Thane. Falar e rir com ele era incrivelmente fácil. Custou a acreditar que já tinham chegado ao último dia de sua promessa de comprar café para ele por toda a semana.

— Seus amigos?

Violet levantou o olhar enquanto Thane se sentava em sua frente. Ele retirou o casaco e o pendurou no encosto da própria cadeira, depois desenrolou o cachecol do pescoço e amontoou-o em cima da mesa.

Violet piscou.

— Perdão?

Thane sorriu e apontou para a câmera em suas mãos.

— O casal na foto. São seus amigos?

— Ah. — Violet olhou para a tela digital. — Não, eu estava apenas tirando algumas fotos de pessoas aleatórias no caminho para cá.

Thane arregalou os olhos.

— Oh. Então você é uma stalker.

Os olhos de Violet ficaram aflitos.

— O quê? Não! Não sou uma... O que eu quero dizer é...

Thane sorriu e ergueu as mãos.

— Calma. Eu só estava zoando. — Ele riu. — Você tinha que ver sua cara.

Violet pressionou as palmas das suas mãos nas bochechas quentes. Como este homem podia ter esse efeito sobre ela?

Ele riu mais uma vez.

— Me desculpe, eu não devia provocá-la. O que eu deveria ter dito era 'É uma foto excelente. Você tem um verdadeiro dom'.

Algo vibrou em seu peito e ela não pôde deixar de sorrir.

— Obrigada. Você é um grande idiota.

Os olhos dele se enrugaram enquanto ele ria.

— Você está certa. Eu mereci.

A risada deles diminuiu. Depois de alguns instantes, Violet se deu conta de que ambos estavam se encarando.

Ela pigarreou.

— Eu vou, hm, fazer os pedidos. — Girou em sua cadeira e estava prestes a se levantar, quando uma jovem com o uniforme da cafeteria colocou dois copos de café para viajem na mesa.

— Um cappuccino e um chai latte, acertei? — perguntou a barista.

Violet e Thane trocaram um olhar.

— Sim — disse Thane.

— Ótimo! Pode pagar quando quiser, querido. — A barista sorriu e piscou.

Depois que ela saiu, Thane deu a Violet um sorriso cúmplice.

— Apenas sete breves dias e nos tornamos clientes assíduos.

Violet riu.

— Na verdade, acho que *você* precisou de sete breves dias. Na minha opinião, a barista está a fim de você. Assim que acabar a semana que prometi pagar pelo café, tenho certeza de que você conseguiria mais alguns de graça dela, especialmente se ela descobrir que não estou mais em cena.

O semblante de Thane franziu.

— Não está mais em cena? — Ele olhou para seu cappuccino e girou o copo com os dedos algumas vezes. — É isso o que quer?

Violet inclinou sua cabeça.

— Não, eu estava... estava apenas tentando fazer uma piada.

Desta vez, quando ele a fitou, seus olhos brilhavam.

— Bom, porque eu, hm... gostaria de continuar te vendo. Isto é... se estiver tudo bem para você.

A pulsação de Violet disparou.

— Ah, claro. Quer dizer, sim — ela disse, sacudindo a cabeça com um vigor meio exagerado. — Sim. Eu também gostaria.

O sorriso de Thane se estendeu de orelha a orelha.

— Ótimo! Então, que tal na próxima semana e, dessa vez, os cafés são por minha conta.

— Perfeito — declarou Violet.

CAPÍTULO 8

SORRISO DE TUBARÃO

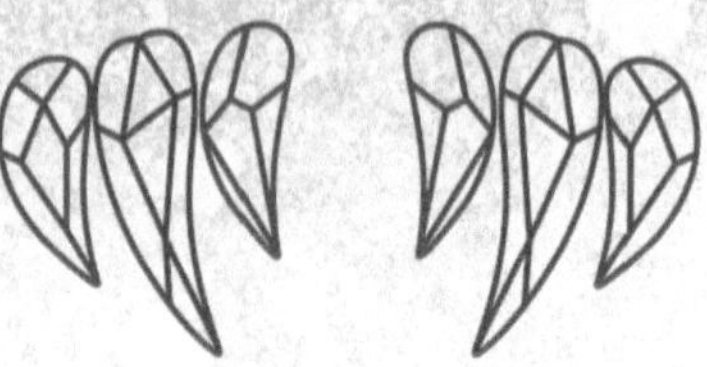

NATHAN JOGOU ÁGUA NO ROSTO, DEPOIS TOMOU UM GOLE PARA enxaguar a acidez ardente da bile que acabara de vomitar na privada ao lado. Esta existência humana devia estar amolecendo-o. Tinha visto tantas coisas repugnantes — até mesmo feito algumas —, mas nenhuma delas havia tido sobre ele o mesmo efeito que a decoração desta mansão.

Quando fechou a torneira, ficou imerso no silêncio. Seus pensamentos aceleraram enquanto ele olhava para o espelho da bancada, tentando processar os minutos anteriores.

Quantos? Somente naquele colar havia pelo menos um, contudo, naquele *lustre*...

Os sentimentos que fervilhavam em seu peito transbordaram, manifestando uma agonia lancinante que apunhalava seus cotovelos. Ele rapidamente tirou o casaco, antes que as mangas pudessem ser retalhadas.

A sensação de corte intensificou-se. No decorrer dos anos, aprendera a contê-la, mas, desta vez, permitiu que se libertasse. Levantou um braço e o observou no espelho à medida que uma ponta brilhante perfurava a pele do seu cotovelo. Crescia paralelamente ao antebraço, deslizando até quase alcançar o seu pulso. Ele ergueu o outro braço, de onde também se projetava uma lâmina cristalina multiforme, uma versão idêntica à primeira.

Inspecionou as lâminas, observando o distinto padrão giratório dentro das facetas — um padrão semelhante ao do colar da Sra. Branstone, tal como, muito provavelmente, de cada fragmento de cristal do lustre. Com a exceção de que o padrão em suas lâminas de diamantium era dele, inigualável, como uma impressão digital.

A imagem do suposto colar de diamantes da Sra. Branstone lampejou novamente em sua mente e ele cobriu o rosto com as mãos, recordando o cheiro. Um nó se formou em sua garganta. Tentou livrar a mente das imagens violentas, do horror de sua raça de metamorfos sendo massacrada, dos ossos de cristal quebrados em pequenos fragmentos e, então, reconstruídos, em uma exibição gráfica de patrimônio humano.

Ele sacudiu a cabeça em descrença. Por que isso estava deixando-o tão nauseado? Já tinha visto e lidado com os mortos de sua própria espécie antes e nunca teve essa reação. Entretanto, exceto por um determinado veniri, não chegou perto de nenhum outro desde que fugira de sua colônia, dezoito anos atrás, muito menos um dos mortos. Talvez ele estivesse desenvolvendo algum tipo de sensibilidade sensorial.

Como não reconhecera esses caçadores antes? Mais importante, sabiam sobre ele? Nos últimos dez anos, esteve tão focado em manter sua identidade veniri em segredo que nem mesmo Jude e Violet sabiam. Mas ele não estava a par das atividades internas dos caçadores ou como descobriam e rastreavam suas presas. Duvidava que tivesse durado tanto tempo nesta mansão se eles soubessem. Talvez Jude fosse sua salvação, uma testemunha indesejada.

...Ou talvez ela estivesse envolvida, ajudando a atraí-lo para algum tipo de armadilha elaborada?

Ele meneou a cabeça. Isso era loucura. Impossível. Estava

com ela quase todos os dias; saberia se ela fosse do tipo duas caras.

Ele travou. *Jude.*

Ela ainda estava lá fora. Duvidava que estivesse em qualquer perigo. Se tinha uma coisa que ele sabia sobre os caçadores erathi era que não caçavam humanos. Contudo, não gostava da ideia de ela estar por aí sem ele. Voltou a atenção para seu reflexo e ergueu os braços. A dor dilacerante era menos acentuada agora, enquanto as lâminas de diamantium fundiam-se novamente em sua pele.

Com o casaco devidamente no lugar, ele saiu do banheiro e encaminhou-se novamente para o fim do corredor. O cômodo estava vazio. Seu coração acelerou e o sangue imediatamente disparou até sua cabeça. A já elevada pulsação martelou em seus ouvidos, à medida que a pressão aumentava por baixo das têmporas.

Antes que o pânico pudesse se instalar completamente, ouviu vozes na sala ao lado. Ele seguiu os sons, dirigindo-se até uma porta do outro lado do cômodo, soltando a alça de segurança no coldre de sua arma enquanto caminhava. Estava a ponto de sacar a arma quando Jude apareceu. Ele reconheceu sua postura profissional: as costas retas, os ombros elevados, a cabeça abaixada acenando conforme digitava anotações em seu telefone. Estava murmurando "mm-hmm", enquanto ouvia quem quer que estivesse falando.

Ele soltou um suspiro e voltou a prender sua arma, mas, quando estava prestes a entrar na sala, uma voz de barítono o deteve na soleira da porta. Seu alívio evaporou.

Dois homens tinham se juntado a Jude e a Sra. Branstone.

Um de cabelos louro-claros, que estava no final de sua adolescência ou, talvez, por volta dos vinte anos. Nathan reconheceu-o como sendo o irmão mais velho de Lyla, Sagan. Ele estava encostado em uma parede, seus braços cruzados e a expressão rabugenta. Quando avistou Nathan, seus olhos se arregalaram e, então, ficaram perversos. Ele desencostou-se da parede e assumiu uma posição alerta.

O homem que falava era mais velho e estava no mesmo nível dos olhos dos mais de 1,89 m de Nathan. Tinha o cabelo castanho-escuro, com costeletas grisalhas, um bigode aparado e cavanhaque. O suéter preto justo que ele estava usando destacava os ombros largos e seu físico musculoso, e uma agressividade intensa irradiava de cada expressão, movimento e até mesmo de sua imobilidade.

Matthias, o pai de Lyla-Rose.

Os cotovelos de Nathan queimaram quando o homem fixou seus olhos em si, e ele reprimiu uma careta. Precisava se recompor — manter sua fachada de "detetive *humano*". Mesmo assim, não conseguiu deixar de preparar-se mentalmente, caso acontecesse a pior das hipóteses.

Ele reproduziu alguns planos de fuga hipotéticos para tirar a Jude e ele desta mansão, catalogando as armas que tinha consigo junto com as que sabia que Jude carregava. Com seu estoque coletivo, havia uma chance de que pudessem lutar contra estes dois — três, se contasse a Sra. Branstone. E, no fim, se precisasse recorrer às lâminas de diamantium, poderia praticar o seu discurso da verdade para Jude, mais tarde. Ou, ao menos, uma versão atenuada da verdade. Desde que ambos saíssem vivos dali.

Matthias interrompeu sua resposta quando Nathan adentrou a sala.

Jude levantou os olhos, seguindo o olhar de Matthias até Nathan.

— Sr. Branstone, você lembra do detetive Delano?

A boca de Matthias encurvou-se em um sorriso, uma fisionomia que lembrava a Nathan um tubarão, pouco antes de morder sua presa.

— Naturalmente, detetive Delano. — Matthias estendeu sua mão. — Já faz algum tempo que nos conhecemos.

Nathan hesitou e, em seguida, se repreendeu quando o sorriso de tubarão do Sr. Branstone se alargou. Obrigou-se a sorrir e apertar a mão do homem.

— Sim, Sr. Branstone. Já faz um tempo.

— Por favor, me chame de Matthias.

Nathan respondeu com um aceno complacente.

O aperto de Matthias ficou mais forte. Seu contato visual não titubeou, e nem seu sorriso.

Os cotovelos de Nathan ardiam de dor, a sensação brutal aumentando a cada segundo. Seu casaco corria o risco de ser perfurado. Lutou contra a ânsia de se jogar na frente de Jude e protegê-la deste homem. Por certo que Matthias perceberia, sem mencionar que Jude provavelmente o afastaria e questionaria seu comportamento estranho.

Nathan abriu a boca para falar, iria dizer a Jude que recebera uma ligação da central e que estavam sendo esperados, mas Matthias falou primeiro.

— Minha esposa me contou que você ficou enjoado, detetive.

— Ah, sim... — disse a Sra. Branstone. — Como está se sentindo? — Ela torceu o nariz. — Não acha que pegou algum tipo de vírus repugnante, não é?

— Claro que não, senhora.

Nathan sorriu, aliviado, quando Matthias deu um passo para trás para colocar um braço ao redor de sua esposa.

— Oh, que bom — declarou a Sra. Branstone. — Odiaria pensar que você tivesse contraído algo que pudesse transmitir para o restante de nós.

— Não precisa se preocupar, querida — disse Matthias, lhe acariciando os ombros. — Tenho certeza de que o que quer que esteja se contorcendo nas entranhas do detetive, deve estar em uma evolução bem recente.

Seus lábios se comprimiram.

— Mesmo assim, ainda pode ser uma boa ideia desinfetar o banheiro de hóspedes, só para o caso de ser contagioso.

Matthias deu um riso discreto. A intensidade em seus olhos deu a Nathan uma suspeita que contraiu seu peito, a de que Matthias sabia exatamente o que ele era. Reconheceu o olhar inegável de ganância que os caçadores possuíam, enquanto avaliavam seu alvo. Matthias sabia precisamente o quanto ele valeria morto e exatamente quem estaria disposto a comprar seu esqueleto de diamantium.

Os olhos de Nathan perambulavam por Matthias de uma forma que ele esperava que fosse casual. Um coldre que estava preso na cintura do homem continha duas pistolas, uma em cada coxa. Duvidava que elas fossem as únicas armas em sua posse, por isso o suéter. As mangas longas eram convenientes para esconder várias outras armas, as quais eram especiais, feitas para assassinar seres como ele.

Nathan ficou de olho nas mãos dele, os dentes cerrados. Decifrar as intenções deste homem seria muito mais fácil, se pudesse se transformar parcialmente e usar sua língua bifurcada.

O sorriso de Matthias ficou ainda maior, como se soubesse o que Nathan estava pensando. Nathan reprimiu seu desejo de tirar aquele sorriso arrogante do rosto daquele homem por quaisquer meios brutais necessários.

Jude pigarreou.

— Então, Nathan, pouco antes de você entrar eu estava examinando os detalhes do laptop roubado do filho deles.

— Realmente — disse Matthias —, o assunto que nos uniu a todos.

Ele fez um gesto para o jovem louro.

— Venha cá, garoto. Detetive, se lembra do meu filho, Sagan?

Nathan quase esquecera-se de que Sagan ainda estava na sala.

— Sim, é claro — ele disse, estendendo sua mão.

Sagan não fez qualquer movimento para apertá-la.

Agora que Sagan estava ao lado do pai, as semelhanças entre eles eram visíveis. Os contornos dos olhos, nariz e maçãs do rosto eram uma réplica mais jovem dos de seu pai, e ele também usava um suéter preto sobre um físico largo e musculoso. A maior diferença estava nos olhos. Onde os de Matthias eram castanhos, os de Sagan eram de um impressionante azul-pastel, e onde os de Matthias detinham um brilho de satisfação selvagem, os de Sagan continham veneno puro.

Matthias colocou sua mão na nuca de Sagan. As pontas dos seus dedos ficaram brancas e suas próximas palavras tinham um tom ameaçador.

— Vá em frente, filho. Aperte a mão do bom detetive.

A mandíbula de Sagan ficou tensa enquanto ele obedientemente sacudia a mão de Nathan uma vez e a largava, logo em seguida.

Matthias sorriu torto e deu dois tapinhas na cabeça de Sagan. Nathan meio que esperava que se seguisse a frase "bom menino".

Terminadas as apresentações desconfortáveis, Jude prosseguiu com a investigação.

Nathan cruzou os braços e tentou se lembrar dos interrogatórios com a família Branstone, vasculhando suas memórias em busca de qualquer coisa que fizesse alusão às suas verdadeiras identidades, mas as recordações ficaram distorcidas no decorrer dos últimos anos. Por mais que tentasse, só conseguia se lembrar deles como uma família de luto e destroçada, desesperada para descobrir quem tinha matado sua amada filha e por quê.

Ele captou o olhar perscrutador de Sagan. Depois de um segundo, analisou-o de forma passiva, assim como fizera com seu pai. Uma corrente negra espreitava por sobre a gola do suéter de Sagan e o contorno sutil de um amuleto ficou visível sob a malha, em seu peito. Nathan desviou seu foco para

Matthias. Ele também tinha a mesma corrente negra e a marca sutil de um amuleto sob a blusa.

Os amuletos eram os brasões dos clãs que os caçadores recebiam, durante sua iniciação. Cada um continha dez ampolas minúsculas embutidas no brasão de metal, um para cada espécie de metamorfo conhecida. Caçadores iniciantes usavam as ampolas para armazenar uma amostra do sangue luminescente da sua primeira morte de cada espécie de metamorfo. Quanto mais cores houvesse em um amuleto, mais respeitado era o caçador.

Nathan nunca encontrara um caçador com todas as dez cores. O máximo que tinha visto eram cinco. Um amigo seu alegou ter visto um amuleto com seis.

Se perguntou quantas cores o amuleto de Sagan possuía. A propósito, e quanto ao de Matthias? De quantas cores um caçador precisaria para ser tão presunçoso quanto ele?

— Oh, por falar nisso... — Matthias voltou a atenção para Nathan. — Estive me perguntando sobre aquela garota. Qual era o nome dela? — Ele fechou os olhos e estalou os dedos algumas vezes. — Sabe, a garota que estava presente, quando Lyla morreu.

Nathan apertou os punhos e Sagan desviou seu olhar para o pai.

— Oh, você quer dizer Violet — disse Jude.

— Sim, Violet. — Seu sorriso se ampliou, em exultação. — Como ela está, atualmente?

— Para dizer a verdade ela está ótima, apesar de tudo.

— Maravilhoso. — Os olhos de Matthias cintilaram e o olhar de Sagan titubeou. — Obrigado, detetive, por toda a sua ajuda aqui hoje — Matthias disse a Jude.

Ela colocou seu celular no bolso.

— Ligaremos para vocês assim que soubermos de alguma coisa.

— Nesse caso, ligue para a minha esposa. Vou estar fora da cidade por alguns dias.

Jude acenou.

— Farei isso.

Assim que retornaram ao carro, Jude começou a esbravejar.

— Que diabos foi aquilo tudo? Você viu como aquele garoto estava te olhando? Que esquisito! — Ela seguiu falando sobre crianças ricas e ingratas e "foi o laptop dele que fora roubado, afinal".

Nathan mal registrava o que ela dizia; sua mente fervilhava. Quando Jude parou o carro, percebeu que ela tinha lhe feito uma pergunta.

— Me desculpe, o que você falou?

— Eu disse que estou com fome e que vou pegar algo para comer. Quer alguma coisa?

Nathan estremeceu. Seu estômago estava vazio, mas ainda haviam traços remanescentes da náusea, por ter que passar pelo lustre de diamantium uma segunda vez, ao saírem da mansão.

— Não, obrigado. Estou bem.

— Certo, vou levar só um segundo.

Assim que ela saiu, Nathan pegou seu telefone e discou um número. Depois de alguns toques, uma voz masculina atendeu.

— Sim?

— Onde você está? — Nathan perguntou. — Está na cidade?

— Não, não no momento. Por quê?

— Ótimo. Não venha à minha casa. Eu despertei a atenção de alguns caçadores erathi.

Houve uma pausa.

— Oh, tem certeza de que não quer que eu...

— Não — disse Nathan. — É melhor que você fique fora dessa. Vou te ligar quando... se for seguro voltar para cá.

CAPÍTULO 9

MÃOS DE PSICOPATAS MORTAIS

VIOLET SAIU DO CHUVEIRO E SE SECOU, VISLUMBRANDO SEU CORPO no espelho da porta do banheiro. Linhas pálidas se inclinavam em um dos lados de suas costelas, cicatrizes descoloridas cobriam seus cotovelos e joelhos, e sombras de pequenos cortes e arranhões ainda eram evidentes em seu rosto, palmas das mãos e na maioria dos seus dedos. No entanto, não tinha lembranças de ter recebido nenhuma delas.

As cicatrizes mais intrigantes eram as de suas costas. Ela girou e esticou seu pescoço para inspecionar a parte inferior das costas no espelho. Em ambos os lados de sua coluna estavam as covinhas de Vênus, mas ao invés de duas pequenas cavidades, eram montículos elevados de tecido marmorizado, como se tivessem sido queimados por ácido ou fogo. Essas cicatrizes eram diferentes dos seus outros sinais de abuso; eram muito simétricas, muito *planejadas*. Nenhum médico ou enfermeiro conseguiu explicar as cicatrizes, quando Violet perguntara sobre elas no hospital.

Balançando a cabeça, voltou a descartar o mistério não solucionado e se enfiou em seu vestido. Deveria ou não se maquiar? Inclinando-se mais para perto do espelho, inspecionou seu rosto e franziu o cenho. Nunca gostara da cor de seus olhos. Eram mais cinzentos do que azuis, como se tivessem ficado sem o pigmento azul quando estavam desenvolvendo seus olhos. E, argh! Estava ficando com olheiras? As sombras escuras sob os olhos se destacavam contra sua pele clara. As atividades chegavam de forma muito rápida e as recentes noites de estudo já estavam contagiando-a. Como todas as outras pessoas pareciam conseguir sustentar tanto os estudos, quanto sua vida social?

Uma onda de exaustão a envolveu e ela considerou vestir seu pijama e adormecer vendo um filme em seu laptop. Mas não havia maneira de Autumn, Gus e Bessie deixarem-na ficar em casa, sobretudo não depois de faltar à última festa. Além do mais, ela podia muito bem tirar o máximo de proveito das suas experiências universitárias.

Remexeu na bolsa de maquiagem de Autumn.

— Ei, Autumn, tem algum corretivo que eu possa usar? — gritou.

Maquiagem era um aspecto dos direitos especiais femininos que Violet jamais conseguiu aderir, embora tenha roubado um brilho labial com sabor de melancia de uma loja uma vez, aos quatorze anos. Perdera-o de vista depois de mais ou menos três orfanatos; outro órfão deve ter pegado.

Autumn enfiou a cabeça no banheiro e se apoiou no batente da porta.

— Eu tenho alguns corretivos, mas não tenho certeza se posso ajudá-la. Nenhum deles tem a cor 'cadáver'.

Violet fez beicinho, admirando as tonalidades douradas da pele de Autumn. Ela, sem dúvida, poderia se passar por uma gata da praia. Tudo o que ela precisava era de um biquíni e uma prancha de surfe.

Autumn cruzou seus braços.

— Por que o interesse em maquiagem, do nada? Nunca usou nenhuma desde que te conheci. Não que precise de alguma, por sinal. — Ela torceu o nariz. — Você é uma daquelas garotas irritantes que sempre parece estar 'hashtag-acordei-assim'.

Violet riu.

— Estou mais para 'hashtag-com-o-que-se-parece-o-sol?'

Autumn soltou uma risada.

— Um pouco de sol não faria mal, certo?

— Sim, bem, nem todos fomos criados para assumir um estilo de vida de hippie alternativo.

— Ei, não deixe os dreads te enganar. A vida da cidade é o que eu almejo, independentemente do quanto reclame do leite industrializado.

Violet riu.

— É melhor ir se trocar, Vi. — Autumn checava o relógio. — Só temos alguns minutos, antes dos outros chegarem.

— Estou pronta para ir — disse Violet, tentando compreender os inúmeros produtos de maquiagem de Autumn.

— Como assim? — Autumn franziu o cenho para o figurino de Violet. — Não pode usar isso.

— Por quê? O que tem de errado?

Autumn colocou a mão na cintura.

— É preto.

Violet inclinou a cabeça e franziu as sobrancelhas. O vestido de Autumn tinha uma galáxia estampada em um fundo marinho e ela havia tingido alguns de seus dreadlocks com várias cores florescentes, para combinar.

— Você não pode usar preto em uma festa de luz negra — explicou Autumn.

— O quê? — Violet passou as mãos no tecido macio do seu vestido. — Por que não?

— Porque um visual todo preto vai te deixar invisível, sem contar que cada pedacinho de fiapo e penugem branca ficará super evidente.

— Ah. — Violet puxou a barra do vestido e o inspecionou um pouco mais.

— Ei, galera, chegamos — chamou Gus.

— Estamos no banheiro — disse Autumn.

— Se a porta do banheiro está aberta, então espero que estejam totalmente vestidas. Ainda é cedo demais para nudismo — falou Gus.

Bessie apareceu no batente da porta.

— Ei, garotas, o que acham?

Os olhos de Violet esbugalharam enquanto Bessie rodopiava para exibir seu visual. Ela usava uma peruca verde-neon de corte long bob e batom verde combinando. Bastões luminosos e pulseiras de neon faziam par com sua blusa rosa-choque e a saia de tule florescente.

Bessie estendeu as mãos.

— Vejam isso. Acabei de fazê-las. — Suas unhas eram uma mistura neon de rosa-choque nas bases e verde nas pontas. — Gostaram?

Autumn sorriu e acenou.

— Incrível! Elas ficaram ótimas.

— É seguro olhar? — disse Gus, ainda fora de vista.

Violet sorriu e Autumn revirou os olhos.

— Sim, Gus. Eu sei que você está morrendo de vontade de nos mostrar o seu visual. O palco é todo seu.

Gus saltou para o lado de Bessie e soltou um "Ta-daaa".

— Nossa — exclamou Violet.

Gus girou para dar às meninas uma visão completa de seu traje inteiramente em neon. Ele estava vestindo uma calça social amarelo-limão, com uma camisa de botões cor-de-rosa por baixo de um paletó laranja.

— Não consegui encontrar nenhum sapato florescente, mas encontrei uma lata de spray de cabelo azul-neon. — Levantou um pé, exibindo a nova cor de seus tênis, outrora brancos.

— Uau! — disse Autumn. — Incrível!

Gus enganchou os polegares sob a gola do paletó, com um

sorriso de vendedor no rosto. Seu sorriso se transformou em uma careta, quando olhou em direção a Violet.

— Você não vai vestida assim para uma festa de luz negra, vai?

Violet revirou os olhos.

— Não tem nada de errado com o que estou vestindo. Vamos indo.

— Nã-ão. Não. — Autumn agarrou-a pelos ombros e a empurrou para fora do banheiro até que ficassem de frente para o seu guarda-roupas. — Bessie, você faz o cabelo e eu cuido do visual.

* * *

Seus sapatos batiam ritmicamente na calçada da cidade, entrando em sincronia com o auxílio da música retumbante da festa, algumas quadras à frente. Uma mistura de fragrâncias, da comida quente dos vários restaurantes e trailers de comida ao redor, flutuava. O estômago de Violet roncou, quando sentiu o cheiro de frango na manteiga, arroz temperado e outros quitutes do restaurante indiano, do outro lado da rua. Duvidava que essa festa teria uma comida tão aromática ou apetitosa. Devia ter comido antes de saírem.

Violet enrolou mais a gola da jaqueta ao redor de seu pescoço. Perdera a conta da série de coisas das quais já estava arrependida nesta noite gelada, mas a escolha de roupas de Autumn para si, definitivamente, encabeçava a lista. Puxou a barra de seu vestido completamente branco. O tecido elástico abraçava cada curva sua, deixando muito pouco a imaginação. Também subia continuamente, enquanto ela caminhava; um par de leggings rosa-choque — sugestão de Bessie — era a única coisa que a salvava do vexame completo. Não conseguiu manter o canivete em sua pessoa neste traje, então o escondeu em uma bolsa de flamingo, outro item que Autumn a emprestou, para a noite.

Violet puxou um pouco mais forte na barra, que chegava às suas coxas, e Autumn deu um tapinha em sua mão.

— Pare com isso. Vai arruinar meu vestido.

— Não tem tecido o bastante nesta coisa para ser considerado um vestido — Violet falou, entre dentes. — Não acredito que deixei você me convencer a usar isto em público.

Autumn revirou os olhos.

— Você está ótima, Vi. *Fantástica*, na verdade. Agora, pare de choramingar.

Quando chegaram ao final da rua, Autumn abriu os braços, parando o grupo antes que entrassem no beco.

— Esperem! Antes que eu esqueça, vocês vão precisar de um destes. — Ela abriu sua bolsa dourada brilhante e entregou a cada um deles um cartão. — Podem agradecer ao Prophecy03, pelas identidades falsas.

— Quem? — disse Violet.

Gus resmungou.

— É um dos camaradas hackers de Autumn.

Bessie guinchava de alegria, enquanto pegava seu cartão.

— Você só pode estar brincando. — Violet olhou sua foto ao lado do nome Vanessa Smith. — Fala sério, Autumn, se Nathan descobrir, vai me matar.

Autumn deu um sorrisinho.

— Então ele não pode descobrir. — Ela atrelou seus braços aos de Violet e Bessie e as puxou até a esquina.

Dois seguranças situavam-se em frente à entrada de um estabelecimento decadente, rabiscado com marcas de pichações. As roupas florescentes dos clientes, que entravam e saiam, contrastavam nitidamente com o beco escuro e abandonado.

— Espera — disse Violet —, isso é uma boate. Achei que você tinha dito que íamos à uma festa da faculdade.

Autumn inclinou a cabeça e deu de ombros.

— Bem, tecnicamente, eu disse que muitas pessoas da faculdade talvez fossem à essa festa.

Violet examinou os rostos das pessoas em neon, não reconhecendo nenhum deles.

— Vamos lá, Vi. — Autumn lhe deu um empurrãozinho. — Se anima. Uma noite fora do campus não vai fazer mal. Na verdade, acho que uma mudança de ares vai ser bom para nós. — Ela agarrou o braço de Violet e arrastou-a para frente.

Os outros passaram pela inspeção dos seguranças com facilidade. O coração de Violet disparou quando o segurança passou os olhos, várias vezes, entre ela e a identidade falsa e, quando finalmente acenou para ela passar, mal conseguiu evitar um evidente suspiro de alívio.

Uma vez lá dentro, Violet respirou fundo, as batidas eletrônicas vibrando com força total, em seu peito.

— Uau.

Um azul-escuro profundo banhava o clube, atravessado por estouros iluminados de amarelo, verde, azul, rosa e magenta. As roupas dos clientes variavam, de neon cintilantes a luzes de LED estrondosas. Um cara até mesmo usava uma camisa que se acendia a cada batida acelerada da música, enquanto outro usava lentes de contato ultravioleta laranjas. O espartilho de vinil negro de uma garota tinha a iluminação de LED cor-de-rosa em um padrão geométrico, acentuando seu corpo curvilíneo. Uma multidão apertada se contorcia na pista de dança, observada por espectadores de um camarote em formato de U, no segundo piso.

Violet virou-se para os seus amigos e ofegou com a transformação luminosa das roupas de Bessie e Gus e com a estampa da galáxia de Autumn. Olhou para seu próprio vestido branco, agora cintilando em um azul glacial.

Autumn riu e gritou, por sobre a música.

— Viu, eu disse. Você está ótima. Devia ver seu cabelo.

Violet alcançou uma mecha do seu cabelo solto e sorriu. O

giz de cabelo florescente que Bessie colocara estava aceso em um arco-íris vibrante.

Bessie agarrou o braço de Autumn e gritou.

— Qual é, vamos pegar algumas bebidas.

Alguns minutos depois, as duas voltaram carregando uma bandeja com cerca de vinte copos de doses reluzentes, com Bessie sorrindo como se tivesse acabado de ganhar na loteria.

O queixo de Violet caiu.

— Uau! Quão bêbadas vocês planejam ficar?

Bessie encolheu os ombros.

— Eu não sabia o que pegar, então o barman sugeriu que eu tentasse diversificar.

— Diga a verdade a eles. — Autumn deu um sorrisinho. — Você acabou de ser enganada por aquele barman gostoso.

Violet riu, mirando, outra vez, a bandeja lotada.

— O quão gostoso era esse cara?

— Sei lá, eu não poderia dizer sob a luz negra. Mas ele tinha um moicano épico.

Violet e Gus compartilharam um olhar de incredulidade e juntaram-se às garotas em algumas doses coletivas. Levou algumas rodadas, mas Violet se acostumou com a ardência picante que o álcool entalhou em sua garganta e, em pouco tempo, começou a apreciar a agitação calorosa. Para sua surpresa, os quatro conseguiram esvaziar a bandeja em um piscar de olhos.

Bessie guinchou e apontou para um canto da boate.

— Boa! Eles têm pintores corporais, aqui!

Antes que alguém pudesse reagir, ela já os havia arrastado metade do caminho até a estação de pintura corporal.

Mais tarde, em uma mesa que Autumn, milagrosamente, conseguiu pegar — a garota, sem dúvida, tinha um dom —, Violet contemplava um desenho floral ultravioleta, pintado na extensão do seu braço.

— O que acha? — Bessie enfiou o próprio rosto diante de

Violet, apontando para a borboleta neon em sua bochecha. Violet sorriu e ergueu os dois polegares.

— Não consigo evitar por mais tempo. Preciso dançar! — Gus segurou o braço de Bessie e a arrastou para a pista de dança, avisando Violet aos berros, pelo caminho: — Fique de olho na Autumn, certo? Ela pode ser bem furtiva.

Bessie e ele se uniram à multidão. O paletó laranja de Gus e a peruca verde-neon de Bessie se destacavam como faróis, mesmo no meio da horda florescente. Violet não conseguia deixar de dar risada dos seus movimentos de dança escandalosos. Se, ao menos, pudesse ser tão despreocupada. Lyla poderia estar ali com eles. Não só teria se igualado àquela dança louca; ela teria roubado o show.

Consultou o relógio e seus olhos arregalaram-se.

— Nossa! Tem alguma ideia de que horas são, Autumn? Talvez devêssemos pensar em voltar para casa logo.

Autumn balançou a cabeça e tomou outro gole de sua bebida.

— Não. Não podemos ir. Eu ainda não vi ele.

As sobrancelhas de Violet se uniram.

— Ele? Ele quem?

— Aliás, falando de caras... — Autumn sacudiu sua mão com desdém, as palavras um pouco arrastadas. — Quando vai me contar sobre esse cara que você vive falando? Eu escutei que ele gosta de escorpiões.

Um calafrio colidiu com a morna agitação alcoólica de Violet.

— O quê?

Autumn deslizou pelo assento da mesa, aproximando-se de Violet, e colocou uma mão no queixo, em expectativa.

— Eu disse: 'Eu escutei que ele gosta...'

— Eu ouvi o que você disse. Nunca falei de um cara. Ou... ou de qualquer outro. — Ainda não tinha contado a ninguém sobre Thane.

Autumn assentiu, sua cabeça balançando para cima e para baixo com mais vivacidade do que era necessário.

— Sim, falou sim. Eu escutei. Escutei, quando você estava dormindo. — Ela apoiou a cabeça no ombro de Violet e olhou para cima, com os olhos vidrados. — Sabia que você fala dormindo?

Os músculos do rosto de Violet ficaram tensos e o álcool em seu estômago azedou.

— Preciso de um copo de água. — Levantou-se e Autumn tombou em seu espaço vago.

— Violet, espere! Você não me disse como ele é. Você não... — A batida da música abafou o restante, enquanto Violet se enfiava entre os dançarinos, seguindo direto para a saída.

Troncos e membros a impeliram em todas as direções, dificultando a agilidade da sua fuga. O peito de Violet arfou, enquanto seu mundo rodopiava em um emaranhado frenético de cores acesas. Precisava correr. Fugir desse demônio que dominava o seu passado e seus pesadelos.

Seus joelhos cederam.

Os traços dos dançarinos ao redor ficaram desfocados, borrados. Sem rosto, como o homem em seus sonhos.

Ela apertou os olhos, mas isso não ajudou a apagar a imagem dos seus medos mais profundos. O escorpião de cristal no pescoço dele ardia nos olhos de Violet, mais vibrante do que nunca. Em sua mente, o homem sem rosto a alcançava.

— Violet! — Uma mão pesada pousou em seu ombro.

Ela gritou e girou, o pânico golpeando seu peito.

Era apenas Gus.

— Você quase me matou do coração — Violet arquejou, apertando e embolando o tecido sobre o coração acelerado. Ela gemeu e pressionou a mão na própria testa. — Acho que bebi demais.

— Onde está Autumn? — Gus berrou.

— O quê?

Os olhos de Gus estavam enormes, intensos.

— Gus? Você está bem?

— Onde está Autumn? — gritou novamente.

— Ela está... hm... — Violet lançou um olhar ao seu redor, orientando-se.

Gus sacudiu seus ombros.

— Violet, onde ela está?

Ela apontou na direção da mesa que tinha deixado há alguns instantes, mas um novo grupo de baladeiros agora a ocupava, nenhum dos quais era Autumn.

— Hm... Ela estava...

Gus cuspiu meia dúzia de palavrões. Os decibéis das suas exclamações disputavam com o volume da música.

— Sabia que isso iria acontecer! Vocês não a conhecem como eu. Temos que encontrá-la.

Ele enganchou o braço no seu e irrompeu pela multidão.

— Espere, onde está Bessie? — Violet bradou.

— Está no bar.

Violet avistou uma peruca verde na extensa fila das bebidas.

— Com sorte, vamos encontrar Autumn antes que ela seja atendida — continuou Gus. — Venha, vamos tentar por aqui.

As pessoas esbarravam e se acotovelavam, e a pele de Violet formigava com o suor do calor de tantos corpos comprimidos. Não conseguia imaginar o quão quente Gus deveria estar em seu paletó. Ela analisou a multidão, na esperança de ter um vislumbre dos dreadlocks florescentes e do vestido de galáxia.

— Lá! — Gus gritou, apontando para o camarote, no andar de cima.

Violet suspirou, aliviada. Autumn estava apoiada na balaustrada, enrolando um dreadlock em uma mão e segurando uma bebida, na outra. Ela ria, enquanto um homem passava o braço em torno de sua cintura. Um dragão ultravioleta serpenteava na pele escura do cara, descendo do rosto dele até seu pescoço.

Gus prendeu seu braço no de Violet com mais firmeza e a arrastou para as escadas.

Eles abriram caminho na subida, esquivando-se do grupo de pessoas a caminho da pista de dança e do bar. Violet teve que se apressar para corresponder à velocidade de Gus. Logo que chegaram ao andar superior, seguiram direto para a balaustrada, mas o local onde viram Autumn agora estava vazio.

Gus grunhiu, exasperado.

— Só pode ser sacanagem.

Ele se inclinou sobre a balaustrada e indicou uma escadaria, do outro lado da boate. Autumn estava na parte de baixo, sendo guiada através da multidão pelo homem com dragão ultravioleta.

— Olhe.

Violet apontou para outros dois caras de pele escura. Eles estavam seguindo logo atrás, pressionando e empurrando as pessoas, enquanto abriam caminho pela aglomeração. Alguns segundos depois, Autumn foi conduzida por uma porta com um letreiro de Somente Funcionários e os outros dois homens os acompanharam.

Um tremor de adrenalina percorreu o corpo de Violet.

Não gostou disso. Suas mãos tremiam à medida que apertava a bolsa de flamingo, reafirmando a presença do seu canivete. Ela olhou para a saída no andar inferior, no lado oposto à porta pela qual Autumn tinha passado, e inspirou. O odor de cerveja choca e destilados fortes quase a fez vomitar.

Gus partiu, correndo escadas abaixo.

Violet fitou novamente a saída. Todos os seus instintos exigiam que corresse para lá. Fugisse. Ficasse o mais longe possível deste lugar. Mas ela não podia ir embora. Ainda não. Não sem os outros.

Engoliu seu medo e forçou seu corpo a avançar atrás de Gus.

Correram o máximo que puderam pela multidão, refazendo a trajetória de Autumn, até chegarem à porta de Somente Funcionários, que estava fechada. Gus puxou a maçaneta, mas ela não se moveu.

Ele xingou.

— Claro que tinha que estar trancada.

— Aqui, eu faço. — Violet se enfiou na frente dele. — Se certifique de que ninguém está vendo.

Removeu os dois grampos que prendiam seu cabelo e posicionou um em seus dentes, dobrando o metal e torcendo o outro grampo no formato de que precisava. Ela, então, deslizou ambos no buraco da fechadura. Remexeu os grampos, sentindo o tênue *clique* das trancas se encaixando.

O queixo de Gus caiu, quando ela abriu a porta.

— Vamos lá. — Violet agarrou o braço dele e, com uma ligeira verificação por sobre seus ombros, o puxou.

— Onde aprendeu a fazer isso? — Gus perguntou, em uma voz abafada. A música retumbante da boate diminuiu para uma batida suave, assim que a porta se fechou atrás deles.

Violet deu de ombros.

— A gente aprende algumas técnicas no sistema de adoção.

— Isso é tão maneiro. A minha melhor habilidade é fazer macramê.

Violet arqueou uma sobrancelha.

— É sério?

Ele não respondeu. Em vez disso, verificou o corredor de concreto mal iluminado no qual se encontravam. Um extintor de incêndio e um mapa de evacuação de emergência estavam pendurados na parede, em frente a eles.

Violet olhou para os dois lados do corredor.

— Para que lado acha que eles foram? — Nenhuma direção dava quaisquer pistas visuais.

— Vamos tentar por aqui — disse Gus, dando um passo determinado.

— Espere. — Violet o parou, colocando a mão em seu peito. — Ouviu isso?

Uma tênue risadinha feminina ecoou, vinda da direção oposta à que Gus havia tomado.

— Espero que seja Autumn — falou Gus, dando meia-volta.

Eles correram até o final do corredor e chegaram a um entroncamento, então pararam para ouvir. Um leve murmúrio de vozes vinha da esquerda.

— Por aqui.

Violet enlaçou seu braço no de Gus, o coração martelando, como uma marreta, contra suas costelas. Seguiram pelo corredor até uma porta aberta, a qual emanava uma suave música de jazz de seu interior. O volume das conversas e risadas ficaram mais altos, à medida que se aproximavam.

— Talvez seja uma festa particular? — Gus sussurrou.

— Talvez — disse Violet, no mesmo volume.

Eles espreitaram pela porta aberta.

O alívio inundou Violet quando avistou Autumn. Ela estava com as costas pressionadas contra a parede oposta, parada, praticamente peito a peito com o cara da boate. Ele era quase uma cabeça mais alto que ela e estava curvado, apenas para olhá-la nos olhos. Sua camisa justa — feita de uma gaze preta transparente — era bordada com um desenho em negrito floral azul-celeste, marinho e negro, e sua pele escura ondulava e se flexionava por baixo do tecido, a cada movimento. A pintura corporal de dragão agora brilhava, extravagante, sob a luz incandescente.

— Os bíceps desse cara são da largura da minha cintura — murmurou Gus.

O impulso de Violet de correr se intensificou. Aquele homem era um brutamontes, uma potência muscular. Se concentrou em manter sua respiração acelerada em silêncio.

Gus esticou seu pescoço um pouco mais para dentro da porta aberta.

— Eu não vejo os outros dois, você vê?

Os outros dois caras? Violet quase tinha se esquecido deles.

Lançou um olhar em torno da sala. *Talvez eles não estejam lá dentro. Pode ser que...*

Ela virou sua cabeça para olhar para trás, verificando ambas as direções do corredor.

— Quer apostar que eles foram buscar a próxima dose de anabolizantes? — sussurrou Gus.

Uma risadinha de Autumn chamou a atenção de Violet de volta para o interior da sala. Autumn sorria, colocando uma mão no braço do cara e murmurando algo. Violet não conseguiu ouvir o quê, por conta da música.

O homem sorriu de volta.

— E, como uma mariposa atraída pela luz, outro idiota cai na armadilha de Autumn — disse Gus, em voz baixa.

— O que quer dizer? — Foi a vez de Violet perguntar. — O que ela vai fazer?

E então, como um raio, o homem fechou sua mão na garganta de Autumn.

Violet ofegou e, então, mordeu os lábios com força para não gritar.

Os olhos de Autumn arregalaram-se. Sua boca se abriu, enquanto ela arranhava a mão que apertava sua traqueia.

Não, não, não! Isso não pode estar acontecendo de novo. Um soluço escapou de Violet. Suas pernas amoleceram e ela desabou contra a parede, uma inevitável onda de remorso e impotência anestesiando cada nervo do seu corpo.

Gus avançou.

— Ei! Fique longe dela!

Ele pulou e agarrou o braço do homem-montanha, seus pés balançando, sem alcançar o chão. O cara olhou para ele, fazendo um semblante como se estivesse sendo incomodado por um mosquito.

Gus puxou o braço do cara, mas poderia muito bem estar puxando a viga de suporte de uma ponte. O homem soltou o pescoço de Autumn para se livrar de Gus, e Autumn despencou no chão, tossindo entre as tragadas de ar.

Violet arrastou-se para frente, mas gritou quando foi puxada por uma mão firme, emaranhada em um punhado do seu cabelo. Quando ela agarrou a mão que a segurava, sua bolsa de flamingo caiu no chão, aos seus pés.

— Levanta, Autumn! — berrou Gus, ainda agarrado ao braço do homem. Com uma força inacreditável, o homem o atirou com força contra a parede. Gus gemeu um *ugh*, o rosto contorcido de dor, antes de desmoronar no chão.

O homem do dragão verde pairou sobre Autumn, seu rosto distorcido em fúria e as mãos cerradas em punhos. Ele bradou para o homem que segurava o cabelo de Violet, e eles conversaram em uma linguagem cortante e gutural, que Violet não reconhecia.

Uma tossida de Autumn roubou a atenção do Dragão Verde. Ele levou a mão até ela.

— Não! — Violet berrou. — Deixe ela em paz!

Ela guinchou quando o homem atrás de si puxou seu cabelo, em advertência.

Dragão Verde não lhe prestou atenção. Ele debruçou-se sobre Autumn, falando novamente naquela linguagem áspera e desconhecida.

Violet apertou os olhos, tentando, em vão, conter o fluxo de lágrimas que já escorriam por suas bochechas. Não fora capaz de salvar Lyla, e não conseguiria salvar seus amigos agora. Por que era tão inútil? Por que tinha sido a única com permissão para viver?

Não havia nada que pudesse fazer. Nada. *Ela* não era nada.

Prendeu a respiração.

. . .

— Vamos, menina. Apenas respire. — Nathan afagou suas costas. — Você praticamente conseguiu. Tudo o que tem que fazer é tentar de novo.

Violet afastou a mão dele e arrancou o velcro das luvas de boxe. Em um frenesi, ela tirou-as e as arremessou no saco de pancadas, que balançou, pendurado no teto.

— Aaargh! Eu nunca vou conseguir. Eu não consigo. — Ela despencou no chão, baixando a cabeça nas mãos. — É tarde demais, de qualquer forma.

Após um momento, ela ouviu um zás *e um* plaft *altos, vindos de uma toalha de ginástica, seguidos de um golpe forte em sua coxa.*

— Ai! — Violet esfregou a perna e olhou para Nathan, que estava segurando a toalha infratora com as duas mãos.

— Pare de se culpar pela morte de Lyla.

Os lábios dele formavam uma linha rígida e suas narinas estavam dilatadas — uma expressão que Violet só poderia supor ser raiva —, mas os olhos eram gentis.

— Não podemos voltar no tempo e mudar ou apagar o que aconteceu. Só podemos seguir em frente. Temos que aprender com os nossos erros e prometer a nós mesmos fazer melhor. Não deixe o passado te controlar.

Violet baixou seu olhar. Piscou algumas vezes, torcendo para que Nathan pensasse que suas lágrimas eram apenas suor.

A toalha estalou novamente e outro golpe queimou em sua coxa.

— Essa doeu!

— Pare de fazer cara feia. Levante-se. Sabe o que fazer.

Violet abriu os olhos.

Prendeu suas mãos no punho em seu cabelo e girou os quadris, dando um passo para trás e passando por baixo do braço de seu agressor. O movimento retorceu o ombro e o pulso do homem em um ângulo não natural e doloroso, e ele grunhiu e se dobrou para frente, tentando aliviar a tensão.

Nos treinos de autodefesa, era nesse momento que ela costumava soltar, e Nathan explicaria os próximos passos.

Não desta vez.

Os gemidos ásperos de Autumn e o corpo caído de Gus impeliram-na a ação. Em dois golpes ágeis, ela deslocou o ombro do homem e quebrou seu pulso com um *craque* audível. Ele gritou e Violet o soltou. O homem tombou no chão, embalando o braço, e encarou-a, berrando o que ela só podia supor que fosse uma série de insultos.

Seu olhar passou para o cara que ainda estava encurvado sobre Autumn. A mão do brutamontes pairava bem em frente ao pescoço de Autumn, enquanto ele fitava Violet de cima a baixo. Com um sorriso de desdém, voltou sua atenção para Autumn. Ou ele não considerava Violet uma ameaça, ou não se importava com o que quer que ela fizesse em seguida.

Mais uma vez, ele agarrou a garganta de Autumn, interrompendo sua respiração desesperada. Lágrimas cintilavam nas bochechas dela e seu olhar prendeu-se ao de Violet, seus olhos arregalados e suplicantes.

Violet avistou a bolsa de flamingo no chão. Recuperou seu canivete e atravessou a sala em três passadas rápidas. Seu polegar encontrou e apertou o botão. *Shink*.

Com a mão livre, ela agarrou o queixo do homem e puxou sua cabeça para cima, pressionando a lâmina exatamente onde a cauda do dragão pintado se enrolava, em sua mandíbula. Ele paralisou e os gritos de Autumn silenciaram.

— Solte-a ou eu vou cortá-lo de orelha a orelha — Violet grunhiu, entre dentes.

Ela apertou ainda mais o canivete; as gemas negras ao longo do cabo perolado penetraram na palma de sua mão.

Quer ele a entendesse ou não, Violet imaginava que ele, ao menos, saberia dos riscos de ter uma faca pressionando sua jugular. Aumentou a pressão, cravando a ponta em sua carne. Ele sibilou e libertou Autumn.

— Autumn, pegue Gus. Estamos indo — disse Violet, ainda sem retirar o canivete.

Autumn assentiu, os olhos arregalados e um pouco vermelhos. Marcas no formato de dedos já desabrochavam em seu pescoço.

O homem com o dragão verde piscou quando Autumn se afastou.

— Zhivotza — ele disse, estendendo novamente a mão em sua direção.

Violet cravou sua lâmina um pouco mais.

— Não se mexa. — Mas seu alerta não foi ouvido, à medida que o homem tentava torcer a cabeça para longe do alcance de Violet. Ele repetiu a palavra estrangeira novamente, desta vez, com mais veemência.

— Não sei o que isso significa — disse Violet —, mas se não ficar parado, eu vou esparramar seu sangue por todo o piso.

Ele respondeu com um rugido.

Antes que ela pudesse reagir, o homem girou, em uma velocidade de tirar o fôlego. Seu braço pesado atingiu-a e Violet colidiu as costas no chão com um grito de agonia, os olhos piscando e fechando-se com o impacto. Perdeu o fôlego. O simples ato de sugar o ar agora enviava pontadas agudas de dor por todo seu corpo.

Quando abriu os olhos outra vez, o pânico dominou seu peito, seus ombros, sua garganta. O homem surgiu sobre si, a estrutura enorme preenchendo completamente sua visão. Ele prendeu seus ombros no chão, os dentes à mostra e os olhos injetados, em fúria.

Conseguira segurar seu canivete, mas ele parecia insignificante e inútil. Tudo que Nathan tinha ensinado a ela sobre lutar com facas fugiu de sua mente. Violet chorou, chutou e se debateu inutilmente, deslizando com a mão que estava com a lâmina e socando com a outra.

Ele agarrou seus dois pulsos em um aperto firme e inescapável e rugiu de novo, a saliva salpicando em seu rosto, enquanto ele uivava as estranhas palavras guturais.

Lágrimas ardiam nos olhos de Violet. Não conseguia mais lutar contra ele. Não conseguiria lutar contra seu pânico ou seu medo.

No momento em que estava prestes a ficar sem forças, algo acima de si fez um *bam* metálico. O rosto do homem ficou frouxo e seus olhos reviraram em ângulos estranhos, antes de ele despencar sobre Violet.

A peruca neon de Bessie e seu rosto pintado com a borboleta surgiram no campo visual de Violet. Ela segurava um extintor de incêndio sobre sua cabeça.

— Ele apagou? — Bessie perguntou.

Violet assentiu, lutando para falar com o peso maciço do homem inconsciente sobre seu peito.

Bessie largou o extintor, o rosto branco como um lençol. Ela ajoelhou-se para ajudar a tirar o cara pesado de cima de Violet.

— Mas que... raios? Eu estava... Devo ligar para a polícia?

— Não! — resmungou Autumn. — Sem polícia.

Os quatro cambalearam em direção à saída. Bessie sustentava Gus, que estava quase recobrando a consciência, e Violet apoiava-se em Autumn, o braço com o canivete atirado sobre os ombros dela.

Tinham acabado de chegar no corredor de concreto, quando Autumn se deteve.

— Oh, esperem. Deixei a minha bolsa dourada lá.

— Esquece — disse Violet.

— É importante. Serei rápida.

Violet estremeceu, enquanto Autumn retirava seu braço. Tentou agarrar o ombro de Autumn antes que ela entrasse na sala, mas sua amiga se remexeu para fora de seu alcance.

— Qual parte das mãos mortais daquele psicopata no seu pescoço que você não levou a sério? — Violet chiou atrás dela.

O cara com o dragão verde ainda estava desacordado e o

coração de Violet palpitava em sua garganta, enquanto Autumn andava na ponta dos pés em torno dele para resgatar a bolsa de ouro metálica, próxima ao braço. O homem que agarrara o cabelo de Violet não estava à vista e quem sabe onde estaria o terceiro cara.

O alívio inundou Violet como um maremoto, quando Autumn apanhou sua bolsa e correu de volta até eles.

— Vamos — Autumn sibilou.

Violet revirou os olhos.

— Ótima ideia. Se, ao menos, tivéssemos pensado nisso antes.

Autumn ignorou o comentário sarcástico e, novamente, colocou o braço de Violet ao redor de seu pescoço. Eles tentaram ao máximo se apressar pelo corredor, olhando para trás com frequência. Felizmente, ninguém os estava seguindo. Ainda.

Violet abraçava seu corpo com o braço livre e inspirava superficialmente. Quem saberia quantas costelas tinha quebrado. A parte de trás de sua cabeça latejava; até mesmo piscar aumentava a onda de dores em seu crânio.

Elas alcançaram Gus e Bessie na porta de acesso à boate. Dando uma última olhada para trás, os quatro empurraram a porta, a música ensurdecedora envolvendo-os novamente. Violet permitiu que Autumn a levasse através da multidão, no encalço de Gus e Bessie, em direção à saída e de volta ao beco.

— Ufa, essa foi por pouco — disse Autumn, quando dobraram a esquina para a rua principal.

Bessie explodiu instantaneamente, dando vazão ao seu surto. Gus estava consciente o bastante para lançar alguns comentários sarcásticos, mas seu timbre estava um pouco arrastado, seja pelo álcool ou por bater a cabeça, Violet não tinha certeza.

Nem se preocupou em inserir-se nos rompantes histéricos de Bessie ou nas reafirmações apáticas de Autumn. Só queria chegar em casa e ir direto para a cama.

Uma tênue dor em sua mão veio à tona e ela se deu conta de que ainda estava segurando seu canivete. Um líquido laranja vivo estava espalhado pela ponta, reluzindo sob as luzes da rua. A pintura de dragão verde do cara deve ter ficado borrada quando ela pressionou a lâmina em sua garganta. *A não ser...* Franziu o cenho. A pintura estava seca e, se sua memória estivesse correta, não havia laranja no desenho ultravioleta de dragão.

A nuca de Violet arrepiou-se e ela lançou outro olhar em direção à boate.

Um homem com a pele tão escura quanto à meia-noite situava-se a algumas quadras de distância, próximo à entrada do beco. Aninhava um dos braços, enquanto examinava a rua, de cima a baixo. E, então, seus olhos encontraram os dela.

Terror rugiu nos ouvidos de Violet.

O homem berrou e apontou para ela e, um segundo depois, o terceiro cara da boate virou correndo a esquina.

— Pessoal, corram! — Violet gritou.

Gus e Bessie hesitaram apenas por um segundo, virando-se para ver o que estava atrás deles antes de gritarem, alarmados, e desatarem a correr. Violet já estava arrastando Autumn rua acima.

Seus sapatos batiam contra o pavimento. Os pulmões de Violet ardiam e suas costelas queimavam, em agonia, a cada arquejo de sua respiração frenética. Autumn passou à frente, enquanto a dor de Violet a fez desacelerar.

O baque ritmado atrás de si ficava cada vez mais alto. O homem estava se aproximando.

— Por aqui — exclamou um dos outros, quer fosse Autumn ou Bessie, Violet não se importava.

Os demais atravessaram a estrada por uma brecha entre os carros velozes, cujas buzinas transmitiam sua irritação. Violet arriscou outra olhada para trás, antes de pisar na estrada.

O homem estava praticamente em cima de si, seu braço estendido, o rosto retorcido em uma fúria desenfreada.

Um grito ficou preso na garganta de Violet, à medida que ela se obrigava a correr mais rápido.

Enquanto corria em meio ao trânsito, Violet quase conseguia sentir os dedos do homem roçando em suas costas, a respiração pesada tocando seu pescoço. E então...

Crash. Bum.

O som do metal batendo na carne ficou gravado na mente de Violet. Pneus guincharam quando um carro deu uma guinada e derrapou até parar, mas Violet não deixou de correr e nem olhou para trás, até chegar do outro lado da estrada. O corpo do homem jazia imóvel a alguns metros de distância, cercado por um pequeno grupo de pedestres.

Violet não ficou para saber o que aconteceria em seguida. Ignorando os poucos espectadores que a chamavam, ela aproveitou o surto extra de adrenalina para alcançar Autumn, Gus e Bessie. Nenhum deles parou até chegar no dormitório de Violet e Autumn, onde bateram e trancaram a porta atrás deles.

CAPÍTULO 10

CANELA E SAL

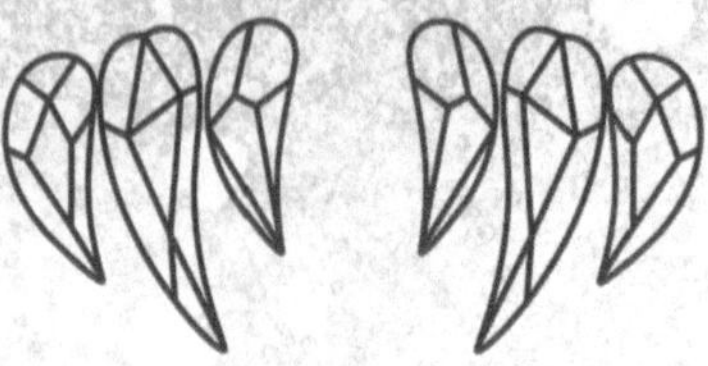

NATHAN EXCLAMOU SEUS AGRADECIMENTOS E UM BOA NOITE para o proprietário do seu restaurante chinês favorito, antes de sair. O vapor quente vindo do saco plástico em sua mão formigava sobre seus dedos, trazendo consigo o aroma delicioso de frango com feijão preto, camarão com gengibre e arroz frito. Ficou com água na boca. Se tinha uma coisa em que os erathi eram bons, era cozinhar. Ele circulava pelos cafés e restaurantes da cidade várias vezes por semana, sempre experimentando algo diferente do cardápio. Desde que se mudou para Brookhaven, já passara por todas as opções do restaurante chinês pelo menos três vezes. Nem sequer precisava telefonar com antecedência para fazer seu pedido para viagem; o proprietário já havia entendido o padrão de escolha do menu de Nathan e sempre deixava a comida pronta para ser retirada, em suas noites de comida chinesa.

Algumas vezes, Jude o deixava em casa depois que pegava seu jantar, mas, quase sempre, ele ficava mais do que satisfeito em caminhar os poucos quarteirões de volta ao seu lar. Era uma boa desculpa para desfrutar dos raios venusianos — e renovar suas reservas de energia veniri, que o revitalizavam até seu núcleo.

Buscou pelo sussurro melódico que lhe mostrava a direção do posicionamento celestial de Vênus, reconhecendo o impulso suave enquanto atraía — nunca forçava — seu lado veniri para a superfície. Ao contrário do que era retratado tantas vezes nos contos de fadas e romances adolescentes, lobisomens e outras espécies de metamorfos, como a sua, quase sempre tinham a escolha de se transformar ou não em suas formas mutantes. Seu respectivo planeta ou lua era uma fonte de energia necessária, não uma maldição.

Enquanto Nathan atravessava um parque em direção à sua rua, seus instintos dispararam abruptamente, junto com a dor lancinante em seus cotovelos.

Alguma coisa estava errada.

Não teria sobrevivido tanto tempo, seja no mundo veniri ou erathi, se ignorasse sua intuição. Ele deveria sacar sua arma — era o que um erathi faria, especialmente um detetive erathi —, mas um forte ímpeto o levou a erguer o rosto para o céu escuro e os raios de Vênus.

O comichão sob sua língua se intensificou.

Ele movimentou sua língua bífida uma, duas vezes, provando o ar da noite. O vento aumentou. Folhas farfalhavam nas árvores e um balanço no playground rangia, à medida que balançava para frente e para trás.

Reprimiu um palavrão quando sentiu cheiro de canela.

Nada bom.

Para praticamente toda a raça erathi a canela tinha um sabor agradável, mas para qualquer veniri, ela era repugnante e significava apenas uma coisa: alguém com a intenção de matar.

Nathan pegou seu telefone e apertou um número na discagem rápida, o mesmo número que tinha ligado, depois de sair da mansão dos Branstone. Tocou duas vezes.

Um graveto estalou. Ele girou para a direita e uma força

elétrica atingiu diretamente seu rosto, atirando sua cabeça para trás. Seu corpo desabou no chão. O saco plástico com comida chinesa se dispersou por toda parte, escorrendo os líquidos pegajosos na sujeira.

O rosto e o pescoço de Nathan ficaram dormentes. Seu telefone estava fora de alcance, uma voz fraca emanando do alto-falante.

Várias figuras tornaram-se visíveis. Estavam cobertos de preto, da cabeça até a ponta dos pés, quase perfeitamente camuflados contra o céu obscuro. Eles o cercaram, suas silhuetas suprimindo as estrelas acima.

A língua de Nathan fustigou novamente, analisando as emoções e intenções daqueles que o atacavam. A canela ainda era pungente, mas agora ele sentia que estava misturada com sal. Curioso. Sal significava restrição. Seus agressores queriam matá-lo, mas por alguma razão, estavam se contendo, por enquanto. Talvez pudesse tirar proveito disso.

Ele liberou as lâminas de cristal de seus cotovelos e brandiu o braço para o par de pernas mais próximo. Sua lâmina acertou o tecido, a carne e, então, o osso. Um grito abafado quebrou o silêncio.

Nathan disparou suas lâminas para outro ataque, mas algo afiado penetrou em seu peito. Ele pegou o que o tinha perfurado, seus dedos rodeando um pequeno dardo de vidro, com uma agulha de diamantium na ponta.

Uma das figuras de preto retirou sua máscara, revelando o rosto de um homem jovem de cabelos louro-claros, os olhos de um azul-pálido, penetrantes. A visão de Nathan ficou turva, mas não antes de ver o rosto do jovem se distorcer em uma careta que transbordava veneno.

CAPÍTULO 11

CHEGA DE LOUCURAS PSICÓTICAS

Droga! Droga! Droga! Violet deslizou novamente seu cartão de estudante no leitor de entrada da ala de Fotografia da biblioteca. E mais uma vez, o teclado apitou sua desagradável luz vermelha, exibindo um código de erro.

— Qual é o seu problema? — Violet grunhiu.

Tinha acabado de pegar esse cartão novo da central de suporte ao estudante, após extraviar o último há alguns dias. Ela deslizou-o outra vez e o teclado apitou, *de novo*!

— Por que não me deixa entrar?

Pelo canto de sua visão, observou alguém apoiar-se na parede, ao lado da porta. Não precisou olhar para saber quem era.

Violet fechou seus olhos e respirou fundo, estremecendo quando a dor atravessou suas costelas ainda machucadas.

— Cai fora, Autumn. Não estou no clima.

— Vá lá, Vi. Já faz três dias. Não pode me ignorar para sempre.

— Não subestime a minha obstinação.

— Podemos resolver isso, por favor?

Violet ignorou-a e deslizou seu cartão novamente. Certamente funcionaria desta vez. O teclado apitou; e, agora, solicitou um código de autorização.

— Droga! — Violet chutou a porta.

— Me dê isso. — Autumn pegou o cartão, ajoelhou-se e tirou seu laptop e um outro dispositivo de sua bolsa.

— Minha nossa, Autumn. Você realmente anda por aí com um leitor de cartão na bolsa?

Autumn arqueou uma sobrancelha.

— Você ficaria surpresa com o quão útil essa coisa é.

Violet bufou e apoiou as costas na parede enquanto Autumn ficava passando o cartão e teclando em seu laptop.

— Ah, aqui está o problema — disse Autumn. — O lunático que te deu este cartão esqueceu de ativá-lo.

Violet resmungou.

— Isso não pode estar acontecendo. Eu não tenho tempo para esperar na fila por mais meia hora. E a sala de suporte ao estudante fica do outro lado do campus.

— Relaxa, não vai demorar muito — disse Autumn, ainda digitando em seu laptop. — Eeeeeee terminei. — Ela guardou o computador e o leitor de cartão, e depois se levantou para devolver o cartão a Violet. — Aqui está. Totalmente ativado e autorizado com o mais alto nível de acesso. Se você quisesse, poderia até almoçar no salão dos professores. Eles têm uma grande variedade de doces e bolos, às quintas-feiras. Ah e, no futuro, se for solicitado um código de ativação, só precisa digitar a sua data de nascimento.

— O quê? — Violet pegou o cartão de Autumn e franziu o cenho. — Como você sabe minha data de nascimento?

— Está no seu arquivo estudantil.

— Como você sabe o que está no meu arquivo estudantil?

Autumn reagiu com um sorriso.

Violet olhou para a bolsa onde estava o laptop de Autumn e, então, sacudiu a cabeça.

— Inacreditável. Você hackeou meu arquivo estudantil?

— Por favor, não fique chateada. Só fiz isso para descobrir seu cronograma.

— Ótimo! — Violet jogou os braços para o ar. — Está me perseguindo agora?

— Só porque você está me evitando como se eu fosse uma praga.

— Por um bom motivo, idiota. Estou zangada com você!

— Eu sei, sinto muito. Por favor, Violet, você pode por favor, *por favor* me perdoar? Gus e Bessie perdoaram.

— Isso é porque eles são dois patetas.

Autumn encolheu os ombros.

— Certo, pode ser. E eu, talvez, tenha dado a eles ingressos para o show da Katy Perry e um novo jogo de PlayStation.

Violet revirou os olhos.

— Por isso está aqui? — Ela ergueu seu cartão de estudante. — Para comprar meu perdão?

— Bem... não... — Autumn baixou seu olhar, arrastando o sapato no chão. Alguns pingentes em seu cabelo tilintaram quando os dreadlocks caíram sobre seu rosto. — Você tem razão. Eu fiz besteira. Nunca deveria ter colocado vocês naquela situação, na boate. Estou falando sério quando eu digo que sinto muito. Você não tem ideia do quanto eu sinto. Odeio que esteja zangada comigo. — Ela espiou Violet através dos dreads. — Por favor, Vi, me diga o que posso fazer para que você não continue zangada.

Violet estava prestes a exalar um suspiro, mas lembrou-se de suas costelas doloridas e, em vez disso, abraçou a si mesma.

— O que me diz de começar com uma explicação. O que raios? Quem raios? E por que raios?

Autumn se encolheu.

— Hã... Tem certeza de que não quer uma caixa de donuts de canela em vez disso?

— Explique.

— Eu explicaria... mas não posso.

— Droga, Autumn! Se não começar a falar, eu irei até a sala de suporte ao estudante e vou exigir que me mudem para um novo dormitório.

— Eu apenas mudo-a de volta.

Violet deu-lhe seu olhar mais sujo, o qual usara com o pior dos seus tutores.

— Violet, é sério. Eu *não posso* falar. Tipo, é melhor que você não saiba...

— Não me venha com essa baboseira. — Violet cruzou seus braços e estreitou os olhos. — Você me deve muito mais do que um "é melhor que você não saiba". E quanto ao Gus? Ele tem sorte de ter escapado com apenas uma leve concussão.

— Sim, eu sei. Mas ele está bem agora. Aquela médica do campus fez um ótimo trabalho ao cuidar dele. Quero dizer, vamos admitir, ela provavelmente teve muita prática com as concussões de todos os universitários bêbados.

— Não estou brincando. Alguém poderia ter se machucado gravemente.

— Eu sei, eu sei... — Autumn remexia na ponta de um dos seus dreads.

— Eu ainda acho que devemos ir à polícia, ou pelo menos...

— Não! — Autumn interrompeu-a. — Sem polícia. Por favor, Violet. Falo sério. Eu só... — Seus ombros murcharam. — Nunca devia ter levado vocês comigo. Sinto muito. Só por favor, Violet, *por favor* não vá à polícia. Eu cuido disso, certo?

Uma coisa na expressão de Autumn ficou evidente para Violet, como a luz do dia. *Medo*. Contrastava completamente com a confiante e despreocupada infratora que Violet havia conhecido, nas últimas semanas.

— Acredite em mim — continuou Autumn, quando Violet não respondeu —, se eu pudesse te dizer, eu diria.

Violet suspirou.

— Pode ao menos me dizer quem era aquele homem com o dragão verde?

Autumn meneou a cabeça.

— Quanto menos você souber, melhor.

Violet estalou a língua e não resistiu a revirar os olhos.

— Mas falando sério — disse Autumn —, eu não tinha ideia de que aquele cara iria virar um psicopata para cima de mim.

Violet baixou os olhos para os hematomas que estavam desvanecendo, no pescoço de Autumn. A culpa surgiu em seu peito. Estava tão irritada nos últimos dias que tinha se esquecido de que Autumn podia ainda estar sofrendo pela agressão.

— Como está o seu pescoço? — perguntou, seu tom suave.

— Já está bem melhor — Autumn disse, dando de ombros. — E você? Como está sua cabeça?

— Está tudo bem. Tive um pequeno inchaço, mas são as costelas que ainda estão doloridas.

Autumn se encolheu.

— Lamento ouvir isso.

Violet ofereceu-lhe um pequeno sorriso, que Autumn devolveu.

— Então... estamos bem? — perguntou Autumn, com os olhos cheios de esperança.

— Sim — Violet respondeu, depois de um momento. — Estamos bem.

— Me promete que não vai envolver a polícia?

Violet bufou.

— Por enquanto. Mas eu juro que se rolar mais alguma loucura psicótica, vou ligar para Nathan num piscar de olhos. — Apesar de que, para ela dizer-lhe alguma coisa, ele teria que começar a retornar suas ligações.

Nos últimos dias, ele nem sequer respondera às suas mensagens de texto. Era um pouco incomum. Provavelmente estava muito ocupado com o trabalho, mas, ainda assim, estava começando a ficar um pouco preocupada.

— Eu prometo, chega de loucuras psicóticas. — O sorriso de Autumn iluminou todo seu rosto e ela, como um turbilhão de dreadlocks, atirou-se contra Violet em um abraço. — Obrigada, Vi. Você é a melhor.

— Sou, e não se esqueça disso.

— Nesse caso — disse Autumn, quando finalmente a soltou —, devo supor que você não quer isto, então? — Ela puxou uma caixa de donuts de canela da bolsa.

— Sua trapaceira! — Violet riu e ergueu um dedo. — Nunca presuma que eu não vá querer donuts de canela. Me dê um.

Autumn abriu a caixa e ambas pegaram um cada uma. Violet mordeu a massa fofa, seus dentes triturando os cristais de açúcar.

— Então, quando Bessie vai ao show da Katy Perry? — Violet perguntou, antes de dar outra mordida em seu donut.

— As entradas foram para Gus. Bessie é a jogadora — disse Autumn, de boca cheia.

— Sério? Gus?

— Aham. Ele está fazendo uma placa de 'quer se casar comigo', enquanto conversamos.

Violet riu e pegou outro donut.

— Hm, Violet? — disse uma voz masculina.

Violet virou-se para verificar para quem Autumn estava olhando de boca aberta.

— Thane, o que faz aqui? — Ela largou o donut de volta na caixa e limpou o açúcar dos dedos. — Quer dizer... Olá, como vai?

Ele sorriu e enfiou as duas mãos nos bolsos da sua calça jeans.

— Estou bem. Desculpe incomodá-la na faculdade. Sei que deve estar ocupada.

— Não, não estou ocupada. Nem um pouco — disse Violet, imaginando como sua voz de repente tornou-se tão estridente.

— Certo, ótimo. — Ele mostrou seu lindo sorriso. — Eu apenas... hm... — Seus olhos se dirigiram a Autumn.

Violet seguiu seu olhar e encolheu-se. Os olhos de Autumn

estavam saltando para fora da sua cabeça, e se o queixo dela caísse um pouco mais, estaria trazendo lembranças da China.

— Oh, certo. — Violet gesticulou para Autumn. — Thane, esta é Autumn.

— Oi — disse Thane. — Então, você é a colega de quarto que Violet tanto fala?

— O quê? Eu? Ela fala de mim? Para você?

Violet lutava para não cobrir seu rosto com as mãos enquanto Autumn examinava Thane descaradamente, sem nem tentar esconder sua admiração pelo que via.

— Qual o problema, Autumn? — Violet disse, tão baixo quanto um sussurro.

— Acho que deveria ser eu a perguntar 'qual o problema?' — respondeu Autumn, também sussurrando. — Por que nunca me contou sobre *ele*?

Thane pigarreou e as duas garotas se voltaram para ele.

— Desculpe — disse Violet, suas bochechas se aquecendo.

Ele riu.

— Está tudo bem. — Ele puxou algo do bolso e estendeu-o em sua direção. — Aqui, isto é seu. Deixou cair na cafeteria, da última vez.

Ela reconheceu seu antigo cartão de estudante.

— Ah, nossa. Obrigada — ela disse, escondendo o cartão novo nas costas e pegando seu cartão que estava com ele. — Não precisava se incomodar.

Ele deu de ombros.

— Sem problemas. Imaginei que fosse algo que você poderia precisar. Desculpe por não conseguir entregá-lo antes.

— Está tudo bem.

A mente de Violet disparava, buscando por algo mais para dizer — alguma coisa leve e descontraída, como as coisas sobre as quais falariam durante seus bate-papos na cafeteria. Mas o olhar cobiçoso de Autumn estava levando-a ao limite.

Thane passou a mão em seu cabelo.

— Então, hm... Posso ver que está ocupada. — Ele apontou para a porta do Laboratório de Fotografia Estudantil; a mesma que Violet chutara mais cedo. — Então eu... acho que nos vemos por aí, Violet.

— Ah, certo — disse Violet, odiando ainda mais aquela porta agora. Seus ombros caíram. A palavra *tchau* estava em seus lábios, mas ela não se sentia bem em dizê-la.

Felizmente, não precisou dizer nada. Ele acenou para ela, que acenou de volta. Baixou seu olhar assim que ele se virou para ir embora.

— Na verdade, tem mais uma coisa — Thane despejou, voltando-se novamente para encará-la.

O estômago de Violet revirou; a já conhecida sensação de fadas furiosas martelando suas entranhas retornara, tal como no primeiro dia em que o conheceu.

— Claro, tudo bem. O que é?

— Eu sei que temos um acordo do tipo 'você compra café, depois eu compro café', mas me deparei com isto — ele enfiou a mão em seu casaco e retirou um panfleto amassado — e estava pensando se você, por acaso, gostaria de ir comigo.

Violet pegou o panfleto. Anunciava o festival anual da cidade, prometendo várias atrações emocionantes, números de circo, música ao vivo, barracas de vendas, amostras, comida de festival e "muito, muito mais!"

— Parece muito divertido — ela disse.

— Sim?

— Sim.

Ele semicerrou um olho.

— Não é muito brega para um primeiro encontro?

Violet o fitou, boquiaberta.

— Um o quê?

A boca de Thane permaneceu aberta por um momento e seu pescoço começou a enrubescer.

— Quero dizer, eu disse...? Não precisa ser considerado um

encontro. Pode ser só, você sabe, duas pessoas saindo ao mesmo tempo, para o mesmo lugar e, talvez, fazendo as mesmas coisas. Sabe, como... — Seu rosto se contorceu em uma careta, e ele esfregou sua nuca. — coisas que não se faz em um encontro.

Violet baixou os olhos para o panfleto novamente. *Um encontro?* O que Lyla diria se pudesse vê-la agora? Se existissem coisas como fantasmas, então Lyla provavelmente estaria cutucando suas costelas e gritando "Apresse-se e diga sim, Vi. O que está esperando?" Mesmo se o fantasma de Lyla não estivesse importunando-a, tinha uma boa chance de que Autumn estivesse prestes a fazê-lo.

— Eu adoraria ir com você — ela disse, em um ímpeto.

As sobrancelhas de Thane arquearam e ele retirou a mão do pescoço.

— Sério?

Violet assentiu.

Ele abriu um sorriso.

— Ótimo! Que tal se eu te buscar?

Suas bochechas esquentaram com o brilho nos olhos dele e, pela primeira vez em sua vida, deu a um homem seu número de telefone e endereço.

Depois que ele saiu, o sorriso de Autumn estava repleto de uma voraz curiosidade.

— *Desembucha.*

CAPÍTULO 12

FACA DE CARNE BARATA

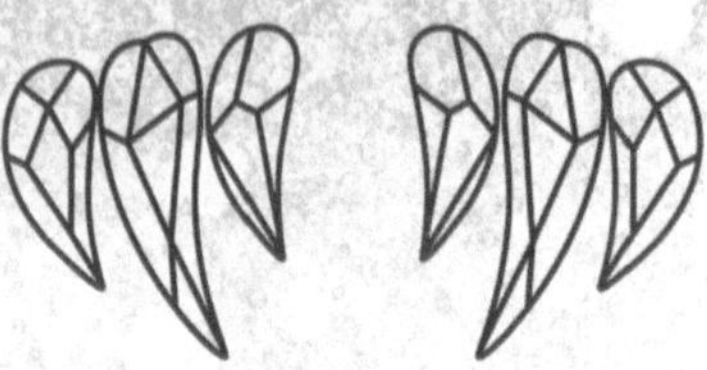

Dores nos ombros e pulsos de Nathan tiraram-no lenta e dolorosamente da inconsciência. Quanto mais rápido saía do torpor, mais sentia-os latejar.

Uma bota roçou no concreto. Sua intuição lhe disse para manter os olhos fechados e avaliar a situação com os outros sentidos. Podia ouvir o ritmo compassado de alguém respirando. Sequestrador ou refém?

Esperou alguns segundos, mas além da própria pulsação retumbando em seus ouvidos, nenhum outro som tornou-se evidente.

Ele fez um balanço do seu corpo. Um calafrio percorreu seus braços, tronco e pernas; tinham tirado suas roupas, deixando-o somente com a cueca boxer. O peso de seu corpo pendia das algemas de metal ao redor de seus pulsos, as quais deixavam os braços abertos, acima de sua cabeça. Suas pernas arrastavam-se abaixo de si, mas, felizmente, os pés eram capazes de tocar o chão.

Há quanto tempo estava pendurado desse jeito?

Hesitou por alguns instantes, relutante em anunciar que recuperara a consciência ficando de pé, mas a dor estava rapidamente se tornando insuportável. Por fim, apoiou os pés no piso e ergueu-se, soltando uma profunda expiração de alívio, assim que a tensão nos pulsos e ombros diminuiu. Um tinido e um chocalhar acima da cabeça confirmaram que suas restrições estavam atreladas no teto por meio de grilhões.

Coturnos arrastaram-se no concreto, sendo acompanhados por um rangido estridente das dobradiças enferrujadas.

— Vá dizer ao chefe que o reptante acordou.

Nathan ergueu sua cabeça e a inclinou de um lado para o outro, estalando seu pescoço.

Abriu os olhos, permitindo que sua visão se ajustasse à penumbra, enquanto um grupo de homens vestidos de preto entrava na sala — quatro deles, no total. À frente do grupo estava Matthias Branstone. Sagan ficou uns trinta centímetros atrás de seu pai, os olhos intensos como fragmentos de gelo. Seu cabelo louro destacava-se nitidamente contra o preto dos trajes do grupo e o cinza-escuro das paredes de concreto que o rodeavam.

Matthias deu mais alguns passos. O *tum-tum* dos seus coturnos lustrados ecoou nas paredes.

— Matthias. — Nathan estirou seu rosto em um sorriso e, então, lançou um olhar em torno da sala. — Lugar agradável, o que você tem aqui, embora seja um pouco sem graça comparado à sua outra casa. De qualquer forma, peço desculpas pela invasão. — Ele balançou as correntes. — Parece que me meti em uma pequena enrascada. Se não se importar em me dar uma mão, vou deixá-lo em paz e seguir meu caminho.

O canto da boca de Matthias levantou em um sorriso sinuoso.

— Parece que capturamos um piadista, rapazes. — Aproximou-se até ficar a um centímetro do rosto de Nathan.

Nathan reprimiu o impulso de se inclinar para trás, embora não conseguisse evitar dar uma leve enrugada do nariz. A respiração do homem era pesada e fétida.

— Sabe — disse Matthias —, naquele dia em que você entrou na minha casa, eu soube. — Ele balançou um dedo no ar. — Eu vi a expressão em seu rosto e me dei conta. Ninguém olha para um colar de diamantes ou um lustre daquele jeito, a menos que saiba o que realmente são. — Colocou as mãos na cintura e deu a Nathan aquele já conhecido sorriso de tubarão.

Uma agitação surgiu no fundo do estômago de Nathan, mas ele forçou um sorriso.

— Sim, você está certo, eu sabia — concordou. — Sabia que era o símbolo de um verdadeiro pau-mandado, que pagou uma fortuna por um monte de pedras horríveis para sua senhora.

Um dos homens atrás de Matthias deu uma risadinha, resultando em uma cotovelada em seu peito vinda do homem com barba de motoqueiro grisalha, ao lado.

Um sentimento que Nathan não conseguiu ler cruzou o rosto de Matthias, antes que ele o suavizasse novamente em um sorriso.

— Ah, de volta à comédia. Nesse caso, vamos ver se acha isso engraçado? — Ele ergueu uma faca, a lâmina serrilhada reluzente em um cabo preto.

A agitação no estômago de Nathan intensificou-se e seu coração martelou contra a caixa torácica. Seus cotovelos queimavam, como se alguém estivesse segurando atiçadores em brasa contra o interior de sua pele.

Empinou o queixo.

— Qual é a da faca de carne...?

Com uma incrível rapidez, Matthias acertou a faca no músculo peitoral esquerdo de Nathan.

Ele cerrou seus dentes e puxou os grilhões.

As pupilas de Matthias dilataram e sua boca se curvou em um sorriso torto.

— Olhem, vejam só o que temos aqui. — Ele levantou a faca, triunfante. O metal ficara curvado e distorcido, fora de forma, sua ponta mutilada em uma minúscula sanfona.

Nathan prendeu a respiração e fitou seu peito. Nenhum arranhão, nem mesmo um hematoma para indicar que acabara de ser esfaqueado. Ele estalou a língua.

— Parece que você arranjou algumas facas de carne baratas. Eu pediria um reembolso.

— Hmm — disse Matthias. Ele largou a faca, que retiniu contra o piso de concreto. — E quanto a esta aqui? — Ergueu a outra mão, revelando um objeto que brilhava na luz fraca.

Vários músculos no rosto de Nathan se contraíram.

Matthias aproximou-se.

— O quê? Sem piadas desta vez? — Ele girou a lâmina de diamantium sob o nariz de Nathan. Partículas de luz refratada dançaram seus arco-íris sobre o rosto de Matthias.

Nathan recuou, sacudindo as correntes acima. O cheiro da lâmina ultrapassava sua sensibilidade, criando uma caldeira de fúria bem no centro do seu peito. Ele deteve seu corpo de se transformar, mas a dor lancinante em seus cotovelos estava quase insuportável. Concentrou toda a sua energia em interromper a sensação perfurante em sua pele, mas outra dor aguda logo irrompeu em ambos os joelhos.

— Gosta deste? É novo — Matthias debochou. — E quando eu digo 'novo', me refiro à, bem... — Seus dentes brancos lampejaram à medida que seu sorriso crescia. — Acho que você pode imaginar ao que me refiro.

A musculatura no pescoço de Nathan contraíra. Esforçou-se para controlar sua respiração ofegante, mas era como se todo o seu corpo estivesse em chamas. Cada músculo tremia e balançava.

Matthias riu, o som profundo e rouco. Ele sacou a adaga de diamantium novamente, mas parou. Com a mão livre, fez um gesto para trás de si.

— Sagan, venha aqui, filho.

Sagan estava displicentemente inclinado contra a parede à

direita de Nathan, seus braços cruzados. Ele afastou-se da parede para se pôr ao lado do pai.

Matthias colocou a mão na nuca de Sagan, empurrando-o diretamente para a frente de Nathan, e ergueu a adaga entre seus rostos. O cabelo louro de Sagan reluzia como uma auréola na luz incandescente, as partículas do arco-íris deslizando sobre seu rosto vazio e insensível, completando o aspecto angelical.

A língua de Nathan quase vibrou, em sua ânsia de sentir as emoções e intenções do garoto, mas ele cerrou os dentes com tanta força que arriscava quebrar um. Não estava interessado em dar a essa escória erathi a satisfação de ver sua verdadeira forma, embora temesse não ter escolha por muito mais tempo. Um calafrio atravessou seu corpo, à medida que seu controle começava a escapar.

Os olhos de Nathan saltaram para Matthias, que estava encarando-o por cima do ombro direito de Sagan.

— O que acha de fazer as honras, filho? — Matthias segurava a lâmina de cristal entre Nathan e o jovem. — Vamos ver qual a cor do sangue deste aqui.

Uma emoção inescrutável contorceu-se por todo o semblante do garoto. Sagan mirou a adaga, mas não fez nenhum movimento para pegá-la. Assim como naquele dia, na mansão Branstone, as pontas dos dedos de Matthias ficaram brancas contra o pescoço de Sagan.

Nathan riu e meneou a cabeça.

— Sinceramente, Branstone, não achei que você fosse do tipo que deixa uma criança fazer seu trabalho sujo.

O olhar de Sagan voou até Nathan e, desta vez, fogo lampejava por trás do gelo. Finalmente, uma emoção que Nathan compreendia. Sem fitar a adaga cristalina, Sagan envolveu seus dedos em torno do cabo e avançou.

Nathan rugiu.

A agonia da lâmina que atravessou seu músculo peitoral esquerdo e perfurava-o até suas costas. A cabeça de Nathan balançou para frente, dando-lhe uma visão clara do líquido azul-petróleo vibrante fluindo de seu peito e cobrindo a mão de Sagan, que ainda estava cerrada ao redor do cabo da adaga. Ou o garoto tinha uma pontaria excelente e cuidadosamente evitara tanto o coração quanto as glândulas venenosas de Nathan, que o matariam instantaneamente se perfuradas, ou perdera uma chance fatal.

— Oh, vejam só esse lindo azul — cantarolou Matthias. Ele bradou uma risada e bateu palmas lentamente. — Bom trabalho, filho. Brecker, apague a luz.

Um tumulto de calçados no concreto e, em seguida, a sala foi banhada em escuridão.

Um brilho azul resplandecente trespassava o escuro. O sangue cintilante de Nathan escorria por seu tronco e gotejava, formando manchas azuis no chão. Sagan soltou a adaga, traços de azul-petróleo deixando um padrão abstrato em sua mão.

Matthias soltou uma risada.

— Eu admito, isso nunca perde a graça.

O corpo de Nathan estremeceu mais uma vez, o ruído dos grilhões era o único som quebrando o silêncio naquela sólida câmara de tortura.

Já não queria mais resistir à sua criatura interior. Seu corpo exigia que ele se transformasse.

Absorvendo uma golfada de ar, ele ergueu sua cabeça. As feições de Sagan estavam iluminadas com a claridade azul. Seu rosto ainda estava trancado em uma máscara impassível, mas uma manifestação nos olhos do garoto fez Nathan hesitar. Ele foi incapaz de identificar bem o que era, mas era bruto.

Matthias ordenou que a luz fosse acesa e uma incandescência amarela invadiu a sala novamente.

Sagan ficou parado como uma escultura, a mão coberta de sangue formando uma nova poça azul-petróleo no chão, ao lado de seu pé. O que quer que Nathan tinha visto em seus olhos gélidos, instantes atrás, havia desaparecido completamente.

Matthias colocou a mão no ombro de Sagan e o empurrou para o lado.

Nathan baixou seu olhar para os próprios pés descalços, agora salpicados de azul. Após alguns segundos, a cara horrorosa de Matthias forçou seu caminho para dentro do seu campo de visão.

— Não desmaie ainda, reptante. Não quero que você perca o que acontecerá em seguida.

— Se não tiver nada a ver com seu rosto erathi sendo chutado, não me interessa.

Matthias deu um leve riso anasalado.

— Sabe, eu sempre gostei dessa palavra, *erathi*, mas apenas vocês, metamorfos, nos chamam assim. — Ele agachou-se e apoiou seus antebraços nos joelhos. — Aqui vão algumas curiosidades para você, reptante. Sabe o que significa *erathi*?

Nathan abriu um sorriso.

— Claro que sei, embora a maioria das traduções que me vêm à mente incluam a palavra *rabo*.

Uma centelha de aborrecimento passou pelo rosto de Matthias, antes de suas feições se firmarem em um sorriso estreito.

— Hilário. Mas não. Significa 'desvinculado' ou 'sem restrições'. — Ele estendeu as mãos para enfatizar cada palavra, como um narrador empolgado.

— Acho que gosto mais das minhas traduções — disse Nathan, inclinando a cabeça.

Matthias olhou para ele por um longo momento e, então, se levantou.

— Brecker, Harold, acho que é hora de trazer Afrodite.

Um rangido de dobradiças enferrujadas penetrou na câmara silenciosa, e dois pares de pés se arrastaram para fora.

CAPÍTULO 13

MANUAL PARA CAVALHEIROS

— Então, acho que agora é a hora de demonstrar a minha alta masculinidade e ganhar um brinquedo de pelúcia para você. — Thane sorriu para Violet, enquanto eles ziguezagueavam através da aglomeração.

Violet devolveu-lhe o sorriso.

— O que te faz pensar que eu quero um brinquedo de pelúcia?

Céus, seus lábios ainda estavam melados do algodão doce que comera mais cedo. Havia um grande risco de que o açúcar grudento solidificasse seus lábios, os deixando estirados no lugar, como o Coringa de Jack Nicholson.

— Vamos lá — tentou persuadi-la —, você não gostaria de me destituir do meu papel neste encontro, gostaria? Do contrário, seria um encontro fracassado.

— Ah, então era isso o que tinha de errado aqui. — Violet esquivou de uma criança coberta de sorvete derretido. — Nos últimos vinte minutos, achei que fosse o enjoo da nossa volta no Hurricane.

Ele deu risada.

— Tem razão. Talvez eu devesse ter sugerido os oreos fritos

e o bolo de funil com bordas de bacon *depois* das atrações que te fazem vomitar.

Violet sorriu; o som da risada dele tornava o ato de *não* sorrir impossível.

— Bem, para sua sorte, a noite ainda é uma criança, então tem bastante tempo para me recompensar. — Ela parou na frente de uma barraca repleta de balões. — Vejamos o quão bom você é no jogo de dardos.

— Não, não. O manual do primeiro encontro determina: 'O cavalheiro deve escolher o jogo e a dama pode escolher o brinquedo de pelúcia'.

— É mesmo?

— Sem dúvida. Essas regras foram minuciosamente elaboradas ao longo dos séculos, para assegurar que o cavalheiro cause uma boa primeira impressão. — Ele piscou, enlaçou o braço dela no seu e gentilmente guiou-a para longe da barraca de dardos e de volta à multidão.

O Hurricane devia ter começado a nova volta; uma súbita rajada de gritos estridentes abafou o som metálico da música do carrossel. Fumaça de cigarro misturava-se com os aromas de pipoca quente e comida frita.

Ela olhou para sua mão descansando no bíceps de Thane. Ele havia colocado a outra mão por cima, o calor da palma dele irradiando sobre sua pele. O quadril colidia suavemente com o seu à medida que andavam e, quando um vento gelado os apanhou, ela não pôde deixar de se inclinar em direção a ele.

Então, era essa a sensação de estar em um primeiro encontro — exatamente como naqueles estúpidos filmes românticos que Lyla sempre a fazia assistir. Violet costumava pensar que os conceitos eram ridículos — contos de fadas feitos para todos aqueles otários que desperdiçavam seu dinheiro em ingressos de cinema e livros de romance. Mas agora ela entendia o quão mágico era. Estar aqui, com Thane, era como se uma pequena centelha tivesse se acendido em seu coração.

— Então — disse Violet —, esse manual para 'cavalheiros', quem supostamente o escreveu? O Sr. Darcy? Ou... *Ah*! — Ela tropeçou em uma caixa de pipoca, triturando os grãos espalhados sob seus sapatos. Felizmente, Thane segurou seu braço com mais força, evitando o que poderia ter sido uma queda embaraçosa.

Sapatos estúpidos! Suas bochechas ardiam. Nunca deveria ter deixado Autumn convencê-la a usar essas sandálias de cunha ridículas. Quem se importava com o quanto elas combinavam com sua roupa? Seus pés estavam congelando! Se seus dedos dos pés caíssem de ulceração antes que chegasse em casa, ela os embrulharia e daria como um presente de agradecimento para Autumn. Também seria uma retribuição pelas risadinhas ridículas de Autumn e por sua fala frequente de "Ele é tão gostoso", quando Thane chegara ao quarto para pegá-la. A pior parte foi quando Autumn gritou: "Vocês dois vão fazer lindos bebês!" no corredor do dormitório, quando Violet e Thane estavam saindo.

Ela mordeu o lábio com a lembrança, outra vez sentindo o gosto daquele algodão doce rebelde.

Thane desvinculou o braço do seu, para então puxá-la para um abraço mais apertado e caloroso.

— Não acho que foi o Sr. Darcy quem escreveu esse manual, em particular — ele disse, continuando a guiá-la pela multidão. — Aquele cara demorou tempo demais para dizer a uma dama o quanto gostava dela.

Ela olhou para cima e encontrou os olhos castanhos. Ele sorriu e algo em seu peito se agitou.

— Ah, agora, este sim é um esporte de homem — disse ele, olhando para uma barraca de tiro ao alvo. — Qual é seu brinquedo favorito?

Dez minutos depois, Violet encaixava três ursinhos de pelúcia debaixo do braço e dois coelhos em sua bolsa, enquanto se afastavam da barraca de tiro.

— Como está se sentindo? Ainda enjoada? — Thane perguntou, envolvendo seu braço nos ombros de Violet.

— Não, acho que estou... Nossa!

Uma nuvem de bolhas flutuava ao longo do caminho. Dançavam no ar, os padrões de arco-íris rodopiando em suas superfícies arredondadas. Algumas roçaram o rosto de Violet, fazendo cócegas em sua pele quando estalavam com o impacto. Crianças pequenas estavam rindo e gritando no meio das bolhas. Elas pulavam e agitavam suas mãos gorduchinhas, estourando o máximo que podiam.

Violet ergueu o olhar quando Thane riu.

— Olhe para elas — disse Thane. — É incrível que algo tão frágil possa trazer tanta alegria. — Ele estendeu o dedo indicador para estourar uma bolha que flutuava em direção ao seu rosto.

Violet retirou os três ursos debaixo do seu braço.

— Aqui, pode segurá-los?

Thane lhe dirigiu um olhar intrigado, mas fez o que foi pedido. Ela enfiou a mão na bolsa para pegar sua câmera e mexeu nas configurações da tela LCD até encontrar o que precisava.

— Se importa de estourar outra bolha como fez antes?

Thane arqueou uma sobrancelha, mas obedeceu. Violet levantou a câmera até seu olho e clicou no obturador diversas vezes, enquanto Thane estourava mais alguns globos de sabão.

— Perfeito. Acho que consegui — disse Violet. Ela percorreu as fotos que tinha tirado. — Veja só isso.

Thane se aproximou enquanto ela estendia a câmera para ele.

Ela fotografara a bolha no meio do estouro. Metade dela ainda estava intacta, brilhante e colorida, ao passo que a metade mais próxima ao dedo de Thane estilhaçava-se em um milhão de gotículas minúsculas.

— Uau! — exclamou Thane, sua voz baixa.

— Você se incomoda se eu tirar mais algumas fotos?

— Tudo bem. — Ele ergueu os três brinquedos. — Esses caras irão me fazer companhia.

Violet deu uma risadinha e entrou no universo das bolhas.

Ela tirava foto atrás de foto, ajustava algumas configurações e, então, tirava mais algumas, observando cuidadosamente a luz, a cor, o movimento. Capturou crianças no meio do salto e bebês nos braços dos pais que tentavam comer as bolhas.

Preocupada que estivesse demorando muito, ela olhou para Thane, mas a atenção dele estava em outro lugar.

Uma menininha vestida com um casaco vermelho enorme estava ao seu lado. Os olhos dela estavam vermelhos e manchados, e as mãos pequenas estavam enroladas em punhos enquanto enxugavam um fluxo interminável de lágrimas. Thane ajoelhara-se à sua altura. Violet não conseguia ouvir o que ele estava dizendo, mas a garotinha estava acenando a cabeça em resposta.

Violet agachou-se e levou a câmera ao olho, ajustando as lentes para focar além das bolhas ao seu redor. Clicou no obturador, capturando Thane oferecendo à garotinha um dos ursos de pelúcia. Ela abraçou o brinquedo e sorriu em meio às lágrimas.

No momento seguinte, um homem e uma mulher apareceram. Pelo alívio em seus rostos, Violet percebeu que tinham acabado de encontrar sua filha perdida.

O homem pegou a garotinha, que levantou seu novo brinquedo e apontou para Thane. Ele e os pais da menina trocaram algumas palavras, então a pequena família assentiu e sorriu, antes de continuarem com sua noite. A garotinha acenou para Thane por cima do ombro de seu pai até eles desaparecerem na multidão.

— Isso foi muito legal da sua parte — disse Violet, quando caminhou de volta até ele.

Thane deu de ombros.

— A menina estava perdida e transtornada. Qualquer um teria feito o mesmo.

— Nem todos — disse Violet, as memórias de infância oscilando em sua mente.

Ela desligou sua câmera e a colocou por cima dos dois brinquedos, na bolsa.

— Conseguiu o que queria? — Thane perguntou, projetando seu queixo em direção à câmera.

Violet encarou-o.

— Sim — respondeu —, mais do que eu esperava.

As manchas douradas nos olhos castanhos iluminaram-se. Durante vários segundos, ele apenas a fitou. Ninguém nunca olhara para Violet do jeito que Thane estava olhando-a agora. Quanto mais ela sustentava o olhar dele, mais sentia-o penetrando suas barreiras, vislumbrando sua parte delicada que guardara há muito tempo, fora do alcance de todos. A parte que ela escondeu por medo de ser completamente despedaçada.

Ele estendeu a mão para acariciar sua bochecha com as costas dos dedos, e o toque suave enviou arrepios pelo seu corpo. Naquele momento, Thane e ela eram as únicas pessoas no enxame de bolhas, as únicas pessoas no planeta, as únicas pessoas no universo.

Ele deu um passo à frente, eliminando a distância entre eles.

Uma fração de dúvida atravessou os pensamentos de Violet.

— Thane?

— Sim. — A palma da mão dele agora repousava em sua bochecha, e o polegar acariciava gentilmente sua pele formigante.

— Eu, hm... nunca fiz isso antes. — As palavras de Violet foram apenas um sussurro. Suas bochechas e pescoço queimavam de vergonha.

— Fez o quê?

— Isso — ela disse, gesticulando um dedo entre eles.

Um pequeno vinco surgiu entre as sobrancelhas de Thane.

— Você quer dizer beijar?

Outro arrepio percorreu seu corpo.

— Quero dizer tudo. Todo esse lance de encontro, flerte, romance. E, bem, até mesmo... beijar.

Sua voz estava tão baixa que a última palavra foi quase inaudível. O que tinha de errado com ela? Por que não conseguia falar *beijar* como uma pessoa normal? Ele falara tão despreocupadamente. Como podia dizer isso de forma tão casual?

— Neste caso — disse ele —, tem uma coisa que precisa saber.

Violet respirou fundo diversas vezes.

— Eu também nunca fiz nada romântico antes. — O sorriso que ele lhe deu era tão acolhedor, tão aberto, que ela sentiu um certo muro defensivo em seu interior, antes duro e impenetrável, derreter.

Antes que pudesse responder, os lábios dele encontraram os seus. Bolhas estouravam e vibravam sobre sua pele, enquanto eles se beijavam.

A centelha em seu coração brilhou mais forte.

CAPÍTULO 14

AFRODITE

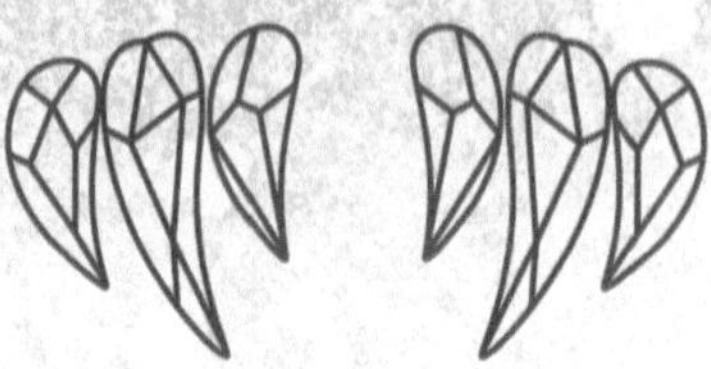

UM *PINGA, PINGA* INCESSANTE ECOAVA NAS PAREDES DE CONCRETO do cativeiro de Nathan.

Matthias mantinha uma postura relaxada, verificando seu celular em intervalos variados, enquanto Sagan apoiava-se de forma rígida na parede. O rosto do garoto permanecia indiferente, mas algo intenso, quase selvagem, cintilava em seus olhos.

Nathan cerrou os dentes; a dor em seus pulsos havia piorado. Mesmo que sua pele dura impedisse quase tudo, exceto diamantium, de cortar sua carne, podia jurar que as algemas de metal estavam triturando seus ossos.

Alguns minutos se passaram antes que o rangido das dobradiças enferrujadas anunciasse o retorno dos lacaios de Matthias.

Um calafrio abalou o corpo de Nathan. Ele não tinha certeza se era pelo cansaço de negar a transformação ou pelo temor do que quer que estivesse passando por aquela porta esquecida por Deus. Baixou a cabeça, fingindo desinteresse. A poça de sangue abaixo de si continuava a se espalhar, mas o azul que inundava sua visão foi rapidamente acompanhado por um par de coturnos pretos. Uma mão agarrou um punhado do seu cabelo e o puxou para trás. Nathan reprimiu o impulso de combater o forte aperto.

— Falei para não desmaiar, reptante. Tenho algo para te mostrar — falou Matthias, a respiração quente e úmida na orelha de Nathan.

Os dois homens, Brecker e Harold, marchavam pela sala, arrastando atrás deles um objeto grande envolto em tecido negro. Nathan não reconhecia o contorno. O que quer que fosse, provavelmente era melhor não saber.

— Ah, olhe, eis uma bela visão — Matthias cantarolou. — Permita-me apresentar Afrodite.

Ao comando de Matthias, um dos capangas removeu o tecido negro, revelando um canhão de aspecto medieval com uma reformulação futurista. O volume do canhão — mais ou menos da largura de um homem e com metade da altura de um — estava em uma estrutura com rodas. Havia uma tela tátil, na lateral, e o longo cano metálico, com o calibre da largura de uma lata de refrigerante, estava apontado para o centro do peito de Nathan.

O metal no dispositivo tinha uma tonalidade verde — provavelmente metallikite. Sentiu pena das outras espécies de metamorfos que foram forçados a gerar tamanha quantidade do bioproduto metálico. Suas próprias algemas e grilhões deviam ser feitas do mesmo metal; podia ter quebrado qualquer outro tipo de aço padrão ou liga industrial há muito tempo.

Matthias soltou o cabelo de Nathan e caminhou até o canhão.

— Não é uma belezura? — sussurrou, afagando o cano como se fosse um animal de estimação querido. Ele se inclinou e, por um momento, Nathan achou que o homem estava prestes a dar um beijo na geringonça. Ao invés disso, Matthias pousou um braço na estrutura do canhão e girou para encarar Nathan.

— Afrodite tem a capacidade de projetar até trinta mil lúmens de raios concentrados, similares àqueles filtrados de

Vênus. — Ele agitou sua mão. — Agora, eu não sei a quantidade de lúmens que os reptantes precisam para se transformar. Alguns cientistas, em um laboratório por aí, fizeram todos os testes para descobrir.

A mandíbula de Nathan trincou, imaginando a natureza dos "testes" que teriam ocorrido.

— Mas, seja qual for o número, esses cientistas engenhosos se uniram para projetar e construir Afrodite, e facilitar nosso trabalho. — Matthias ficou radiante, como uma criança exibindo suas novas cartas Pokémon. — Quer dar uma olhada lá dentro?

Ele tirou uma pequena lanterna do bolso de seu casaco e iluminou o cano. Nathan retraiu-se quando o reflexo da luz lampejou em seus olhos. Assim que se adaptou à claridade, reconheceu o modo como as partículas refratadas do arco-íris dançavam ao seu redor.

Matthias aproximou-se e bateu no músculo do peitoral de Nathan, logo acima da facada.

— É irônico... que nada possa cortar ou penetrar em seus couros espessos, exceto a morte de um dos seus. — Ele abriu um sorriso, os dentes brancos reluzindo.

Nathan pensou em cinco maneiras diferentes de esmagar o sorriso no rosto dessa escória erathi.

Matthias analisava Nathan, sua inspeção demorada e agonizante, como se os olhos inteligentes estivessem desnudando Nathan, expondo cada pedaço de si, até a alma.

Outro tremor convulsionou o corpo de Nathan e os olhos de Matthias endureceram. Seu nariz enrugou e a boca distorceu-se em um sorriso de escárnio.

— Malditas criaturas orgulhosas e ignorantes. São todos iguais. Pensam que eu não consigo destruir vocês? — Ele bateu as costas da mão no rosto de Nathan. O estalo da pele erathi contra o couro veniri ecoou pela sala. — Acha que eu não consigo te destruir?

A cabeça de Nathan virava de um lado para o outro, enquanto Matthias desferia vários outros golpes. Apesar da resistência do seu couro, sua pele ainda ardia com cada bofetada e latejava com cada soco.

Inesperadamente, Matthias baixou seu punho, respirando com dificuldade. Ele sacudiu a mão e desatou em uma gargalhada assustadora.

— Todos vocês pensam que, se resistirem à mudança, não conseguiremos colher os seus fragmentos. — Ele cutucou a carne entre o pescoço e os ombros de Nathan. — Como os belos e grandes que vêm daqui. Ou daqui. — Pressionou a parte de baixo dos cotovelos de Nathan. — E, os meus preferidos, aqui. — Ele pôs um dedo no joelho de Nathan. — Com Afrodite, eu irei acabar com você, reptante. E, quer saber um segredo? — Ele inclinou-se, o rosto acerca de um milímetro do nariz de Nathan. — Mesmo que você morra durante a colheita, Afrodite garantirá que não retorne à sua forma humana — grunhiu. — Deus sabe quanta dor de cabeça vamos ter para terminar este trabalho, com o seu deplorável ser agonizando na nossa frente todo o tempo. Claro que ainda poderíamos usar o que quer que reste aí dentro. Você viu aquele lindo colar que minha esposa estava usando? Eu mesmo coletei os ossos das articulações e dos pulsos. Mas são os fragmentos grandes que estão com alta demanda. Como a maioria das coisas na vida, o tamanho importa.

Nathan encarou Matthias.

— Já terminou o seu monólogo? Eu preferiria que voltasse a me bater.

O sorriso de tubarão de Matthias retornou, em toda sua glória ofuscante. Ele bradou por cima do ombro:

— Brecker, acione-a. — E, então, deu alguns passos para trás, sem desviar os olhos de Nathan. Ele deu uma piscadela. — Vai adorar isso, confie em mim.

Nathan esboçou um sorriso.

— O que disser, doçura. Vamos acabar logo com isso.

Um zumbido ressoou de dentro do cano do canhão, aumentando cada vez mais. Nathan reconheceu o som melodioso escondido por trás dele — a canção de sua conexão com Vênus, de sua energia e da vida que Vênus fornecia ao seu ser interior. Seu corpo estremeceu à medida que a melodia cortejava sua essência. Com todo seu foco na reverberação em seus tímpanos, ele não entendia mais o porquê de ter resistido a transformação. Ele *tinha* que modificar. Precisava descartar esta forma erathi e aceitar sua verdadeira forma veniri.

Uma pontada de dor nos pulsos algemados trouxe-o abruptamente de volta aos seus sentidos.

Ele não podia, não iria se transformar. Os fragmentos veniri eram sagrados para sua raça. A desonra de ter seus fragmentos quebrados ou removidos poderia frequentemente fazer com que fossem marginalizados ou até mesmo banidos por sua própria família.

Mas que se dane a sua espécie. Não devia nada a eles. Permaneceria forte para honrar a si mesmo e àqueles que mais amava. Negaria a Matthias e seus capangas o prazer de lucrar com seu cadáver. Aproveitando-se de suas reservas de energia cada vez menores, ele lutou contra o desejo de se transformar que ameaçava dominá-lo.

O zumbido ficou ainda mais alto e um brilho azul, vindo do fundo daquele cano, ganhou vida. Um feixe de luz azul revestiu a pele de Nathan como o calor do sol em um dia de inverno. A eletricidade do feixe restaurou sua própria energia interna. O sangue em seus músculos pulsou. Sua força retornava lentamente e o cansaço começou a desaparecer. A carne aberta ao redor da facada coçou, à medida que sua velocidade de cura aumentava.

— Viu, eu disse que você iria adorar — Matthias gritou por sobre o barulho. — Espere até ver o que acontece a seguir. — Matthias apertou alguns botões na tela tátil.

Após um instante, o zumbido aumentou para um grito. Um guincho agudo nos ouvidos de Nathan exigia que cada fibra e célula do seu corpo se modificassem. Os raios de eletricidade azul queimavam sua carne, passando de uma força agradável e restauradora para uma energia violenta e não diluída.

Um rosnado escapou dos pulmões de Nathan, enquanto seu corpo se retorcia e estremecia, desesperado para escapar da luz e de seu guincho estridente. Sua necessidade de se transformar ofuscou qualquer pensamento coerente. Ele estava a ponto de aceitar a derrota quando a luz e o barulho desapareceram.

A câmara mudou, de azul-petróleo luminoso de volta ao amarelo incandescente. Sangue — metálico e doce — inundou a boca de Nathan, enquanto ele sufocava em respirações distorcidas. Teria desmoronado no chão, se as restrições o permitissem. A dor nos pulsos era um alívio, comparado ao suplício de momentos atrás.

Ele piscou. O brilho do raio de Afrodite pairava em frente aos seus olhos.

O rosto de Matthias entrou no campo visual de Nathan.

— Hmm, nem mesmo uma presa aparecendo. Eu nunca vi um reptante com o grau de controle que você parece ter. Todos se transformam em poucos segundos da luz de Afrodite. — Seus olhos se estreitaram em fendas. — Como faz isso?

Nathan o encarou.

— Apenas me mate e acabe com isso de uma vez — ele falou, sua voz áspera.

O canto da boca de Matthias se curvou.

— Não me diga que está desistindo tão facilmente? Eu sei que tem muito mais vontade de lutar, aí dentro.

Nathan fechou os olhos e pousou seu queixo no peito. Morreria em breve, e estava farto de desperdiçar seus últimos momentos nestes jogos distorcidos.

O rosto de uma mulher lampejou em sua mente — feições delicadas, olhos castanhos fitando amorosamente os seus, uma mão calorosa em seu rosto e ele virando-se para beijar a palma. As lembranças enviaram uma pontada de dor em seu coração. Sua reação normal seria colocá-las de lado; a dor sempre se tornava insuportável, se permitisse à sua mente mantê-las. Mas, neste momento, essas memórias eram o paraíso.

— Tudo bem — disse Matthias. — Se não vai lutar por si mesmo, então, que tal lutar por ela?

Ela? Os olhos de Nathan se abriram.

Matthias estendeu seu telefone, permitindo que Nathan examinasse a tela.

— Não — Nathan ofegou.

No celular de Matthias havia uma ordem virtual de recompensa com uma foto de Violet.

— Não! — Nathan avançou. Seus grilhões chacoalharam, sacudindo-o até parar a alguns milímetros do rosto de Matthias.

O sorriso desvairado de Matthias se alargou.

— Assim, é isso que eu quero ver.

— Fique longe da Violet! — Nathan rugiu, tão alto quanto suas cordas vocais feridas permitiam.

Um movimento repentino na parede mais distante chamou a atenção de Nathan. Sagan agora estava de pé, o olhar fixo em seu pai.

— Por favor, não o deixe fazer isso — pediu Nathan a Sagan. Não se importava se o seu tom era suplicante e desesperado. — Não deixe ele machucar Violet. Ela era a melhor amiga da sua irmã. Por favor, não faça isso.

Matthias riu.

— *Eu* não vou fazer nada, mas o homem que mandei atrás dela, vai. Aliás, ele já deve estar na faculdade, à essa altura.

— Está mentindo — Nathan sibilou.

— Pai, isso é verdade? — Sagan perguntou.

Matthias ignorou-o.

— Não se preocupe. Tenho certeza que meu amigo fará com

que seja rápido. É provável que ela nem sinta quando sua garganta for cortada, enquanto dorme.

Sagan voou para o lado do pai e disse em um sussurro audível:

— O que aconteceu com 'nós não matamos os nossos'?

Matthias fitou seu filho.

— Estou plenamente ciente do código, *filho*. — Ele se inclinou em direção ao rosto de Sagan. — E por que você se importa, hmm?

— Ela... ela era amiga da Lyla — disse Sagan, ainda em um sussurro. — Ela estava lá com Lyla, quando...

— Você quer dizer que ela estava lá, quando Lyla foi esquartejada?

— Mas nós não matamos...

— Não me venha com essa, garoto! — Matthias bradou, salpicando saliva com cada palavra.

— Mas, pai...

Matthias lhe deu uma bofetada. A cabeça de Sagan virou para o lado e ele estatelou-se novamente contra a parede de concreto. A força da pancada fez o telefone voar da mão de Matthias e atingir a parede, acima da cabeça de Sagan. Em qualquer outra situação — uma que não consistisse nele acorrentado em uma câmara de concreto com caçadores psicopatas —, Nathan teria ficado impressionado com a capa à prova de impacto, que permitiu que o dispositivo ricocheteasse na parede e caísse ileso aos pés de Sagan.

— Brecker! — Matthias ladrou. — Ligue essa coisa novamente e, dessa vez, certifique-se de que esteja com o dobro da força. Temos uma colheita para fazer.

Sagan colocou-se em uma posição que lembrava a Nathan um gato prestes a dar o bote.

Em um turbilhão negro, Matthias girou e atirou sua adaga de diamantium diretamente em Sagan. Ela atravessou o ar em um borrão cintilante, encaixando-se na parede de concreto bem ao lado da cabeça do seu filho. Os olhos azuis de Sagan ficaram vidrados em choque. Ele levou sua mão à orelha e inspecionou o sangue escarlate que se espalhava na ponta de seus dedos.

Matthias apontou para ele, a mandíbula definida em uma expressão de pura arrogância e triunfo.

— Fique aí, garoto, ou a próxima atravessará sua garganta.

Nathan encarou Matthias. Sem dúvida, o homem estava blefando. Mas algo em sua expressão sugeria o contrário.

O garoto cerrou sua mão ensanguentada e retomou sua postura desleixada, junto à parede.

— Está pronto — disse Brecker.

— Ótimo. — Matthias rolou seus ombros para trás. — Agora. Onde estáv...

Um homem irrompeu na câmara e correu até Matthias.

— O que eu falei sobre me interromper — Matthias chiou.

— Mas, chefe — disse o recém-chegado —, ele está aqui.

Matthias levantou uma mão para Brecker, que parou.

— O que quer dizer com ele está aqui?

— Quero dizer que ele está mesmo *aqui*. Disse que ela os encontrou e quer marcar uma reunião.

Todo o semblante de Matthias se iluminou como o de uma criança na manhã de Natal.

— Me leve até ele.

— Mas, chefe, e quanto ao reptante? — Brecker perguntou.

— Comecem sem mim. — Matthias saiu da câmara sem olhar para trás.

Nathan avaliou os três homens restantes. Sagan havia deslizado até o chão, a imagem da derrota, seus braços cruzados sobre o peito. Um filete vermelho fazia uma trilha descendo por seu pescoço e passando sobre a corrente negra, visível acima da gola de sua camisa.

Brecker se recostou no canhão e sorriu para Nathan, sua mão posicionada sobre a tela tátil.

— Ei, Harvey, prepare o talhador de cristal.

— Espere, estou com ele aqui, em algum lugar.

O homem desapareceu por trás do canhão e uma algazarra de estrondos e tinidos se sucedeu, seguidos pelo toque reverberante de metal sendo arrastado no concreto. Harvey trouxe o que parecia ser um alicate enorme, as pontas cobertas de sangue veniri seco.

O horror pulsou no peito de Nathan. Precisava sair daqui. Sua desprezível experiência com Afrodite dera ao seu corpo um pequeno surto de restauração, mas ele estava muito agitado, como se tivesse acabado de injetar uma dose considerável de cafeína e metanfetamina.

Ele puxou as correntes; definitivamente metallikite. Não fazia sentido tentar quebrá-las. Sua melhor chance seria eliminar esses caçadores, antes que acionassem o interruptor, embora estivessem fora de alcance. Até mesmo um chute atingiria somente o ar. Poderia obter alguns centímetros se balançando, mas eles iriam adivinhar o que estava tramando, antes que alcançasse impulso suficiente para fazer qualquer coisa.

Teriam que vir até ele.

Claro, se conseguisse incapacitar esses três, ainda tinha a questão de como se soltar dos grilhões. Mas esqueçamos disso, por enquanto. Um problema de cada vez.

Nathan flexionou os dedos dormentes em uma tentativa inútil de fazer o sangue voltar a circular. Estremecendo, ele agarrou os grilhões logo acima das algemas e, então, testou a habilidade das suas mãos entorpecidas de sustentar o peso do seu corpo. Uma dor brutal disparou dos ombros direto para sua espinha, mas isso não era nada comparado ao ataque iminente da luz de Afrodite.

Assim que ele confirmou que era capaz de se levantar, apoiou-se em um pé e chutou a poça abaixo dele. Um esguicho azul se espalhou sobre Brecker.

O caçador berrou e estendeu os braços, como um espantalho. Trilhas do sangue de Nathan escorriam por seu rosto e pingavam de sua barba, e as feições se distorceram em um olhar de pura repulsa. Ele tentou limpar sua boca na manga, mas então percebeu que o tecido também estava coberto de sangue.

Harold saiu correndo de trás do canhão. Ao ver o estado de Brecker, ladrou uma gargalhada. Brecker voltou-se para ele, os lábios franzidos, enquanto Harold continuava a apontar e caçoar.

Nathan voltou a chutar a poça, desta vez mirando em Harold.

A risada morreu, interrompida por um surto de gargarejo. Harold paralisou, sua boca escancarada exibindo uma língua que, agora, estava com um tom sólido de azul-petróleo.

Foi a vez de Brecker urrar de rir.

— Ora, seu imundo...! — Harold cuspia e borrifava sangue e saliva, desfiando uma sequência furiosa de obscenidades. — Eca, quem sabe que tipo de doenças existem nessa porcaria? — Ele fixou seu olhar em Nathan, as narinas dilatadas e a mandíbula projetando-se para frente. — Vai pagar por isso, reptante.

Um canto da boca de Nathan se contorceu em um sorriso de desdém, e ele chutou a poça novamente. Harold rugiu de raiva e, então, avançou para ele.

— Ei, vamos, Harold! — Brecker se colocou entre os dois e pressionou a mão firme contra o peito de Harold.

— Saia do meu caminho! Eu vou estripar ele!

Harold tentou passar por ele, fazendo com que Brecker escorregasse levemente no chão liso.

É isso, pensou Nathan. Só mais alguns centímetros e seria capaz de...

Brecker deu um soco no rosto de Harold.

— Controle-se! Ele está te provocando.

Harold cambaleou para trás, gemendo e segurando o nariz, e Brecker agarrou a parte da frente de sua jaqueta.

— Chega de perder tempo. Você pode estripá-lo depois que fizermos a colheita.

Harold encarou Nathan.

Nathan sorriu para ele.

Uma melodia tilintante ecoou pela sala. Todos os olhos se voltaram para Sagan. O celular de Matthias ainda estava no chão aos seus pés, vibrando suavemente.

— Ei! — Brecker o chamou. — Vai ficar aí sentado de mau humor o dia todo, ou vai fazer alguma coisa de útil?

Sagan ignorou-o e pegou o telefone.

Brecker soltou um *tsc* e balançou a cabeça.

— Garoto imprestável — murmurou.

O pânico surgiu repentinamente em Nathan, quando Brecker se reposicionou atrás do painel tátil do canhão Afrodite. Seu truque sujo com o sangue não funcionou, mas ele arriscou mais uma tentativa e chutou outro jato azul.

Raiva e nojo se alastraram nos rostos azuis gotejantes de Harold e Brecker, contudo nenhum deles fez qualquer movimento em sua direção. Em vez disso, Brecker apontou o dedo para a tela tátil.

— Ah, você vai ter o que merece.

Antes que Nathan pudesse reagir, o raio de Afrodite o envolveu; a força da luz e do som que disparava através do seu corpo desencadeou uma sobrecarga.

Desta vez, ele não teve chance de rejeitar a transformação.

Fragmentos de cristal cortaram-no por dentro e perfuraram sua pele, saindo de suas clavículas e brotando ao longo dos seus ombros e pescoço. Lâminas irromperam dos cotovelos, estendendo-se até seus pulsos. As protuberâncias do centro de cada joelho cresceram até um quarto do comprimento das coxas de Nathan, e cristais menores espiralaram para fora do restante do corpo de Nathan em seu próprio padrão único. Sua pele reverberava e moldava-se em um azul-petróleo iridescente e em escamas cinza-escuras, que reluziam — como se tivessem uma iluminação interior — nas bases dos espinhos maiores. Seus pés e dedos alongaram vários centímetros, transformando-se em patas de um velociraptor pré-histórico, equipadas com garras de diamantium cintilantes.

As pálpebras internas de Nathan abriram e fecharam, adaptando-se à exposição intensa do raio venusiano condensado. Um formigamento em seu crânio se intensificou em vibrações dolorosas, à medida que fragmentos de diamantium menores fatiavam sua cabeça redimensionada, adornando os ossos da testa, maçãs do rosto e queixo. Seus dentes caninos e pré-molares ficaram longos e afiados. Após um instante, sua língua bifurcada tremulou por entre um conjunto triplo de presas salientes. A mandíbula de Nathan se abriu em um demorado rugido gutural. Seu corpo retorcia-se e descascava, os grilhões sendo seu único elo com o mundo.

Por fim, a transformação terminou.

Nathan esperou pelo alívio que normalmente vinha depois de seu corpo se transformar, mas a ofensiva maldosa continuava, prometendo não dar fim ao seu sofrimento. O universo tornou-se nada além de um borrão de dor. Uma dor excruciante. Desejou e rezou para que tudo isso tivesse fim. Para que *ele* tivesse um fim.

E, então, milagrosamente, Afrodite desligou.

Nathan cedeu contra suas amarras. Um brilho de luz do arco-íris refletia em suas espirais de cristal e na poça azul abaixo de si.

Apesar das pálpebras nictitantes cerradas embaçarem sua visão, sua língua fustigava instintivamente, provando e avaliando o ambiente ao redor. Sua mente, no entanto, repelia qualquer compreensão além da vaga percepção de movimento diante de si — duas figuras desfocadas.

Ele piscou algumas vezes para o par de rostos sorridentes, salpicados com líquido azul.

Eles estavam falando, porém, aos ouvidos de Nathan, suas palavras eram incompreensíveis. Sacudiu a cabeça, mas arrependeu-se imediatamente quando uma onda de náusea o atingiu.

Forçou o restante da sua concentração, até conseguir entender algumas das palavras.

— ...vou começar por este aqui.

O locutor içou o que parecia ser uma tesoura enorme. Ou seriam corta-unhas gigantes?

Sons estranhos eram proferidos de ambas as figuras — algum tipo de gorgolejo. Depois de um instante, Nathan se deu conta de que eram risadas. A figura menor prendeu o enorme corta-unhas em um fragmento de diamantium que se projetava da clavícula de Nathan.

Uma pontada de dor abalou o corpo de Nathan. Seus olhos se arregalaram e o mundo entrou novamente em foco.

— Isso mesmo, Harold, agarre-o bem.

Harold puxou o espinho. Um resmungo áspero escapou de Nathan.

— Cuidado agora, não pode recortá-lo ainda. O que tem que fazer é puxar com força e ver se consegue tirar mais alguns centímetros, antes de rompê-lo. — Brecker bateu no meio do tronco de Nathan. — Coloque seu pé aqui para servir de alavanca.

Nathan gemia enquanto Harold ajustava sua postura, sem soltar o espinho. Uma bota fria e lisa pressionou o estômago de Nathan.

— Preparado? — disse Brecker.

— Sim.

— Agora, puxe o mais forte que conseguir.

Harold grunhiu com o esforço, sua bota empurrando-o contra o diafragma de Nathan.

O grito de Nathan foi inútil, quase silencioso. Poderia muito bem ter sido uma rajada de vento ou um fantasma invisível, clamando para os vivos. Agonia pura irradiava do fragmento na posse de Harold, a pressão insuportável. A retenção do fragmento no esqueleto interno de Nathan estava a ponto de se partir.

Os grunhidos árduos de Harold encerraram-se abruptamente, interrompidos pelo *bum* enfadonho de metal colidindo na carne.

Brecker desabou no piso de concreto.

— Mas o q...? — Harold mal teve tempo de se virar, antes que Sagan o atingisse na nuca com uma barra de metal. Como uma marionete que teve os cordéis cortados, a forma inerte de Harold uniu-se à de Brecker, no chão.

Sagan passou por cima dos corpos, recolhendo a ferramenta de mutilação das mãos de Harold. Nathan piscou vagarosamente.

Sagan ergueu a talhadeira. Em uma rápida sucessão, libertou ambos os pulsos de Nathan.

Os braços de Nathan despencaram e seus dedos queimaram tortuosamente, à medida que o sangue retornava às suas mãos. Ele fitou Sagan, tentando ler sua expressão.

Sagan ergueu o celular de Matthias.

O alívio tomou conta de Nathan, depois de ele ler a mensagem de texto na tela.

CAPÍTULO 15

ÁVIDA PELO TÍTULO DE "LOUCA"

VIOLET RETIROU SEU COBERTOR DA CAMA, SALTOU PARA O BANCO da janela e atirou-o sobre o trilho da cortina. O quarto escureceu para um brilho pálido, os feixes suaves de luz solar ainda se infiltrando pelas margens da estrutura da janela.

— Obrigada por concordar com isso — disse ela. — Eu teria pedido para um dos outros, mas estão todos ocupados hoje.

— Sem problemas — falou Thane —, fico feliz por poder ajudar. Então, qual é mesmo o seu projeto de classe?

Violet puxou as bordas da cortina improvisada até que toda a luz do sol estivesse bloqueada.

— Tem a ver com capturar as emoções em fotografias.

— Legal. Então, tudo o que eu preciso fazer é sorrir, franzir a sobrancelha e chorar, certo? Já vou avisando, não posso prometer nada sobre a parte do choro. A não ser que esteja pensando em me chutar na virilha ou algo assim.

Violet riu e pulou do banco da janela.

— Não planejo chutar nenhuma virilha.

— Ótimo.

A cálida luz incandescente banhou o quarto, quando ela acendeu a luminária da escrivaninha.

— Preciso montar um portfólio de emoções diferentes. A ideia é capturar os sentimentos por outros meios e não apenas pelas expressões faciais. Temos que incorporar elementos como postura, iluminação, alcance e acessórios para criar uma história emocional. — Ela indicou o piso em frente ao banco da janela. — Eu preciso que fique ali para mim, por favor.

Quando Thane ficou em posição, ela se virou para vasculhar a gaveta de cima de sua escrivaninha, retirando uma tesoura e um colar com um pingente de relógio de bolso antigo.

— E agora? — perguntou Thane.

Violet recortou uma imagem do catálogo de uma loja de departamentos.

— Eu só tenho que terminar de fazer este adereço. E, então, preciso que... hm... Vou precisar que você... — Sua voz baixou para um murmúrio.

— Desculpe, não entendi essa última parte. Precisa que eu, o quê?

Violet arrancou um pouco de fita adesiva e enrolou-a com o lado aderente para fora enquanto tossia, constrangida.

— Eu preciso que tire a sua camisa.

Ela recusava-se a olhar para ele, treinando todo o seu foco em fixar a fita na parte de trás do recorte, mas jurou que podia sentir a fisionomia risonha de Thane cravada em suas costas.

— A moça nem mesmo me pagou um jantar e já está me pedindo para tirar a roupa. — Ele riu.

Violet mordeu os lábios para esconder um sorriso. Quando ficou satisfeita com seu acessório improvisado, ela se voltou para Thane.

— Aqui. Vamos começar com este. — Ela estendeu o colar. O pingente pendia da ponta dos seus dedos, o padrão de filigrana em relevo na tampa do relógio capturando a luz, à medida que balançava suavemente.

Odiou ter que usar a luminária de sua escrivaninha. Era brega, comparado ao melhor e mais caro equipamento de iluminação disponível, mas ao menos ainda podia criar o contraste de luz e sombra para o que ela tinha em mente.

Thane mirou o relógio, enquanto desabotoava os últimos botões de sua camisa. A luz da luminária banhou sua pele, nua da cintura para cima, criando sombras que acentuavam os músculos ondulados nos braços e em seu abdômen.

Violet inspirou fundo. *Mantenha a calma, Violet. Não vá bancar a idiota.*

Ele pegou o relógio de bolso e o inspecionou, traçando um dedo sobre a filigrana.

— Isto é incrível. Onde conseguiu?

— Hm, foi... — Violet alternou seu peso de uma perna para outra, evitando o contato visual. — Uma amiga o deu para mim.

Ele apertou o botão que soltava a tampa, revelando o mostrador do relógio. Na parte interna da tampa havia a foto de um bebê, que ela recortara da seção de roupas infantis do catálogo da loja de departamentos. Depois de uma pausa, ele disse:

— Hmm, interessante. Então, quer que eu o coloque ou segure? Como quer fazer?

Violet soltou um suspiro de alívio e sorriu para ele.

— Aqui, eu faço.

Ela alcançou a mão direita dele e enroscou a corrente em seus dedos, deixando o relógio pendurado a alguns centímetros do pulso. Em seguida, pousou a mão dele em seu peito, sobre o coração, e posicionou o pingente de forma que tanto o mostrador do relógio quanto a imagem do bebê ficassem visíveis.

Thane ficou quieto e maleável, permitindo que ela formasse a visão que tinha em sua mente.

Ela tirou algumas fotos com a câmera no tripé e, então, tentou alguns close-ups. Os cliques frequentes do obturador da câmera mal abafavam o martelar de sua pulsação nos ouvidos. As fadas raivosas em seu peito estavam *enfurecidas*.

— Que tipo de emoção está tentando captar? — Thane perguntou.

— Ainda não tenho certeza — confessou Violet. — Eu tinha essa imagem na minha mente, quando recebi o projeto, e pensei em deixar rolar e ver como fica.

Thane assentiu. Mais alguns cliques do obturador preencheram o breve silêncio.

— Se importa se eu fizer uma sugestão? — ele perguntou.

Violet ergueu os olhos do visor.

— Quer dizer, só se você quiser — acrescentou rapidamente. — Não me refiro a ficar no comando nem nada do tipo.

Violet deu um sorriso.

— Está tudo bem. O que tem em mente?

Ele alcançou sua mão e ela deixou a câmera pender na alça em volta de seu pescoço, enquanto ele a puxava para mais perto de si. Indícios picantes da loção pós-barba pairavam no ar. Diferente do cheiro pesado daqueles típicos desodorantes em spray, sua fragrância era terrosa e intensa.

— Isso pode funcionar ou não, mas estou feliz por ser você quem irá determinar. — Ele entrelaçou os dedos nos seus e apertou sua mão junto ao peito.

Ela respirou fundo, tentando desesperadamente ignorar a vibração intensa em seu tórax, estômago e...

— O que acha? — ele perguntou.

Ela pigarreou.

— Na verdade, fica muito bom.

Com a mão livre, ela capturou algumas imagens e, então, verificou as fotos que havia tirado. Seus olhos arregalaram-se com as cenas deslumbrantes na tela digital. Thane tinha instintos fantásticos para esse tipo de coisa. Ela imaginou as fotos finais em preto e branco. Ou isso seria muito clichê? Talvez com efeito sépia?

— Então, essa sua amiga, a pessoa que lhe deu o relógio. Ela faz faculdade aqui também? — perguntou Thane.

Violet parou de rolar as fotos.

— Não, ela, hm... ela... faleceu há alguns anos.

Faleceu. Violet odiava aquela expressão. Dava a entender que Lyla tinha acabado de cair pacificamente no sono. Podia dizer também algo como "Um anjo voou graciosamente dos céus e envolveu Lyla em um abraço sagrado para escoltá-la até o além."

No entanto, expressões como *morreu* ou *veio a óbito* eram muito brutais, muito insensíveis. Muito *definitivas*.

Ela arrastou os pés, grudando sua atenção nos próprios tênis, esperando pelas perguntas. *Como ela morreu, Violet? Por que não consegue se lembrar do que aconteceu, Violet?*

— Ela era especial para você. Certo. — Ele falou como uma afirmação, não uma pergunta. O polegar dele fazia pequenos movimentos circulares, afagando as costas de sua mão.

— Sim — ela disse, a palavra saindo quase como um sussurro. — Ela era minha melhor amiga no mundo inteiro. Sei que parece clichê, mas ela me enxergou quando... quando eu era invisível.

Thane se aproximou. Ela quase conseguia saborear o sândalo na loção pós-barba. Ele colocou a mão em sua bochecha e ela respirou fundo, desviando o olhar.

— Violet, olhe para mim — ele falou, a voz baixa e fluída, como prata líquida. Levantou seu queixo. As manchas douradas nos olhos dele eram fascinantes; holográficas contra o castanho das íris. — Você não é invisível para mim.

Uma vibração agitou-se em seu peito, e ela mordeu seu lábio inferior e fechou os olhos. O polegar dele acariciava sua bochecha, para em seguida descer, traçando o canto da sua boca, o contorno dos seus lábios.

Quando abriu os olhos, o olhar de Thane estava diretamente preso ao seu. Poderia se afogar no ouro derretido daqueles olhos.

A mão paralisou.

— Você está bem?

Ela assentiu, seu olhar baixando mais uma vez.

— Sim. É só... Eu nunca...

Ele inclinou a cabeça, tentando retomar o contato visual.

— Tudo bem, pode me contar.

Ela olhou para cima. O brilho nos olhos dele se intensificou — quase como se estivesse sendo irradiado ao seu redor.

— Nossa — ela disse, em uma voz suave. — Você está... — Mesmo depois de esfregar os olhos, a luz dourada continuava lá. Começou a dançar ao redor dele, como uma aura cintilante, como vaga-lumes.

Ela soltou a mão de Thane e deu alguns passos para trás, o olhar girando pelo quarto.

— Pode ver isso também... não é? — Talvez tudo aquilo estivesse em sua mente.

Excelente! Estava em seu quarto, com o homem mais gostoso que já conhecera, e estava ficando louca. Era este o seu jeito de fugir ao primeiro sinal de envolvimento? Ela *já tinha* desenvolvido um talento especial para trocar de lares de adoção no passado.

O cenho de Thane franziu, em uma nítida confusão. Porém, sua perplexidade não estava direcionada a ela, Violet percebeu com uma onda de alívio. Ele virava a cabeça, também olhando para as luzes.

— Sim. — Ele assentiu vagarosamente. — Eu consigo ver. É algum tipo de efeito de iluminação extravagante? Pensei que isso era feito na fase de edição.

Violet meneou sua cabeça e fitou a luminária, na escrivaninha.

— Não sou eu.

Tantas perguntas passavam por sua mente. Sua cabeça estava surtando — mas não *se sentia* ameaçada. Na verdade, as luzes pareciam quase relaxantes. Tranquilizadoras.

Thane olhava para si mesmo, inspecionando os braços, seu peito e o ar ao seu redor.

— Não pode ser... — ele murmurou.

— O quê? O que é?

— Eu... — Ele a fitou e fez uma careta. — Para ser sincero, eu realmente não sei.

Uma das pequenas partículas estava pairando a alguns centímetros do rosto de Violet. Quanto mais chegava perto, mais ela queria esticar a mão e tocá-la. O que aconteceria se a tocasse? Se queimaria? Levaria um choque? Será que iria doer? Não acreditava nisso. De novo, seus instintos disseram-lhe que era seguro.

A pequena luz tremeluziu e faiscou, enquanto flutuava, aproximando-se.

— Uau, é tão linda. — Violet estendeu uma mão.

— Espera — disse Thane. — Não toque nisso. Não sei o que isso faz. — Mas antes que ele terminasse de falar, a partícula dourada pousou na palma da mão dela e impregnou em sua pele.

Ele correu para frente e agarrou sua mão, examinando onde a partícula havia pousado. As outras luzes seguiram atrás dele.

— Não doeu — garantiu ela.

— O que está acontecendo? — Thane disse, mais para si próprio.

— Já viu algo assim antes?

Thane balançou a cabeça, seus olhos arregalados. Ela sorriu para sua expressão de assombro, de admiração pelo que estava acontecendo.

Se tinha uma coisa que Violet podia dizer com certeza sobre as luzes, era sua fonte. Thane. As minúsculas partículas luminosas continuaram se multiplicando, surgindo como pequenas auréolas contra sua pele desprotegida e, então, vagando suavemente até pairar em torno de ambos, tal como o enxame de bolhas em seu primeiro encontro.

Baixou o olhar para a câmera, ainda em suas mãos.

— Hm, imagino se... Fique parado por um segundo.

Violet deu um passo para trás e, em seguida, tirou algumas

fotos. Ela alternava entre olhar para Thane pelo visor e por cima da câmera, testando e estudando alguns ângulos e perspectivas.

Depois de capturar mais algumas fotos, reparou que Thane começava a se contorcer e friccionar sua pele.

— Você está bem? — Ela desceu a câmera — Alguma coisa errada?

Ele esfregou o rosto.

— Eu não sei. Me sinto, meio que, formigando.

Violet inclinou sua cabeça.

— Formigando, como?

— Bem, eu posso ter notado algo nos últimos minutos. — Enquanto falava, suas mãos ainda estavam coçando o rosto, as mãos, o seu abdômen. Eventualmente, se contentou em massagear a área ao redor dos olhos. — Posso estar correndo o risco de parecer um pouco maluco, mas acho que consigo sentir você me observando. Tipo, realmente sentir o seu olhar em mim.

Violet arqueou uma sobrancelha.

— Hm... o quê?

Thane riu timidamente.

— Eu sei, loucura, não é?

Violet deu de ombros.

— Quem sabe? Tem um jeito fácil de descobrir. — Ela colocou sua mão sobre os olhos. — Como se sente agora?

Depois de alguns instantes, Thane estalou a língua.

— Acredite ou não, parou.

— O quê? Nem pensar. — Violet baixou sua mão. — Você está tirando uma com a minha cara.

Thane balançou a cabeça e começou a passar suas mãos pelo rosto novamente.

— Rá, se eu estivesse te zoando, essa seria uma brincadeira totalmente estranha de se fazer.

Não podia argumentar com isso.

— Tudo bem então. Cubra seus olhos.

— O quê? Por quê?

— Apenas cubra-os.

Thane soltou uma risada e fez o que ela pediu.

— Certo.

— Ótimo. Agora, me diga se consegue sentir isso. — Ela fixou seu olhar sobre a mão que cobria os olhos.

— Sim, tenho quase certeza que posso sentir.

— Onde?

Ele apontou para as costas de sua mão.

Hmm. Palpite de sorte. Mirou seu queixo.

— Agora está aqui. — Ele coçou o queixo com um dedo.

Violet franziu o cenho. Olhou para o cotovelo. Ele indicou seu cotovelo. Em seguida, ela fitou seu ombro e Thane, sem hesitar, apontou para o ombro, bem no local onde estava se concentrando.

Só podia ser brincadeira!

— Você está espiando — ela falou.

— Juro que não estou — disse ele, rindo.

Ela franziu as sobrancelhas e, então, um sorriso repuxou seus lábios.

Violet moveu lentamente o olhar, do ombro dele e seguindo para sua clavícula. Ele traçava o caminho dos olhos dela com o dedo, seguindo-os até a cavidade do seu pescoço, depois pelo meio do seu torso.

— Violet, o que está fazendo?

Ela notou o leve gracejo em seu timbre, mas recusou-se a perder o foco ou mudar de direção. Os olhos seguiram descendo, descendo. O peito de Thane subia e descia, cada vez mais rápido, enquanto seu dedo continuava a traçar a linha que ela conduzia — indo para baixo e descendo por seu esterno.

O coração de Violet martelava em seu peito e arrepios percorreram seu pescoço.

O dedo estava quase alcançando a cintura do jeans.

A seguir, em um turbilhão, ela desviou o olhar novamente para a mão sobre seus olhos.

Ele deixou cair sua mão e riu. Violet cobriu a boca, suas próprias risadinhas misturadas com as risadas profundas dele.

As luzes dos vaga-lumes ao seu redor começaram a dançar e brilhar com mais vivacidade. Uma nuvem delas flutuou em direção a Violet, muitas para se esquivar. Antes que pudesse reagir, pousaram em si e, como antes, impregnaram em sua pele.

— Ei! Faz cócegas. — Cada lugar em que tocavam sua pele exposta parecia vibrar. Ela inspirou profundamente e segurou o fôlego. Felicidade intensa e tristeza extrema tomaram conta de si, em uma onda esmagadora.

Thane a pegou pelos ombros.

— Violet, o que foi?

— O quê? Como assim?

— Você está chorando.

Ela tocou seu rosto, sentindo a umidade morna em suas bochechas.

— Violet?

— Estou bem. Está tudo bem. Eu só... Bem, me sinto estranha, na verdade. É meio difícil de explicar. Não tenho nada para comparar com isso. Me sinto realmente feliz. Tipo, mais feliz do que já estive em toda minha vida.

Ele esboçou um sorriso.

— Mas também me sinto extremamente triste ao mesmo tempo.

O semblante dele anuviou-se.

— O que quer dizer?

— Eu não sei. Misturado com a alegria está essa tristeza intensa. Mas é como uma tristeza boa. Quase um complemento para a felicidade. Sabe, tipo, como se a tristeza valesse totalmente a pena, por causa da extrema felicidade. — Ela retorceu seu rosto e colocou as duas mãos na cabeça. — Sinto muito. Eu pareço uma idiota louca.

Podia dar adeus para a oportunidade de conhecer esse cara mais afundo. E uma saudação à morte solitária.

— Violet, estamos no meio de uma luz inexplicável, que parece vir de mim, e você acha que é a louca? — Ele arqueou uma sobrancelha.

Ela riu.

— Boa observação. Suponho que não posso ficar ávida pelo título de 'louca', especialmente depois de você pensar que podia me *sentir* te olhando.

— Na verdade, tenho certeza de que isso ainda está acontecendo.

— O quê? — Antes que ela conseguisse se conter, seus olhos fizeram uma rápida análise do tronco exposto.

Um canto da boca dele elevou-se e as bochechas de Violet queimaram. Ele deu alguns passos para a frente, diminuindo o pequeno espaço entre eles. Ao mesmo tempo, as luzes brilhantes pareciam avivar, se aperfeiçoar.

— Thane, o que está...?

A chance de terminar sua frase foi perdida, quando Thane pressionou os lábios nos seus.

Violet paralisou por meio segundo e, então se aproximou, entrelaçando seus braços ao redor do pescoço dele. Em resposta, os braços fortes envolveram a parte inferior de suas costas e a ergueram do chão. Ela enlaçou as pernas em volta da cintura de Thane, moldando seus corpos, desesperada para aprofundar a intimidade. O desejo por mais alastrou-se em seu âmago. Sua pele queimava por onde quer que a dele a tocasse.

Toda a noção de hora, lugar e existência parou, aprisionados no beijo sedutor de Thane. Ela não conseguia nem imaginar quanto tempo permaneceram interligados.

Com um barulho abrupto, a porta do quarto se abriu, permitindo a entrada de um jorro de luz forte, vindo do corredor.

Violet e Thane se separaram assim que Autumn, Gus e Bessie entraram no cômodo. Os olhos de Gus arregalaram-se e seu queixo caiu. Bessie sorriu e Autumn deu uma risadinha, como se tivesse tirado a sorte grande.

— Viu, Bessie — Autumn falou, no nível de um sussurro —, eu te disse que ele era gostoso.

Bessie concordou.

— Aham. Esses dois com certeza farão lindos bebês.

Gus pigarreou.

— E nós claramente interrompemos o processo de fazer o bebê. — Ele esfregou a nuca. — Poxa, Violet. Coloque uma meia na maçaneta da porta, na próxima vez.

CAPÍTULO 16

PREFIRO SER UMA PINHATA

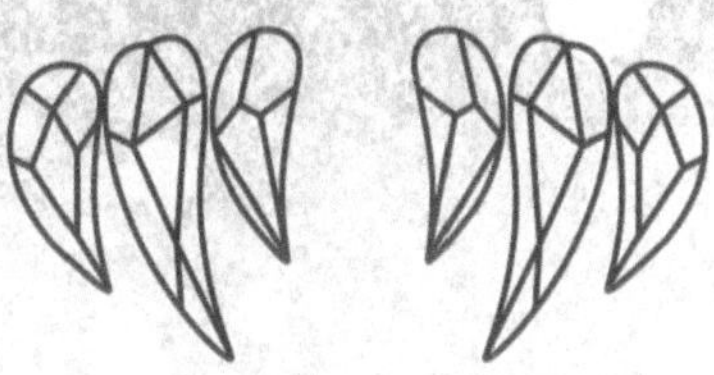

Essa não era a primeira vez que Nathan ficava grato por não ser um humano comum. A quantidade de sangue acumulado em torno dele e de Sagan era o suficiente para encher um cavalo.

Ironicamente, os raios de Afrodite aceleraram o seu já desumanamente rápido processo de cura. Não somente o ferimento em seu peito, como também cada célula e fibra do seu corpo estavam sendo rapidamente restaurados, incluindo seu suprimento de sangue. Ele estava quase agradecido por terem usado Afrodite.

Quase.

Encolheu-se. Os raios venusianos condensados ainda arrepiavam seu cerne. Sua vista estava embaçada e ele sentia-se atordoado, como se tivesse acabado de sair de uma montanha-russa. Uma fina camada de suor cobria seu corpo, acompanhada por um calafrio gélido, e vários músculos das pernas, costas e braços se contraíam com a sensação de eletricidade faiscando sob sua pele. Ele sacudiu e flexionou as mãos e dedos, que gritavam enquanto o sangue reabastecia suas veias famintas.

Uma onda de vertigem particularmente forte o atingiu e ele desmoronou no chão, salpicando líquido azul.

— Levante-se, reptante — Sagan sibilou.

Nathan bufou.

— Me dê um minuto, garoto.

— Nós não temos um minuto. Precisamos ir *agora*.

Nathan ergueu sua cabeça, esforçando-se o máximo que podia para focalizar Sagan — o demônio louro-claro com um rosto de anjo. Ele conseguiu se levantar e dar alguns passos trôpegos, a visão ainda girando, mas precisou esticar um braço para se segurar no canhão de laser quando se aproximou da porta.

— Anda logo. Eu não vou te carregar. — As feições de Sagan se distorceram em uma carranca sombria e ele marchou porta afora, sem conferir se Nathan o seguia.

Nathan xingou, à medida que se empurrava para longe do dispositivo hediondo. Malditos caçadores erathi e suas habilidades de tortura.

Ele cambaleou os últimos passos para fora da câmara e se apressou, meio bambo, para acompanhar Sagan. O garoto guiava-o por um labirinto de corredores e câmaras de concreto, alguns dos quais ainda estavam escorregadios com os resquícios de seus ocupantes mais recentes. O estômago de Nathan revirou; por um momento, ficou contente por sua visão não estar clara o suficiente para identificar os detalhes.

Depois de virar mais uma curva, Sagan parou e o encarou. Pelo menos, era o que Nathan presumia; seus olhos ainda estavam tendo problemas para focar.

— O que você está fazendo? Por que ainda não voltou à sua forma humana? — Sagan chiou.

— Hã? — Nathan olhou para si mesmo. Seus fragmentos cristalinos e pele escamosa reluziam sob as luzes mais brilhantes do corredor sóbrio.

Sagan apontou para o chão, atrás de Nathan.

— Que droga, reptante. Poderia tornar a nossa fuga um pouco mais óbvia?

Nathan estremeceu. Mesmo com a vista embaçada, notou que seu rastro de pegadas azuis estava dolorosamente aparente no piso de concreto. Ele esfregou os olhos, desejando que sua visão clareasse e parasse de girar.

Sagan soltou um som de frustração gutural e continuou andando.

Voltar à forma erathi normalmente era um processo um pouco mais difícil do que mudar para a forma veniri. Contudo, desta vez, quando Nathan tentou se transformar, nada aconteceu.

Ele tentou novamente. Nada ainda.

— Se apresse e mude de volta — murmurou Sagan, por sobre seu ombro.

— Não consigo.

— O que quer dizer com não consegue?

— Hm... quanto tempo até os efeitos de Afrodite passarem? — ele perguntou em voz baixa.

Sagan meneou a cabeça.

— Eu não sei. Ninguém nunca...

Nathan não precisou que ele terminasse de falar para compreender que ninguém sobrevivera o bastante para descobrir. Um músculo tremeu em sua mandíbula. Não gostava muito da ideia de estar à mercê de Sagan para fugir deste lugar miserável. O pensamento de que isso poderia ser alguma brincadeira doentia — um esquema psicótico para o que quer que Sagan e seu pai tinham planejado para um tormento ainda maior — flutuou em sua mente.

Ele movimentou sua língua em direção ao jovem caçador e analisou o influxo de sentimentos aromatizados.

Hmm, interessante. As emoções de Sagan estavam um pouco instáveis, mas pelo menos não havia nenhum indício de canela.

O que quer que Sagan estivesse tramando, não planejava matá-lo. Confiaria nele, por enquanto.

Eles viraram outra curva e pararam na entrada de uma caverna. O teto baixo da passagem se abria em uma caverna com metade do tamanho de um campo de futebol, com holofotes suspensos na abóbada rochosa, algumas centenas de metros acima de suas cabeças. Nathan semicerrou os olhos. Carros, caminhões e pilhas do que imaginava serem cordas, grilhões, armas e contentores de sabe-se lá o quê estavam distribuídos por toda parte. Com base na ausência de ruídos, Sagan e ele eram os únicos presentes.

— Lá. — Sagan apontou para um veículo, um Land Rover Defender preto fosco, estacionado a cerca de cem metros de distância.

Estavam quase chegando no carro quando Nathan avistou a luz solar irradiando por uma entrada ampla, do outro lado da caverna. O alívio invadiu seus músculos tensos, porém, num piscar de olhos, a centelha de esperança tornou-se uma explosão de terror.

Não era a luz do sol.

Sagan empurrou Nathan para trás de uma pilha de contentores, fora do limite dos faróis do veículo que se aproximava, os quais ficavam mais brilhantes a cada segundo. O ronco de um motor obteve um eco crescente, à medida em que um caminhão com cabine preta entrava.

Nathan e Sagan agacharam-se no chão, espiando pelas frestas das caixas, enquanto o caminhão parava a poucos metros do veículo de fuga escolhido.

Sagan exalou um suspiro.

O motor desligou e dois homens saltaram da cabine, rindo e zoando de um jogo de futebol recente. Suas vozes reverberaram por toda a caverna. Amuletos distintos balançavam nas correntes negras em seus pescoços, mas Nathan não conseguia identificar o número de ampolas coloridas através da visão borrada.

Um caçador erathi com uma barba de motoqueiro grisalha enfiou a mão no caminhão e retirou um tridente cristalizado. Nathan rosnou por entre suas presas, recebendo um breve olhar de Sagan.

Os caçadores continuaram com as brincadeiras, reunidos ao lado do caminhão. Após alguns instantes, outro rugido de motor precedeu uma caminhonete preta, que entrou e estacionou ao lado deles. Mais vozes se seguiram aos cliques e pancadas das portas do carro, enquanto outros cinco caçadores saíam da caminhonete.

— Por que demoraram tanto? — disse o Barba Grisalha com o tridente. — Vamos acabar logo com isso. Eu tenho um jogo para assistir.

— Sim, sim. Você sempre tem um jogo para ver, Axel — falou um dos recém-chegados, sacudindo a mão, indiferente.

Todos os sete se juntaram em uma das laterais do caminhão. Estavam todos equipados com algum tipo de arma de diamantium reluzente.

— De quem é a vez? — perguntou um dos caçadores mais jovens. Nathan imaginava que ele estivesse no final da adolescência.

Essa pergunta rendeu gargalhadas de alguns dos outros.

— Rárárá! Boa tentativa — disse Axel, batendo a mão nas costas do jovem caçador.

— Vamos, Axel, não podemos só...

— Não. Você sabe como funciona.

Ignorando os protestos balbuciados do jovem erathi, os outros caçadores empurraram-no para longe do grupo e em direção ao caminhão. Axel golpeou com seu tridente em uma das lustrosas portas traseiras do veículo e o caminhão convulsionou, como se tivesse sido espantado do torpor. O garoto erathi tentou dar um passo para trás, sua cabeça balançando com uma intensidade furiosa, mas os outros vaiaram e o empurraram adiante.

— Pronto? — disse Axel, segurando a tranca.

Antes que o garoto respondesse, a porta foi aberta e, como um relâmpago, uma criatura se atirou para cima do jovem.

O caos se instalou. Os caçadores gargalhavam ou aplaudiam, incitando o jovem a revidar.

A fúria de Nathan fervilhou. A criatura era um veniri pré-adolescente — por volta de onze ou doze anos, julgando pela penugem que ainda não tinha caído dos antebraços, ombros e panturrilhas do pequeno.

Ele rosnava, se debatendo e arranhando. Estava ficando evidente que tinha vantagem sobre o caçador inexperiente. Em um golpe, o veniri escavou três linhas vermelhas e inflamadas no rosto do garoto. Um dos outros fez um gesto para intervir, mas Axel o deteve.

Nathan franziu o cenho. Devia ser algum tipo de iniciação doentia.

O jovem começou a gritar e a berrar, suplicando por ajuda e implorando para o veniri parar. Nathan não conseguia mais suportar. Não tinha coragem de ver o filhote veniri ou o erathi morrerem.

Ficou de pé.

Sagan agarrou seu pulso e o puxou para baixo.

— Não se atreva.

— Mas ele é só uma criança! Os dois são! — Nathan sibilou.

— Não pode sair por aí, especialmente enquanto ainda está *assim*.

Um pranto não-humano aflito ecoou pela caverna. O som atravessou e estremeceu o coração de Nathan. Ele livrou-se do aperto de Sagan e saltou de trás dos contentores.

Sagan pôs um pé para fora, envolvendo os tornozelos de Nathan e atirando-o de cara no chão rochoso. Nathan rolou e se colocou em uma posição ajoelhada, mas Sagan estava pronto para ele, as lâminas de diamantium em ambas as mãos e uma carranca feroz e determinada em seu rosto.

— Vá até lá e vai morrer.

Nathan debochou, mas não fez mais nenhum movimento, odiando a verdade nas palavras de Sagan. Poderia facilmente derrubar três — talvez quatro — dos caçadores, mas as chances estavam seriamente contra ele, sobretudo frente às armas que foram projetadas para atordoar e incapacitar. Ele socou o chão, o baque surdo quase inaudível por conta dos guinchos e lamentos da criança veniri e do jovem caçador.

— Você espera que eu não faça *nada*?

A expressão carrancuda no rosto de Sagan titubeou.

— Eu espero que você viva. Quero que me ajude a salvar Violet.

O pescoço de Nathan latejava de tensão; seus dentes doíam do aperto intenso de sua mandíbula.

Violet estava em perigo. Ela precisava de si. Não tinha certeza de quanto tempo tinham, antes de realizarem outro atentado contra a vida dela. A mensagem de texto que Sagan lhe mostrara mais cedo no celular de Matthias acendeu em sua mente.

Eu cometi um erro. Matei a garota errada. Preciso partir. Muitos policiais perto de Violet.

Nathan liberou a tensão em seu corpo e pendeu a cabeça. Precisava encontrar Violet, mas ser incapaz de salvar também a criança veniri torturava-o. Ele não tinha medo da morte, mas morrer seria inútil se não pudesse assegurar que a criança seria devolvida com segurança à família. Presumindo que sua família ainda estivesse viva.

A criança bradou em sua língua. Pedindo por sua mãe, implorando que alguém, qualquer um, o salvasse.

Nathan fechou os olhos. Ele baixou sua cabeça entre os braços, as palmas das mãos pressionadas no chão frio.

O êxito dos caçadores em conter a criança era evidente em

suas risadas e aplausos. O tilintar dos grilhões juntou-se às súplicas, seguido pelo som de algo sendo arrastado pelo chão de pedra. Aos poucos, os lamentos da criança condenada e a conversa estridente dos caçadores desapareciam em um túnel lateral, deixando apenas a respiração entrecortada de Nathan, que ficava cada vez mais alta em seus ouvidos.

Ele meneou a cabeça. Odiou isso. Odiou a si mesmo. Odiou Sagan, um caçador, de todas as coisas, por apresentar um motivo — uma razão para assegurar sua própria sobrevivência e, possivelmente, até mesmo a de Violet.

Nathan abriu os olhos e levantou-se.

— Mostre o caminho, caçador. — O escárnio em sua voz era evidente até para ele.

Um músculo na bochecha de Sagan se contraiu. Ele apontou com uma adaga.

— Guarde-as em primeiro lugar.

Nathan ergueu e girou os braços.

— É engraçado se preocupar com elas, quando você mesmo dispõe de um par. — Ele fitou as adagas brilhantes de Sagan.

— Estou falando sério, reptante. Livre-se delas.

Um canto da boca de Nathan levantou.

— Por que não você primeiro?

Sagan encarou-o com uma fúria gélida; o sorriso de Nathan se ampliou. Ele ergueu as mãos, as lâminas ao longo de seus antebraços à vista, e Sagan observou atentamente enquanto as lâminas se retraíam em seus braços.

— Agora, as outras. Volte à forma humana.

Nathan hesitou por um momento. Se foi capaz de embainhar as lâminas dos cotovelos, então talvez a influência de Afrodite estivesse perdendo o efeito. Novamente, tentou se transformar e, com um alívio doce, seu corpo se modificou. Os fragmentos de cristal fundiram-se em sua carne, e as escamas ondularam para baixo da superfície de seu couro liso. Ele se arrepiou, à medida que o ar frio da caverna atingia seu corpo, lembrando-o de que estava usando apenas a cueca boxer.

Resistiu ao impulso de cruzar os braços, para manter o calor do corpo. Ao invés disso, ele apontou para as adagas de Sagan.

— Sua vez.

Sagan vacilou, talvez esperando para ver se Nathan planejava se transformar de volta, mas, depois de alguns instantes, guardou as adagas.

Nathan respirou fundo e acompanhou Sagan até o Land Rover. Enquanto o erathi colocava alguns contentores na parte de trás do veículo, Nathan manteve um olhar ansioso no túnel por onde os caçadores se embrenharam.

Por fim, com uma maleta preta na mão, Sagan gesticulou em direção ao carro.

— Entre.

* * *

Eles dirigiram em um silêncio completo por horas.

Sagan acelerava por estradas de terra e atravessava bosques e riachos. Ainda não tinham passado por uma cidade ou uma placa de trânsito que indicasse seu paradeiro. Nathan tentara acompanhar as direções que percorreram — talvez tivesse uma chance de conseguir voltar e tentar resgatar a criança veniri —, mas não demorou muito para que perdesse o rumo.

À essa altura, Nathan não descartaria a hipótese de que o jovem caçador o deixasse propositalmente no escuro. Manter uma vítima desorientada e sem esperança era uma técnica comum dos sequestradores. Entretanto, Sagan poderia também estar aderindo às estradas secundárias por razões de segurança, evitando áreas com câmeras de trânsito e testemunhas. O Land Rover preto fosco não era exatamente discreto.

Ele fechou os olhos e apoiou-se no encosto de cabeça. Seu corpo ainda vibrava. Qualquer que fosse a influência duradoura dos raios de Afrodite, eles ainda ecoavam por cada músculo, nervo e veia. As sensações estranhas cravadas profundamente em seus ossos. Estremeceu. Até quando durariam esses efeitos?

— Eu tenho que lhe dar os parabéns por aturar aquele seu pai, garoto. Ele é o sociopata mais sádico que já conheci. — Um eco da risada selvagem de Matthias abalou os pensamentos de Nathan. — Não consigo entender o que sua mãe viu nele.

— Ela não é minha mãe — protestou Sagan.

Os olhos de Nathan se abriram e ele virou sua atenção para a imagem carrancuda do caçador.

— O quê?

— Ela é mãe da Lyla, *não* minha.

Interessante que ele tenha oferecido essa pequena informação, embora julgando pela postura rígida e o aperto nervoso no volante, esse era um equívoco comum que Sagan não aprovava.

A testa de Nathan enrugou-se, enquanto pensava na investigação do assassinato de Lyla. Nem sequer uma vez qualquer dos Branstone mencionara que Sagan e Lyla eram meio-irmãos. Como não tinha percebido isso?

Ele estalou a língua.

— Então... não vai discutir o quão sádico seu pai é, à essa altura?

Sagan não respondeu. O silêncio se prolongou, só que desta vez estava um pouco mais pesado.

Nathan pigarreou.

— Então, qual é o plano? Depois de acharmos Violet, vai me levar para a colheita, novamente?

Sagan zombou.

— Preciso de você vivo, reptante.

Quando Sagan não deu mais detalhes, Nathan falou:

— Não tenho direito a uma dica do porquê? — Ele fez questão de tocar em seu queixo. — Hmm... seria... por que você encontrou um cliente que está disposto a pagar o dobro por um esquartejamento caseiro?

Nenhuma resposta.

— Não? Hm... Porra! Acho que entendi. O filhinho mimado de algum caçador quer golpear um veniri de verdade vivo com um bastão ao invés de uma pinhata, no seu aniversário?

O estofado rangeu quando Sagan se ajustou em seu assento.

— Qual é, garoto...

— Pare de me chamar de 'garoto', reptante — rosnou Sagan.

— Claro — respondeu Nathan —, assim que parar de me chamar de 'reptante'. E por que vocês, caçadores, insistem em nos chamar dessa forma, afinal? Se é uma referência às cobras, então estão nos confundindo com os veniri europeus. Não somos todos iguais, sabe.

Sagan lhe lançou um olhar, antes de afastar o veículo da estrada de terra e fugir pela floresta. Assim que chegaram a um espesso aglomerado de árvores, ele desligou o motor.

— Por que está parando?

Sagan desligou os faróis, mergulhando-os na escuridão.

— Estamos a, pelo menos, meia hora de distância do desfiladeiro, e este é o lugar mais seguro para parar.

— Então, eu dirijo.

Sagan soltou uma lufada irônica.

— Só me dê um mapa e eu nos levo até lá.

— É pouco provável.

A luz interna acendeu e apagou quando Sagan abriu sua porta, saltou e a fechou atrás dele. O silêncio soou nos ouvidos de Nathan. Ele baixou o vidro e apoiou seu braço na abertura. A vida noturna da floresta chilreava e gorjeava dentre o farfalhar do vento.

A luz interna voltou a acender quando a porta do motorista foi aberta. Sagan segurava um pacote preto indistinto em suas mãos.

— Aqui. Vista isso.

O pacote foi jogado no colo de Nathan. Sem dizer uma palavra, Sagan fechou a porta e a escuridão invadiu o carro outra vez.

Um sorriso de diversão retorceu o canto da boca de Nathan, enquanto desemaranhava uma camisa de manga comprida e uma calça jeans. Alguns minutos depois, ele desceu do veículo totalmente vestido de preto. As roupas ficaram um pouco apertadas, mas eram melhores do que nada além das cuecas.

Encontrou Sagan deitado em um dos bancos laterais, na parte traseira do Land Rover.

— Você também pode ficar à vontade — disse Sagan. — Nós ainda temos algumas horas, antes do amanhecer.

— Eu estava falando sério, quando disse que podia dirigir. Estamos perdendo tempo. Violet precisa de nós.

— A cordilheira não fica muito longe daqui e é muito arriscado dirigir por ela, à noite. Partiremos ao nascer do sol.

Nathan suspirou e esfregou seus olhos com as palmas das mãos. Ele subiu na parte de trás, esquivando-se dos contentores e sacolas, e deitou no banco livre. O estofamento de couro rangeu sob seu peso.

Ele encarou Sagan. O jovem caçador estava rodopiando uma adaga em seus dedos. Os raios da lua fluíam pelas janelas e refletiam-se na lâmina reluzente, enviando partículas do arco-íris dançante por todo o veículo.

Nathan estava prestes a fechar seus olhos quando Sagan começou a falar.

— Você... Quer dizer, eu sempre me perguntei... Consegue descobrir a quem isso pertence?

Nathan olhou para a lâmina de diamantium, piscando algumas vezes, enquanto processava a pergunta. Ele girou e olhou através da janela ao seu lado.

— Revele os seus segredos, pequeno caçador, e talvez eu revele os meus.

Vênus, o astro mais brilhante, cintilava contra o céu escuro. Sentia-se longe de estar seguro, mas a luz celestial do planeta desencadeara uma serenidade que se espalhou por toda sua essência. Tinha sorte de poder novamente contemplar o céu noturno. Ele fechou os olhos e inspirou o ar fresco e terroso.

— Isso era dela, sabe. De Lyla — continuou Sagan, a voz suave. — Tudo o que ela queria de aniversário era um par de patins. Não esmaltes ou acessórios de cabelo, como qualquer outra garota da sua idade. Apenas patins. E quer saber o que meu pai lhe deu? Esta adaga. Ela não ligava que isto era um símbolo do legado da família ou tinha o cabo e o emblema personalizados. Ela detestou. Mas meu pai odiou ainda mais quando eu troquei meu velho par de patins por isto. Lyla patinava todos os dias, até chegar na metade do ensino médio.

Ele habilmente girava a lâmina entre os dedos, aumentando a velocidade do efeito de globo espelhado em torno do veículo. E então, sem qualquer aviso, ele deteve a adaga, e o turbilhão de luz se aquietou.

Sagan sentou-se e, após um momento de hesitação, estendeu a adaga para Nathan.

— Devia ficar com ela.

Nathan arqueou as sobrancelhas. Nunca em sua vida alguém, seja veniri ou erathi, o presenteara com um estilhaço de diamantium.

— Guarde seu fragmento de Vênus — disse, depois de alguns instantes. — Fique com ele, para se lembrar de sua irmã.

— Mas... isto não deveria ser enterrado com o seu povo?

Nathan meneou a cabeça.

— Nós não enterramos nossos mortos.

— São cremados, então?

— Não, também não fazemos isso.

— Ah. O que vocês fazem?

Nathan estava prestes a responder com um comentário ardiloso, mas algo no timbre de Sagan o fez se segurar.

— Por que quer saber?

Sagan não respondeu.

Nathan pigarreou, em seguida desatou a falar antes que pudesse se conter.

— Não fazemos as coisas da maneira que os erathi fazem. Em vez de ritos individuais, realizamos uma grande cerimônia durante a conjunção inferior de Vênus. — Ele parou, esperando que Sagan começasse a fazer perguntas. Quando não houve nenhuma, ele decidiu explicar mesmo assim. — A conjunção inferior é quando a órbita de Vênus se coloca entre a Terra e o Sol. Isso acontece a cada dezenove meses e meio. Entre esses períodos, todos os nossos falecidos são mantidos em... Suponho que você poderia chamar de uma espécie de tumba, e são supervisionados por aqueles que seriam o equivalente aos sacerdotes. Antes de cada conjunção inferior, os mortos são reduzidos a pó e levados para a câmara cerimonial, onde o centro da sala comporta um vórtice de vento que conduz para cima, saindo por uma abertura no teto. Família e amigos se reúnem ao redor do vórtice, enquanto os sacerdotes transferem o pó de seus entes queridos para dentro do redemoinho.

Momentos de silêncio se passaram. Ele só podia ter enlouquecido, revelando um ritual tão sagrado a ninguém menos do que um caçador. Duvidava que Sagan pudesse causar muito dano com esse conhecimento, especialmente tendo em vista que nenhum caçador jamais conseguira encontrar uma colônia veniri — pelo menos, não neste país. Mesmo assim, expor esse tipo de informação era bastante estúpido. Talvez estivera retraindo seu lado veniri por tempo demais, e começava a explodir por impulso. Sendo sincero, foi bom revelar algo verdadeiro sobre si mesmo, para variar.

Nathan sentou-se e virou para fitar Sagan, seu movimento fazendo o couro ranger novamente.

— Então, qual é o seu plano, garoto? Por que me ajudou a fugir?

— Porque eu preciso que me ajude a salvar Violet.

Nathan balançou a cabeça.

— Você consegue fazer isso sozinho. Não precisava arrastar meu traseiro para esta sua missão de resgate. Então, para que precisa de mim?

Sagan baixou seu olhar para a adaga em suas mãos. A luz da lua lançou parte do seu rosto em uma sombra negra, mas a fisionomia na parte iluminada ficou feroz.

— Eu sabia que me ajudaria a encontrar Violet, e... preciso que me leve à sua *rainha*. — Ele cuspiu a última palavra como se tivesse um gosto amargo.

Nathan ficou estupefato.

— Tem alguma ideia do que está pedindo? Pode acreditar, seria mais fácil ficar cara a cara com a rainha da Inglaterra. Esqueça. Mesmo se eu pudesse, prefiro ser uma pinhata. — Ele pausou por alguns segundos. — Mas, só por curiosidade, por que precisa que eu te leve até ela?

A atmosfera no Land Rover ficou densa, quase viscosa.

— Eu vou matá-la.

Nathan jogou sua cabeça para trás e gargalhou, e a expressão de Sagan ficou raivosa.

— Estou falando sério, reptante. Vou matá-la. E você vai me ajudar.

Nathan encarou a feição meio-iluminada do jovem caçador.

— Por que eu? — perguntou, por fim.

— O que quer dizer?

— Bom, certamente não sou o único veniri com quem você se deparou recentemente. Podia ter tirado qualquer um de nós do covil de seu pai para ajudá-lo com a ideia suicida de matar a rainha veniri. Então, por que eu?

Sagan desviou o olhar.

— Porque eu estava lá — disse, em voz baixa.

— Estava onde? — Uma leve pressão começava a se formar no peito de Nathan; tinha um bom palpite do que Sagan estava prestes a dizer.

— Eu estava lá, na floresta, na noite em que Lyla foi... quando ela foi morta. Quando minha irmã desapareceu, eu sabia que algo ruim tinha acontecido com ela. E quando também não consegui encontrar Violet... No momento em que consegui localizá-las, já era... Cheguei tarde demais.

Nathan não soube como reagir.

— Cheguei no instante em que você encontrou Violet, e vi o que fez.

Nathan esfregou a nuca e mal conseguiu reprimir um gemido.

— Não precisa se preocupar — disse Sagan. — Eu não contei isso a ninguém, principalmente meu pai.

Nathan estreitou os olhos.

— Ótimo. — Deitou-se novamente. Não conseguiria processar isso agora. Seus pensamentos estavam confusos, coincidindo com os medos e emoções daquela noite, que voltaram a aparecer. Ele cerrou os olhos e colocou seu antebraço sobre o rosto. — Me acorde quando for hora de sairmos.

Alguns minutos de silêncio se passaram. Nathan espiou por sob seu braço.

Sagan ainda continuava sentado, olhando para a adaga em suas mãos.

Nathan aproveitou a escuridão para arriscar um pequeno toque de sua língua, e uma onda de aromas engolfou seus sentidos. A necessidade de vingança de Sagan era evidente pela sensação ardente de pimenta no paladar de Nathan, e era impulsionada por sua determinação inabalável, que tinha o gosto terroso de chocolate amargo. Porém, um dos sabores captou mais o interesse de Nathan: o toque homicida da canela. Era enriquecido e escuro, como se chamuscado em um fogo enfurecido.

CAPÍTULO 17

ÁRVORES DANÇANTES

VIOLET COLOCOU SUA MOCHILA NOS OMBROS E PAROU PERTO DA porta de vidro da biblioteca, observando o balanço das árvores, recortadas contra os postes de luz. Pareciam estar dançando, presas em uma melodia somente delas.

Música que apenas as árvores ouvem? Violet riu consigo, imaginando árvores com orelhas. Não aquelas do tipo graciosas, dignas de inveja, destinadas às dríades mitológicas que descendem de divindades, mas aquelas ridículas e grandes, do tamanho de pratos de jantar, que se projetariam em ambos os lados dos seus troncos.

Violet suspirou. Devia estar além da exaustão, se suas imagens mentais haviam descido ao nível de orelhas em árvores. Nem se incomodou em olhar o relógio. Era tarde. Bem, na verdade, poderia ser considerado cedo. O último membro do seu grupo de estudo havia saído uma boa meia hora antes que ela sequer pensasse em arrumar suas coisas e voltar ao dormitório.

Quando se inscreveu para este curso, ela deduziu que passaria a maior parte do seu tempo tendo experiências fotográficas com a classe, discutindo preferências de lentes e iluminação, técnicas de cores, blá-blá-blá. Mas, além daquela sessão fotográfica com Thane, suas atividades eram, em sua maioria, carregadas de teoria e pesquisa. Atualmente, o foco estava em eventos mundiais — passados, presentes e previstos — e o envolvimento de jornalistas fotográficos. Este era o momento de "aprender com os mestres" e observar o que dava resultados e o que não funcionava.

Portanto, onde os aspirantes a fotógrafos começam a "seguir os passos daqueles antes deles"? Em campo, nos eventos públicos? Em galerias de arte fotográfica? Em um vilarejo do terceiro mundo? Na Síria? Não, começam na biblioteca. Todos os supracitados são extracurriculares e esperados somente daqueles com pais ricos que queiram estimular um pouco mais o sonho do seu filho adorado.

Ela soltou outro suspiro. Esse choramingo interior estava ficando desnecessário; não valia a pena se aborrecer por conta de seu passado negligenciado. Além disso, se fosse honesta, catalogar mentalmente seus problemas era apenas uma maneira de demorar-se em sair para o frio e caminhar para o outro lado do campus até seu dormitório.

Ela apertou seu casaco e ajustou o cachecol. Por um instante, ficou tentada a se enroscar em uma das poltronas da biblioteca, mas tudo o que ela desejava de verdade era sua própria cama.

Travesseiros. Cobertores. Conforto. Ótimo, agora atingira aquele estágio de privação do sono onde seus pensamentos eram reduzidos a palavras soltas. *Vamos, Vi, pare de procrastinar.*

Ela passou seu cartão de estudante para destravar a porta de segurança pós-expediente, em seguida impulsionou-se para a noite, se aninhando melhor em seu cachecol enquanto a previsível ventania gelada ondulava ao seu redor. O farfalhar do dossel de folhas atingiu o ápice, antes de diminuir em uma calmaria. Algumas folhas fujonas rodopiavam em uma dança graciosa, até se unirem ao manto foliar no chão.

Ela dobrou uma esquina e cortou por uma passagem estreita

entre dois prédios, temporariamente protegida do vento frio. Por alguns passos, tudo o que ouviu foi o som acolchoado do seu tênis batendo na calçada. E, então, veio o arrastar de uma bota e o *clique-claque* de uma pedra que foi chutada. O baque ritmado das botas pesadas continuou a seguir pela calçada, atrás de si.

Violet respirou fundo, tentando afastar a súbita torrente de ansiedade. *Não tenha medo, Vi. É só mais um estudante que ficou acordado até tarde, como você, voltando para o próprio dormitório.*

Ela virou uma esquina antes da sua. Alguns momentos depois, as mesmas botas pesadas fizeram o mesmo.

Sua respiração começou a acelerar. *Não entre em pânico. É só uma coincidência estarmos indo na mesma direção. É tarde e está escuro. Você está assustada por nada.*

Ela tomou outro rumo. E novamente os passos a acompanharam.

Violet começou a engolir sua apreensão na marra, usando mais argumentos de ponderação — até se dar conta de que os prédios e jardins ao seu redor eram desconhecidos. Tudo parecia diferente à noite. *Merda!*

Ela aumentou o passo, um arrepio de adrenalina percorrendo suas veias. O que estava fazendo? Ficaria ainda mais perdida. Tudo o que tinha que fazer era virar-se e seguir para uma área familiar.

Tum. Tum. Tum.

Sem chance. Voltar significava ficar cara a cara com quem quer que estivesse seguindo-a. E ela *estava* sendo seguida; tinha certeza disso. Seu bom senso fora travado e obstruído, liberando espaço extra para o pânico. Puxou seu canivete e o apertou contra o peito.

Havia outra esquina à frente, a cerca de vinte passos de distância. Ela andou mais depressa.

Tum. Tum. Tum.

Só mais dez passos.

Tum. Tum. Tum.

Era imaginação sua ou a pessoa atrás de si também ajustou a velocidade?

Tum. Tum. Tum.

Dois passos. Um.

Assim que contornou a esquina, Violet desatou a correr. Sua mochila quicava desajeitadamente, fazendo com que a ponta de um dos livros atingisse seu quadril a cada passo, mas ela ignorou a dor e continuou correndo. Segurava o canivete com tanta força que uma das laterais do cabo cortou a palma de sua mão.

As pancadas também viraram a esquina, atrás de si. Pareciam mais distantes do que antes, mas logo ganharam velocidade.

Tum. Tum. Tum. Tum. Tum.

Violet se obrigou a correr mais rápido. Passou voando por mais uma esquina, quase perdendo o equilíbrio ao virar bruscamente.

Todo o tempo, sua mente entoava: *mais rápido.*

Virou outra esquina e prendeu seu fôlego. Encontrava-se em um jardim aberto, com algumas árvores antigas igualmente espaçadas e alinhadas em ambos os lados da trilha. O novo edifício à frente ficava a cerca de noventa metros de distância.

O som orquestrado do vento e das folhas voltou, abafando o barulho das botas do perseguidor. Lá se vai sua visão de árvores dançando graciosamente ao som da própria canção noturna. Elas sacudiam-se com força selvagem, os galhos balançando em um alerta medonho do perigo atrás de si.

O pânico apertou sua garganta. Seus pulmões queimavam com o ar gelado que ela puxava a cada respiração.

Ela lançou-se para fora da trilha e atrás de uma das árvores, as costas contra o tronco, e se esforçou para ouvir as botas pesadas. O vento tinha parado. Sua respiração pesada soava estridente aos ouvidos, e suas mãos voaram até sua boca, o canivete espremido entre elas. Com todas as suas forças, obrigou-se a silenciar a respiração ofegante, mesmo enquanto seu coração golpeava contra as costelas. Seus olhos lançavam-se de um lado para o outro, enquanto ela analisava qualquer som.

Zum-zum. Chuá. Cri-cri.

Tum... Tum...

O baque parou.

Violet prendeu a respiração. Tirando as mãos de sua boca, ela segurou o cabo do canivete entre elas. Seu polegar encontrou o botão e o pressionou.

Shink.

Ruídos de cascalho, como se uma bota estivesse girando para mudar de direção. Ela mordeu os lábios, rezando para que a direção o levasse para longe.

E, então, notou uma luz brilhante por entre seus dedos. *O que...?*

A luz vinha de uma das pedras negras incrustadas no cabo do canivete. Mas a pedra não era mais negra. Estava brilhando em um azul-petróleo vibrante.

O ruído tinha parado. A pessoa devia estar tomando precauções, silenciando seus passos. Um leve arrastar de botas mais adiante da trilha era tudo o que indicava que o perseguidor ainda se movia.

A cada instante que passava, a pedra preciosa brilhava mais forte. *Que tipo de canivete Nathan lhe dera?* Violet escondeu-o nas pontas de seu cachecol, com medo de que a luz a denunciasse.

Um barulho baixo de cascalho veio de trás da árvore. Muito perto. Perto demais.

Claque!

O barulho abrupto atravessou a noite, seguido por sons de conversas. Os estudantes estavam saindo por uma das portas de madeira do edifício, que batera com força na parede de tijolos. O alívio invadiu Violet como uma onda gigantesca, assim que ela reconheceu a entrada do seu dormitório.

Um novo impulso de adrenalina inundou seu corpo. Teria

que deixar o amparo de seu esconderijo para correr pela grama e chegar ao edifício.

Quando contar até três.

Um raspão discreto. Estava se aproximando novamente. Ela mal ouviu-o, por conta das conversas de mais estudantes saindo para a noite.

Um...

Uma série de bipes agudos e penetrantes feriu seus tímpanos, quando um celular atrás de si começou a tocar. Uma voz masculina chiou um palavrão — não alto o suficiente para Violet decifrar quem era, mas não ficaria ali esperando por mais evidências.

Empurrou-se contra a árvore e correu.

O toque foi interrompido. Ou a chamada fora atendida ou o telefone foi alternado para o modo silencioso. Violet não quis saber. Concentrou toda sua atenção na porta do dormitório.

Mais rápido!

Só mais alguns passos. Poderia ter chorado de alívio, enquanto voava por uma brecha entre os estudantes, ignorando as expressões confusas.

Disparou pelas escadas. Seguiu direto para o andar de seu quarto. Assim que chegou, finalmente permitiu-se parar e recuperar o fôlego, soltando enormes arquejos enquanto o ardor em seu peito e pernas diminuía.

Quando ela finalmente entrou no corredor, foi sua vez de ficar confusa.

Ao invés da área estar deserta, como normalmente estaria àquela hora da noite, todas as portas estavam abertas e uma multidão de estudantes estavam aglomerados no meio do corredor. A mente de Violet dava voltas. Esquecera-se de algum comunicado para uma social? A julgar pelo traje de todos, devia ser algum tipo de festa do pijama.

Ela abriu caminho pela multidão, ninguém lhe prestando a

menor atenção. A massa de pessoas estava condensada em torno de uma porta em particular. A sua porta.

Quanto mais perto Violet chegava, mais seu peito ficava apertado. Aumentou o passo, abrindo caminho através da barreira de corpos até ter uma visão completa do que havia captado a atenção de todos os seus colegas.

Uma das mãos voou até sua boca. *Não! Por favor, não!*

Vários paramédicos e policiais, o supervisor do dormitório e o reitor estavam reunidos em um emaranhado apertado na entrada do quarto de Violet. Um dos policiais tentava abrir caminho entre os estudantes aglomerados, criando espaço para um paramédico passar com uma maca.

Em cima da maca estava um saco de cadáver fechado.

Um estrondo nos ouvidos de Violet sufocou a conversa e o barulho no corredor. Manchas de luz branca salpicaram em seu olhar e uma névoa escura nublou sua visão.

Lyla...

No momento em que seu corpo estava prestes a ceder, alguém se atirou contra ela e braços firmes envolveram seus ombros.

— Violet, te encontrei.

Violet piscou, reconhecendo a voz profunda.

— Thane? — Ela cambaleou, mas conseguiu se equilibrar contra ele. — Thane, o que está fazendo aqui?

— Violet — exclamou uma voz feminina. Autumn e Gus forçaram seu caminho pela multidão.

Thane soltou-a, mas desceu a mão por seu braço para segurar a sua.

Os primos se apressaram para envolvê-la em um abraço coletivo. Autumn estava trêmula, mas Gus permanecia firme, quase rígido.

— Onde diabos você estava? Eu já estava ficando doente de preocupação. — Ele parecia zangado, mas Violet conseguia sentir a preocupação no aperto forte da mão dele em seu ombro.

Tanto Autumn quanto Gus estavam de pé, diante dela. Vivos. As bochechas de Autumn estavam manchadas com duas trilhas negras de rímel. Ela estava usando uma camiseta de banda desbotada, aquela com que geralmente dormia, e seus dreadlocks apontavam em direções desordenadas.

Violet abriu a boca, falhando na tentativa de articular qualquer uma das perguntas que giravam em sua mente confusa. Ela olhou para além de seus rostos, na direção em que a maca fora levada. A única palavra que conseguiu formular foi:

— Quem?

Autumn irrompeu em lágrimas e a expressão de Gus ficou dolorosa.

— Ele a matou, Violet. Ela está morta. — Autumn interrompeu-se, tomando fôlego entre os soluços. — Ele matou Bessie.

— O quê? — Os olhos de Violet arregalaram-se. — Não...

Não Bessie, a garota com sotaque irlandês que podia rir e festejar como ninguém. A jogadora assídua e fã da Hello Kitty. A morena efervescente que era um membro fundamental do pequeno grupo de amigos universitários de Violet.

Isso não é possível. Não podia ser real. Por quê? Como?

Em meio às lágrimas, Autumn mergulhou em uma história incoerente de como Bessie viera estudar e, depois de algumas horas, adormecera na cama de Violet.

— Já era tarde e você ainda não tinha voltado, então não achei que fosse grande coisa. Então a deixei dormir, porque sabia o quanto ela estava cansada, e imaginei que você não iria se importar. E, em seguida, eu caí no sono... — Autumn respirou fundo algumas vezes, então mordeu seu punho, os olhos cerrados.

Gus colocou um braço em volta dos ombros dela.

— E então eu acordei — continuou Autumn —, e... e... ele estava lá.

— Quem era? — Todos se voltaram à pergunta de Thane. Ele ainda estava segurando a mão de Violet, sua proximidade acolhedora proporcionando um leve consolo.

Autumn meneou a cabeça, a expressão angustiada.

— Estava escuro e eu não vi. — Ela agarrou os braços de Violet. — Mas, Violet, ele disse o *seu* nome. Logo antes que ele... antes de Bessie...

Com a mão livre, Violet puxou Autumn para outro abraço apertado, enquanto sua amiga tremia em uma nova onda de soluços.

Thane colocou uma mão nas costas trêmulas de Autumn, mas sua atenção estava voltada para Violet. Sua mão forte segurou a dela com mais força.

CAPÍTULO 18

COVINHAS DE VÊNUS

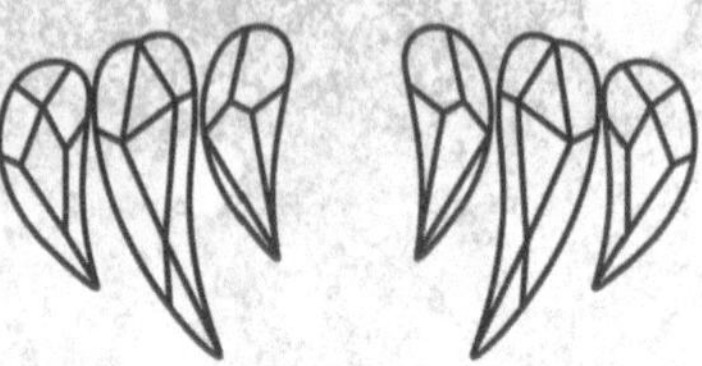

ALGUNS RAIOS DE SOL ATRAVESSARAM O CÉU ESCURECIDO. A estrela matutina brilhava em toda sua glória resplandecente, lançando raios tênues através das janelas do Land Rover.

Nathan rolou de lado pelo que talvez fosse a centésima vez em quem sabe quantas horas. Deveria ter adormecido facilmente, com base em quão exausto ele estava por quase ter sido colhido e suportar o ataque perverso dos raios de Afrodite, mas sua mente estava bem desperta. Além dos problemas e preocupações habituais, e das lembranças reprimidas do seu passado, sua pequena conversa com Sagan também estava recebendo seu quinhão de repetições.

"...Eu vi o que você fez."

Nathan deitou-se de costas. A memória da noite em que conheceu Violet Chambers retornou com grande nitidez.

* * *

Nathan baixou a cabeça, cobrindo seu rosto com as mãos e massageando exaustivamente as têmporas. Ele estendeu a mão até o pescoço dela, em busca de uma pulsação. Uma batida tênue pulsou contra seus dedos. Com um movimento instintivo de sua língua, ele agarrou-se à essência de Violet e seus olhos se arregalaram.

Como isso era possível?

A fragrância da alma de um erathi mudava no decorrer de sua infância e puberdade. Podia ser frustrante para os veniri mas, para os erathi, a mudança de aroma era uma vantagem, especialmente se eles se encontrassem em uma situação em que um veniri estivesse rastreando-os. A ficha de pessoa desaparecida de Violet afirmava que ela tinha dezesseis anos, não totalmente amadurecida ainda, mas sua puberdade já estava acabando, revelando as nuances da fragrância permanente de sua alma, ao fundo — um aroma que era estranhamente familiar.

A lembrança de uma mulher do seu passado estalou em sua mente.

Ele açoitou sua língua novamente e a essência de Violet reacendeu em seu paladar. Suas entranhas viraram pedra. Não tinha dúvidas. Os aromas eram quase idênticos.

Violet definitivamente era filha dela.

Um grunhido perfurou a noite, mas não vinha de Violet. Nathan apontou sua lanterna para o homem de moletom que jazia próximo dali e começava a se remexer. Uma mancha azul-petróleo cintilou no tecido escuro de seu peito. Baseando-se na posição, o ferimento não aparentava ser fatal.

O rosto do veniri em sua forma humana ficou visível. Olhos frios e penetrantes brilharam no feixe de luz da lanterna de Nathan.

Com movimentos lentos e calculados, Nathan afastou-se de Violet. Uma ardência torturante chiou em seus braços, à medida em que as lâminas cristalinas fatiavam seus cotovelos.

As feições do veniri endureceram em um olhar ameaçador, que Nathan retornou com sua própria expressão carrancuda. Ele odiava tudo sobre as razões deste veniri estar longe da segurança de sua colônia, do por que ele arriscara cruzar o território de outros metamorfos e correu o risco de que caçadores detectassem seu rastro. Odiava que dúzias de famílias humanas entrassem em contato com a polícia e passassem incontáveis horas procurando por suas filhas adolescentes desaparecidas.

Cerrou os punhos. O que mais odiava era que ele um dia fizera parte destes sequestros de garotas humanas inocentes. Matar essa escória veniri não corrigiria seus próprios erros ou os erros que sua raça havia infligido, mas seria um começo.

O veniri fustigou sua língua bífida.

Nathan sorriu. Sabia exatamente o que o veniri estava degustando; ruibarbo, pela surpresa inicial de Nathan, e cal misturado com vinagre de maçã, por seu ressentimento e tristeza de longa data. Mas o sabor mais ofensivo seria a canela; não havia hipótese de ele deixar esse veniri viver.

Os olhos do veniri dispararam de Nathan para uma pequena adaga de diamantium na mão de Violet. A lâmina estava manchada com um azul luminescente.

Antes que o veniri pudesse agir, Nathan atacou e enfiou um dos fragmentos de cristal em seus cotovelos no pescoço de sua vítima. Um arquejo sobressaltado escapou do veniri, pouco antes de suas cordas vocais serem rompidas.

Nathan saiu do alcance das lâminas daquele veniri.

O metamorfo condenado apertou a garganta e seus olhos lançaram-se em direção ao céu, em pânico e desespero. Seu rosto mudou, enquanto as suas feições humanas se confundiam com as veniri. Escamas flexíveis de azul-petróleo iridescente ondulavam na superfície da pele exposta de seu rosto, pescoço e mãos, e pequenos cristais em formato de chifres ladeavam suas órbitas oculares e maçãs do rosto, cintilando sob o luar. O tecido rasgou, conforme as espirais cristalinas picotavam o moletom e o jeans.

Nathan soltou um riso. Seu objetivo se concretizara; a ferida era fatal. A energia de recuperação dos raios de Vênus seria ineficaz para curá-lo. A criatura imprestável estava apenas prolongando seu fim excruciante e inevitável.

O veniri olhou para Nathan novamente, estendendo sua mão em um apelo gorgolejante.

Nathan encarou-o. A escória merecia coisa pior. Virou de costas, sem se incomodar em assistir os momentos finais da criatura. Em vez disso, concentrou-se na garota frágil entre as folhas caídas.

Ele meneou a cabeça, vasculhando mentalmente o conteúdo da ficha dela. Essa menina já passara pelo inferno, dentro do sistema de adoção, e agora tinha sido arrastada para um tipo diferente de tormento por sequestradores veniri. Se ela sobrevivesse, nunca seria capaz de explicar quem ou o que tinha visto. Ainda que pudesse, e mesmo se as pessoas acreditassem em sua história, isso só traria ainda mais perigo, não apenas para o mundo dela, mas também para o seu.

Seja como for, seu cheiro sempre faria dela um alvo. O fato de ela ter sido constantemente transferida pelo sistema de adoção erathi, bem como seu aroma instável de infância, impedira que seu povo a descobrisse até agora. Mas a essência madura de Violet logo se tornaria um farol. Quem mais sabia de sua existência? Será que a rainha sabia?

Estreitou os olhos. Definitivamente não podia deixar a rainha, ou qualquer outra pessoa, localizar Violet. Havia muito em jogo.

Ele pressionou a ponta da lâmina de seu cotovelo contra a carne de Violet, bem acima de sua traqueia. Este era, provavelmente, o máximo de compaixão que alguém já demonstrara a ela. Não apenas acabaria com seu sofrimento, mas também a pouparia de quaisquer torturas que lhe seriam impostas, se fosse capturada novamente.

E, então, um pensamento atravessou sua mente.

E se ele blindasse Violet? Seu pai já tinha feito isso.

Nathan flexionou seus dedos. O procedimento seria complicado, e ele só conhecia a teoria pelo que seu pai tinha lhe explicado há muito tempo.

— Sim, é possível proteger um erathi de ter sua alma rastreada. As glândulas de veneno ao redor do nosso coração produzem uma proteína apenas para esse propósito, acredite ou não. Se alguém transplantasse duas glândulas em um hospedeiro erathi, a pequena quantidade de veneno não os prejudicaria. Eles podem ter sintomas do que os erathi chamam de "resfriado", mas assim que seu sistema imunológico limpar o veneno, as glândulas ainda produzirão a proteína para blindá-los.

Nathan voltou seu olhar em direção à cabana. Até o momento, ninguém o seguira, mas precisava agir rápido. Um pico de adrenalina percorreu seu corpo, diante do pensamento do que estava prestes a fazer. Isso não seria agradável, para nenhum dos dois.

Ele tirou seu casaco e removeu a camisa. Erguendo seu rosto para os céus, transformou-se, garantindo que a mudança ocorresse unicamente da cintura para cima; preferia evitar que os fragmentos das pernas fatiassem suas calças. Ele escolheu um fragmento em seu torso e cortou-o com a lâmina de um dos cotovelos, depois ajoelhou-se e cuidadosamente virou Violet de frente.

Uma pontada de culpa apunhalou seu peito. Esse plano era realmente arriscado, além de ser altamente invasivo, mas a alternativa de deixá-la ser morta ou apanhada era muito pior.

Ele ergueu a bainha da camiseta de Violet, revelando as duas covinhas de Vênus na parte inferior das costas. Seguindo as instruções de seu pai, ele usou o fragmento cortado para abrir um orifício no centro de cada covinha. O líquido escarlate acumulou-se em ambos os lados da coluna da menina e, em seguida, escorreu por seus quadris. Violet se agitou um pouco, mas, para alívio de Nathan, não recuperou a consciência.

Ele agilizou suas ações, rezando para que ela não acordasse ou perdesse muito sangue. Precisava acabar com isso antes que perdesse a coragem.

Depois de limpar o fragmento quebrado em sua camisa, ele colocou a ponta na base de suas costelas, do lado esquerdo. Arfou rapidamente algumas vezes, cerrou os dentes e, antes que pudesse voltar atrás, cortou seu couro. Sangue azul-petróleo escorria por seu tronco enquanto ele arrastava o fragmento através de sua carne, esculpindo um talho de vários centímetros de comprimento. Com um gemido agonizante, ele enfiou os dedos no ferimento.

Cada parte lógica de sua mente gritava para parar, mas ele forçou os dedos adiante, ao longo da parte de dentro de suas costelas. Após alguns instantes, as pontas dos seus dedos alcançaram o que ele precisava. Indo pelo tato e com todo o cuidado que conseguiu reunir, removeu duas pequenas glândulas que ficavam perto de seu coração.

Lembrando do restante das coisas que seu pai lhe falou, Nathan transplantou as glândulas em cada uma das covinhas de Violet.

Uma vez mais, limpou o fragmento em sua camisa, então voltou sua atenção para Vênus. Os raios venusianos eram invisíveis aos seus olhos humanos, mas com a ajuda de suas pálpebras internas veniri, podia vislumbrá-los facilmente. Ele segurou o fragmento sob um dos raios e manipulou o ângulo por um momento. Tal como um raio de sol capturado por uma lupa, o raio venusiano condensou-se em um pequeno ponto de luz, o qual Nathan direcionou para cada uma das perfurações de Violet. Ela resmungou e se mexeu quando sua carne começou a chiar, mas ele não parou até que ambas as feridas estivessem cauterizadas.

Precisava encerrar esse procedimento com um bloqueio mental, não somente para a segurança dela, mas também para apagar os horrores que presenciara nos últimos dias. Seu foco retornou para Vênus e ele ergueu as mãos, circulando-as em um dos raios até que a luz sutil se tornou palpável, fofa como algodão doce. Ele juntou o que podia em uma bola frouxa e posicionou-a sobre a cabeça de Violet. Seus soluços e gritos de dor tornaram-se mais angustiados, à medida que o feixe reluzia em um azul vibrante.

Depois de alguns segundos, o choro de Violet cessou e seu corpo relaxou.

Com um suspiro, Nathan removeu o raio felpudo da mente dela e lançou-o no ar, onde se desintegrou e se fundiu em outro raio de luz celestial que estava próximo. Ele recuperou o espinho de diamantium, ergueu-se e, com a mão livre, apertou o corte abaixo de suas costelas. Para cauterizar seu próprio ferimento, precisaria assegurar-se de...

— Nathan? É você?

Ele congelou, sua pele arrepiando-se com a voz delicada e familiar.

— Oh, é realmente *você! — Uma risada feminina se seguiu, como gotas de chuva em uma taça de cristal.*

Ele virou-se, fazendo um esforço enorme para impedir que o turbilhão enfurecido ficasse evidente em seu rosto.

Uma aparição azul esfumaçada pairava sobre o veniri caído, seus resquícios vaporosos fluindo e ondulando na figura de Idália, rainha dos veniri, na forma humana. Sua aparência divina era realçada por sua coroa de vanguarda e pelo vestido deslumbrante, moldado para desafiar a gravidade ao redor de seu pescoço e ombros. O decote mergulhava quase até seu umbigo.

Horror comprimiu a garganta e o peito de Nathan. Seu surgimento não poderia acontecer em pior hora. Amaldiçoou-se por não acabar com a vida do veniri rapidamente; deveria ter previsto esta possibilidade.

Nathan fitou o macho veniri no chão, a origem do fantasma. Ele ainda segurava sua garganta, o corpo arquejando em sua tentativa desesperada de reter a vida. Com os olhos mais arregalados do que nunca, a criatura agarrava-se em vão ao espírito acima dele. Podia muito bem ter tentado segurar uma mecha de fumaça.

Idália dava risadinhas e batia palmas, ignorando o veniri moribundo.

— Meu querido Nathan. Pensei que nunca mais o veria de novo. Você tem sido realmente malvado comigo.

Nathan semicerrou seus dentes com a ironia daquela escolha de palavras.

Ela estendeu a mão como se esperasse que ele, seu servo leal, a beijasse. Seus lábios se curvaram em um sorriso de escárnio. Ela sabia muito bem que ele não poderia tocá-la na forma em que estava, mas não foi por esse motivo que ele não fez um movimento. Permaneceu imóvel como uma estátua, seu fragmento de cristal suspenso sobre o corte que ainda precisava ser fechado.

Uma rigidez cruzou as feições dela. Examinou a cena, o olhar alternando entre o ferimento de Nathan e as costas de Violet, e arqueou uma sobrancelha delicada. A expressão dela esbanjava exultação e curiosidade enquanto indicava Violet.

— Nathan, meu amor, quem é essa? — perguntou, o tom leve porém autoritário.

Nathan não podia, não conseguiria responder. Era tarde demais para esconder o que fizera. O espírito de Idália deslizou, aproximando-se para analisar o rosto inconsciente de Violet.

— Quem quer que ela seja, não lhe diz respeito — disse Nathan.

Não deixou de notar a ligeira contração no canto da boca de Idália, antes que suas feições se reduzissem a um beicinho dramático.

— Você não está mais chateado por causa do nosso último encontro, está?

Nathan ignorou a pergunta. Virou-se de costas e se concentrou em inclinar o fragmento para condensar um raio venusiano e, então, cauterizar sua ferida. Ele estremeceu e conteve um grito de dor pela queimadura escaldante.

— Nathan, Nathan, Nathan. O que está fazendo a si mesmo?

Nathan riu. Assim que seu corte foi fechado, ele guardou o fragmento de cristal no seu bolso e pegou a camisa, amaldiçoando-se por ter cedido à tentação e olhado para a imagem no vapor azul.

— Venha para casa, meu amor, e farei com que meu médico pessoal cuide de você. — As palavras enredavam-se nele como mel.

Ele a encarou.

— E depois o quê? Quando eu estiver recuperado e saudável, vai mandar me preparar para execução? Aposto que seu primo Kronan se ofereceria avidamente para retirar todos os meus fragmentos e minha cabeça. A propósito, como vai aquele covarde? Certifique-se de enviar a ele meus ressentimentos.

Ela inclinou a cabeça para trás e gargalhou.

— Oh, você está *guardando rancor. E se eu lhe disser que sinto sua falta e quero você de volta?*

— Eu diria: 'qual é a jogada?'

Sua expressão se transformou em mágoa fingida.

— Questionaria minha sinceridade? — Ela colocou a mão no quadril. — Não está ansioso para voltar para casa? Para tudo voltar ao jeito que era?

Nathan não respondeu de imediato. Conhecia essa tática. Ela não estava preocupada com o que ele queria; estava lembrando-o do que já teve. Estava brincando com ele, como uma criança que brinca com um inseto antes de arrancar suas asas.

— De volta ao jeito que era? — Nathan meneou a cabeça. Se fosse honesto consigo mesmo, sim, uma parte sua sentia falta da colônia.

Um canto da boca de Idália se contorceu em triunfo.

— Por que não me diz onde você está, e eu irei... — As sobrancelhas dela subitamente se uniram e seu olhar fixou-se em Violet.

As entranhas de Nathan se retorceram. O semblante azul delgado de Idália parecia ter acabado de descobrir um segredo profundo e sombrio. Seus olhos se estreitaram.

— Quem é ela? — A fúria havia substituído todas as evidências da doçura anterior em seu tom.

— Não é da sua conta.

Idália voltou a expressão severa para Nathan.

Ela percebeu. Ou Idália reconhecera os traços de Violet, ou apanhar Nathan blindando uma jovem tinha sido o suficiente para montar o quebra-cabeça. Este último sendo o mais provável. O intelecto manipulador de Idália era inigualável.

— Se ela é quem eu suponho que seja, então eu exijo que você a mate e a traga para mim. — Ela enunciou cada palavra com seu poder autoritário.

— Não — disse Nathan.

— Eu ordeno que você...

— Não — repetiu Nathan, em sua própria margem de autoridade. — Eu não sou mais o seu brinquedo para comandar.

Os olhos de Idália flamejaram.

— O quê? Você permitiria que a prole de uma dessas escravas rebeldes permanecesse viva; aquelas escravas que insistem em ameaçar e aterrorizar nossa existência?

— E quanto a nós? E tudo o que fizemos? — Nathan gesticulou para Violet. — Quantas erathi além dela nós aterrorizamos? Seques-

tramos milhares de garotas erathi inocentes e as forçamos à escravidão. Não deveríamos...

Idália jogou sua cabeça para trás em uma risada condescendente.

— Você fala como se fosse algo que eu escolhi fazer. Diga-me, meu amor, o que você sugere como alternativa? Quer que nossa raça seja extinta? Hmm? Somente em nossa colônia, sou a última fêmea a nascer em quase cinquenta anos. Precisamos dessas escravas para procriar...

Nathan grunhiu.

— Acha mesmo que eu ainda acredito nisso? Você esqueceu com quem está falando ou tem alguém em sua câmara com você para que precise continuar tecendo essas mentiras?

Passaram-se alguns instantes, nos quais a postura e a fisionomia da rainha se tornaram esculturais.

— Mate a garota — ela falou. — Remova as glândulas e traga-a para mim e eu restaurarei sua honra. Ao meu lado.

Seu peito arfou quando o peso das três últimas palavras o atingiu. Ele havia desonrado sua família e seu povo. Havia desonrado-a. Não tinha como voltar. Como ela podia oferecer uma coisa dessas? Permitir que ele retornasse, não apenas vivo, mas...

"Ao meu lado."

Nathan quase caiu de joelhos. Viveu sua vida inteira para ouvi-la dizer essas palavras.

Em vez disso, ele vestiu a camisa, encolhendo-se um pouco quando o movimento repuxou sua ferida, e olhou para ela. Suas feições estavam serenas, como se ela tivesse acabado de acordar de um sono tranquilo. Conhecia aquela expressão, vira-a inúmeras vezes quando ela planejava uma recompensa cobiçada. Ou anunciava uma execução.

— Eu prefiro morrer *— cuspiu.*

A expressão dela aguçou-se; o aperto nos cantos dos olhos prometia assassinato.

A lógica arraigada de Nathan gritava para ele pedir desculpas, mas algo lhe deu confiança para continuar. Talvez fosse o seu ódio e ressentimento, ou talvez fosse a compreensão de que um espírito azul não poderia puni-lo pelo flagrante desrespeito.

— Respondendo à sua pergunta, não, eu não quero que nossa raça desapareça. — Ele apontou um dedo para ela. — Eu apenas quero que você morra. Não desejo nada mais do que ter sua cabeça decepada pregada em minha parede.

Toda a expressão escapou do magnífico rosto de Idália e, por alguns segundos excruciantes, a leve brisa nas árvores e o gorgolejo agonizante do veniri eram os únicos ruídos. Se a sorte estivesse do lado de Nathan, a morte finalmente levaria o veniri e poria um fim em toda essa comunicação com Idália.

— Mate aquela garota. — O rosto dela se distorceu em cólera. — Se não fizer o que eu estou exigindo, vou dobrar o valor por sua cabeça e acabar com sua lamentável existência.

Ele deu uma profunda gargalhada.

— Não se iluda. Você teria que me encontrar antes. — Ele fechou o último botão e arregaçou as mangas acima dos cotovelos.

— Vire as costas para mim e eu não só irei caçá-lo, como também destruirei tudo o que você mais ama neste planeta horrível.

O coração de Nathan martelava em seu peito. Ele desdenhou.

— Não existe mais nada para você destruir.

O fantasma se aproximou até ficar a apenas um milímetro do seu rosto.

— Você é meu, Nathan. E eu vou acabar com você. — A veemência em sua promessa era palpável e inflexível.

Por vários minutos, Nathan encarou os olhos de Idália. E, então, quando ele não aguentava mais, caminhou através da neblina azul e, com um golpe da lâmina em seu cotovelo, decapitou o veniri moribundo.

O grito furioso da rainha foi instantaneamente silenciado quando sua aparição efervesceu para o vazio.

CAPÍTULO 19

SANGUE, ALENTO E... OSSOS?

VIOLET AJUSTOU A ALÇA DA MALA ENQUANTO THANE destrancava a porta e a segurava aberta para si.

— Muito obrigada por isso — falou, entrando no apartamento dele.

— Não tem problema.

Ela colocou a mala no chão ao lado do sofá de três lugares. As salas de estar e de jantar eram contíguas, pequenas, mas acolhedoras. Uma cozinha revestia a parede do apartamento, à direita, e uma ilha com pia dividia o espaço. Ao final da cozinha e da área de jantar haviam amplas portas de vidro, que abriam-se para uma pequena sacada.

Thane pegou a mala.

— Sua cama é por aqui.

Ela o seguiu até um quarto com uma cama de casal, banheiro privativo e um pequeno closet. Uma escrivaninha ao fundo do quarto tinha vista para a varanda através de mais janelas panorâmicas.

Thane depositou sua mala na cama.

— Não é muito — ele disse, encolhendo ligeiramente os ombros.

— É ótimo. Só sinto muito por me impor.

— Não, nem um pouco. — Thane agitou uma mão. — Você é bem-vinda aqui pelo tempo que precisar. Achei ótimo a faculdade mandar vocês para casa para se recuperarem. — Ele meneou a cabeça. — Pobre Autumn.

— É, eu não consigo nem me imaginar em seu lugar agora. Pelo menos Gus está com ela. — Violet fez uma careta. — E Bessie. Não posso acreditar que ela está... está... — Não havia uma boa maneira de terminar essa frase.

Enxugando rapidamente as lágrimas que brotavam, ela desatou a câmera do pescoço e a colocou na cama, antes de pegar seu celular para conferir as mensagens.

Estamos prestes a entrar no avião.

Autumn ainda está péssima.

Ela vai ficar melhor quando ver a mãe.

Nathan já retornou suas ligações?

— Alguma coisa? — perguntou Thane.

— Só Gus fazendo o check-in. Nada do Nathan ainda. — Ela esfregou a palma da mão em sua testa. — Olhe, eu realmente agradeço por ter me deixado ficar aqui, mas talvez eu devesse apenas dirigir de volta para a cidade e ficar na casa de Nathan. Tenho certeza de que ele não vai se importar.

O nariz de Thane enrugou-se.

— Vou ser honesto, não gosto da ideia de você dirigir todo esse caminho sozinha, no momento. Vai escurecer em breve e você teve um dia difícil com a polícia e a reunião com o reitor, afinal. Por que não vai com calma? Descanse. Acabe logo com esse dia horrível e comece de novo amanhã.

Após uma breve pausa, Violet assentiu.

— Certo, parece bom.

— Ótimo. — Ele deu-lhe um sorriso reconfortante e gesticulou para o apartamento de um quarto. — Tem toalhas extras naquele armário e também cobertores, se sentir frio. O controle remoto da TV está ali, e você pode se servir de qualquer coisa na cozinha.

— Obrigada, mas, sabe, eu fico mais do que feliz em dormir no sofá. Não quero atrapalhar sua vida. Eu sei que você trabalha em casa, então prometo sair do seu caminho o mais rápido possível.

Thane ergueu ambas as mãos e balançou a cabeça bruscamente.

— Se tem uma coisa que minha mãe me ensinou, é como tratar bem uma senhorita. A cama é toda sua. Eu insisto.

Violet abriu a boca para protestar, mas ao invés disso, cedeu.

— Certo. Obrigada.

— Não precisa me agradecer. Que tal eu colocar a chaleira no fogo e pedir um jantar para nós? — Ele deslizou para a cozinha e vasculhou alguns armários.

Violet o seguiu para fora do quarto, atravessou a sala de estar e saiu pela porta de vidro. A sacada dava vista para o complexo de apartamentos e para a cidade. O sol do fim de tarde mergulhava rente ao horizonte e um laranja delicado começava a sobrepor o azul do céu.

Ela corrigiu sua postura contra o balaústre; o canivete no bolso da calça jeans cravou-se em sua coxa. Por reflexo, colocou a mão sobre ele, subitamente atingida por uma enxurrada de ansiedade e dúvidas. Fez uma verificação mental dos seus arredores. Apenas uma entrada e saída. *A não ser que...* Ela olhou para baixo por sobre a borda da sacada e considerou a distância até o chão.

Empalideceu. O que diabos estava fazendo? Ela não estava em perigo. Estava com Thane.

Mas, ainda assim...

Lançou um rápido olhar até ele. Algumas semanas atrás, teria analisado o apartamento de Thane no momento em que entrou, verificando as saídas e orquestrando um possível plano de fuga. Mas, ultimamente, estivera baixando a guarda, especialmente quando se tratava de Thane.

Algumas interações na cafeteria e um encontro não significavam que ela conhecia o cara assim tão bem.

Pare com isso. Não tenho nada com que me preocupar. Sinceramente, estava feliz por Thane ter lhe oferecido um lugar para ficar. Ele também não a conhecia muito bem e não tinha que abrir sua casa para ela.

E, mesmo que quisesse, não conseguiria voltar para o dormitório. O fato de que sua cama...

Violet estremeceu, não querendo continuar naquela linha de pensamento.

Ela suspirou. O que precisava era se concentrar em qualquer outra coisa por um tempo. Voltando ao quarto, ela resgatou a câmera de sua pequena pilha de pertences e levou-a até a sacada. O crepúsculo começava a exercer sua mágica enquanto algumas estrelas brilhavam para a vida.

— Posso ver que você está se aproveitando da minha paisagem — disse Thane, saindo para juntar-se a ela.

— Sim, pode-se colocar dessa forma. — Ela olhou pelo visor de sua câmera e tirou algumas fotos. O ombro dele roçou no seu quando ele se apoiou no balaústre.

As bochechas de Violet enrubesceram.

Eles ficaram em silêncio por um momento, contemplando a vista dos arranha-céus e do horizonte azul-escuro, violeta, rosa e vermelho-ardente, os resquícios finais do sol poente.

O perfume conhecido da loção pós-barba de Thane — sândalo, cedro e hortelã-pimenta — pairava no ar. Violet mordeu os lábios. Seu coração acelerou e as memórias de trabalharem juntos em seu projeto de fotografia passaram por sua mente.

— O lugar é uma caixinha de fósforos, mas você tem que admitir que a vista é espetacular — disse Thane, interrompendo seus pensamentos. Ele inclinou-se contra ela e apontou. — Consegue ver aquela estrela brilhante, bem ali?

Violet acompanhou a direção que ele indicava.

— Na verdade, não é uma estrela — continuou ele. — É Vênus.

— É mesmo? — disse Violet.

— E aquela ali — ele apontou para outra estrela — é Marte. E aquela outra lá é Júpiter. Eeeeee... Ele varreu o céu acima por toda parte. — Hmm, não parece que Saturno está visível esta noite.

— Você é um nerd de astronomia ou algo assim? Será que vou encontrar um telescópio por aqui, em algum lugar?

Thane riu.

— Nenhum telescópio, infelizmente. É só uma coisa que minha mãe me ensinou, quando eu era criança. Olhar para o céu à noite era um lance só nosso.

— Sua mãe parece ser incrível. Eu gostaria de conhecê-la um dia.

— Ela... hm... — Thane baixou seu olhar; os dedos no balaústre ficaram brancos. — Ela morreu.

Violet inspirou profundamente.

— Ah, Thane. Eu realmente sinto muito em ouvir isso.

Ele remexeu os ombros.

— Obrigado, mas tenho certeza de que ela está em um lugar melhor.

— Ainda assim — disse Violet —, aposto que ela sente sua falta.

Ele a fitou. As manchas douradas em seus olhos cintilaram.

O coração de Violet parou por um segundo.

Ele se aproximou, estendendo a mão para tocar sua bochecha. Os dedos dele enredaram-se em seu cabelo e o polegar afagou sua mandíbula, seus lábios, seu queixo. Arrepios percorreram a coluna de Violet e subiram por seu pescoço. Seu peito se agitou e seus joelhos enfraqueceram.

— Você é tão linda — ele sussurrou. — Me diz que isso não é um sonho.

— Se é um sonho, definitivamente não é meu — disse ela.

— Como pode ter certeza?

— Porque... — Ela hesitou, seu corpo estremecendo novamente à medida que o polegar dele deslizava por seu lábio inferior. — Não é um sonho meu porque não estou com medo.

A mão em sua bochecha paralisou. O olhar de Thane se intensificou e o ouro fundido começou a arrefecer.

— Com medo? Como nos pesadelos?

As bochechas de Violet esquentaram.

— Não, eu diria que é um único pesadelo.

Ele vincou a sobrancelha.

— O que quer dizer?

— Eu tenho apenas um pesadelo, já faz alguns anos. É... — Ela encolheu-se. — Na verdade, não importa. É bobagem. Uma garota da faculdade foi assassinada e aqui estou eu, reclamando dos meus próprios problemas.

Ela sacudiu a cabeça e tentou se virar para a paisagem urbana, mas a mão dele em sua bochecha não permitiu que se afastasse.

— Olhe para mim, Violet. — Ele inclinou o rosto para que ela não tivesse outra escolha, a não ser encará-lo. — Quero que saiba que não precisa mais ficar com medo. Eu estou aqui com você, e irei... Eu vou...

Foi a vez dele de desviar o olhar. Uma série de emoções oscilaram em seu rosto, rápidas demais para Violet decifrá-las. Após um instante de hesitação, Thane fixou os olhos nos seus. Pegou suas mãos e as apertou contra o peito.

— Violet, você aceitaria a minha proteção constante?

Violet pestanejou algumas vezes e sua boca se abriu levemente.

— Hmm...

O dourado nos olhos dele ardia com fervor.

Aquela conversa tinha tomado um rumo intenso. Qualquer pessoa sensata estaria correndo para as colinas à essa altura, mas as palavras *constante* e *proteção* a seguravam. Começando por sua própria mãe abandonando-a no hospital, e passando por todos os tutores legais canalhas e assistentes sociais esgotados, abusando de si e ignorando-a, nem uma única pessoa em sua vida esteve disposta a manter-se "constante".

— Sim? — respondeu, incerta. E se a pergunta de Thane não fosse tão sincera quanto esperava?

— Então eu juro minha alma a você. Minha carne é sua carne. Meu alento é seu alento. Meu sangue é seu sangue. E meus ossos são seus ossos.

Os olhos de Violet arregalaram-se enquanto ele falava. Seu timbre era rígido e formal, mas carregado de uma profunda paixão implícita. Deveria responder com o mesmo tipo de formalidade?

— Isso é, tipo, um poema ou uma citação de um filme ou algo assim?

Um dos cantos da boca de Thane se ergueu e sua postura relaxou um pouco.

— Sim, algo desse tipo. — Ele deixou escapar uma risada nervosa e deu um passo para trás. — Sinto muito. Isso foi totalmente estranho.

Violet imediatamente se arrependeu de sua reação embaraçosa.

— Não. Não foi estranho. Foi... hm...

Um assovio veio da cozinha, anunciando que a chaleira estava fervendo.

— Oh, não — disse Thane, passando a mão em seu cabelo. —

Acabei de lembrar que não tenho chai. — Ele soltou um suspiro dramático.

Violet colocou sua mão na cintura e meneou a cabeça.

— Já chega. Estou saindo. Como espera que eu fique aqui sem nenhum chai?

— Se quiser, eu posso ir até a loja e comprar um pouco.

Violet agitou a mão.

— Não, tudo bem. Vou só fingir que sou normal e tomar um pouco de café como todo mundo.

— Se o café te torna normal, então acho que não estou bebendo o bastante.

Violet encostou-se no balaústre e gargalhou, feliz pela atmosfera não estar mais desconfortável.

Uma campainha soou e eles voltaram sua atenção para a porta.

— Deve ser o jantar — disse Thane.

Eles facilmente ficaram de papo furado enquanto comiam, assim como suas conversas quando se encontravam na cafeteria. Os aromas do curry vermelho picante, do pato tenro, dos brotos de bambu crocantes e do delicioso arroz de coco e açafrão fizeram o olfato e o paladar de Violet cantarem. Depois do jantar, Violet ajudou Thane a limpar a mesa.

Ela encostou-se na ilha enquanto ele lavava os pratos na torneira. Os músculos dos braços de Thane flexionavam enquanto ele girava um prato sob o fluxo da água, sua camisa social de algodão ondulando com o movimento. Os dois primeiros botões estavam abertos e o olhar de Violet mirou a pequena área de pele exposta. Seu coração começou a bater forte quando ela recordou a sessão de fotos — o formato esculpido dos ombros, peito e abdômen desnudos.

Seus olhos percorreram o pescoço, queixo e depois a boca dele, enquanto lembrava-se do gosto daqueles lábios nos seus, as mãos pressionando suas costas, suas pernas...

— Acho que consigo sentir de novo — disse Thane.

Violet empalideceu.

— Hm... o quê?

Ele fechou a torneira e pegou uma toalha, prolongando o silêncio enquanto secava as mãos.

— Eu consigo te sentir olhando para mim.

As bochechas de Violet arderam e, mesmo assim, não conseguiu evitar lançar outro olhar para a boca dele.

Os olhos de Thane cintilaram em deleite e sua boca se retorceu em um meio sorriso.

— Ah, não.

As mãos de Violet voaram para seu rosto. Ela virou-se com um gemido envergonhado.

Thane riu.

— Violet, não. Tudo bem. — Ele segurou seus ombros e a girou de frente para ele outra vez. Tentou gentilmente tirar as mãos de seus olhos, mas ela as manteve firme. — Violet, tire as mãos.

Ela sacudiu a cabeça com força.

— Não, não posso.

— Violet. — Sua voz era baixa, quase um sussurro. — Olhe para mim.

Não era uma ordem, ou mesmo um apelo, mas sim um convite. Ele estava pedindo-a que confiasse nele. O que quer que ela decidisse fazer a seguir era sua escolha, e ele a respeitaria.

Depois de alguns segundos, ela permitiu que ele retirasse suas mãos, mas manteve os olhos cerrados, não totalmente pronta para encará-lo. As palmas quentes das mãos dele descansavam em suas bochechas. Com movimentos delicados, os polegares roçavam suas pálpebras de um lado para o outro, cada toque aliviando o peso de sua humilhação. Por fim, ela teve coragem suficiente para abrir os olhos.

Seu olhar encontrou as íris marrons profundas, manchadas

de dourado. Luzes brilhantes, como pequenos vaga-lumes, pairavam próximas a eles.

Ela respirou fundo.

— As luzes estão de volta.

Thane manteve as mãos em seu rosto enquanto os olhos seguiam as minúsculas luzes à deriva.

— Eu ainda não sei o que são.

— Você as viu desde... sabe, desde aquele dia?

Ele meneou a cabeça.

— Não. Elas só aparecem quando... — Ele voltou sua atenção para ela. — quando estou com você. — As manchas douradas nos olhos dele reluziam com mais brilho, à medida em que as luzes dançantes em seu campo visual se tornavam mais resplandecentes. Ele exalou um suspiro profundo. — Violet, eu... sei que teve um dia difícil e não quero que pense que estou me aproveitando de você, então tudo bem se disser não. Eu só... será que eu posso... te beijar?

Suas sobrancelhas se ergueram. A última vez que se beijaram, ele não lhe pedira permissão; não foi necessário.

Em vez de dizer qualquer coisa, ela ficou na ponta dos pés e pressionou seus lábios nos dele. Cada traço de vergonha e incerteza se dissipou quando ela circulou seus braços na cintura de Thane.

A reação dele foi imediata. Deu um passo à frente, encerrando a distância entre ambos, e colocou uma mão em sua nuca. Tremores percorreram sua espinha quando ele aprofundou o beijo. A língua traçando-lhe os lábios inferior e superior, antes de mergulhar em busca da sua.

Violet gemeu e seus joelhos cederam. Ela apoiou-se nele, agarrando o tecido da camisa enquanto as mãos dele percorriam suas costas. Ele segurou sua cintura e a colocou sobre a ilha, e ela avidamente envolveu suas pernas em torno dos quadris de Thane. Sua pele formigou por onde os lábios dele roçavam em sua bochecha, sugerindo seguir até a mandíbula.

Ela inclinou sua cabeça e arqueou as costas, convidando-o a seguir adiante. Os beijos suaves trilharam sua clavícula, demoraram-se na cavidade do pescoço, seguindo um rumo dolorosamente lento por sua garganta.

Violet enredou os dedos no cabelo de Thane, quando seus lábios se encontraram novamente. Os aromas de sândalo, cedro e hortelã a envolviam em cada respiração. Os músculos definidos eram perceptíveis mesmo através da barreira da camisa, e ela passou as mãos pelo peito dele até encontrar e desatar um botão. Seguiu para o próximo, e o seguinte, centímetro por centímetro revelando o corpo tonificado. O beijo tornou-se mais ardente, à medida que ela explorava os contornos perfeitos.

Thane alcançou a barra de sua camiseta e arrepios dispararam ao longo da sua coluna, quando ele acariciou suas costas e costelas. Ele parou quando chegou na tira do sutiã, repousando a testa contra a sua, os olhos fechados. As respirações pesadas se misturaram. Por alguns segundos, ele apenas a abraçou.

— Alguma coisa errada? — Violet perguntou.

— Não tem nada de errado. Tudo está perfeito. — Ele expirou e inspirou mais algumas vezes, antes de continuar. — Eu só... quero ter certeza... Não... quero fazer algo que você não quer fazer.

— Eu quero o que você quer — ela falou, depois de alguns arquejos irregulares. — Quero você.

— Tem certeza?

Ela colocou as mãos nas bochechas dele e acariciou as pálpebras fechadas, da mesma forma que ele fizera consigo, instantes atrás.

— Tenho.

Ele deu um sorriso. Quando abriu os olhos, eles estavam mais dourados do que castanhos. Ele a ergueu da bancada e carregou-a para o quarto, deixando um rastro de luzes brilhantes para trás.

* * *

Uma carícia delicada na bochecha de Violet a tirou do reino do sono. Ela continuou por sua mandíbula e lábios, pela maçã do rosto e suas sobrancelhas, para então descer por seu nariz. O toque leve se espalhou por sobre os cílios de um dos seus olhos fechados e, depois, pelo outro.

Thane.

Só de pensar no nome dele sua alma cantou, repercutindo a euforia da noite anterior.

Os dedos, que roçavam seus lábios, afastaram-se cedo demais. Ela abriu os olhos no momento em que Thane saía da cama e se dirigia para o banheiro, fechando a porta atrás de si. Alguns segundos depois, o chuveiro foi ligado.

Violet virou de barriga para cima e encarou o teto, os dedos refazendo o afago gentil de Thane sobre seus lábios. Sorriu. As lembranças da última noite permaneciam em sua pele: a sensação das mãos, da boca, do corpo dele. Como fora adormecer protegida em seu abraço.

Nunca esperou sentir uma conexão tão profunda — com *quem quer que seja*.

Toda a sua existência comprovava que não podia confiar em ninguém além de si mesma, principalmente no nível que um relacionamento íntimo exigia. Tempos atrás, decidira que o amor não era para ela. Isso só havia exposto seu coração aos abusos, traições e perdas muito, muito profundas, como acontecera com cada um dos tutores brigões, que não conseguiam descobrir como amar sua própria carne e sangue, muito menos uma órfã deixada em suas portas pelo serviço social.

Mas Thane era diferente.

Ele soube como alcançá-la, em sua própria dimensão. Como desvendá-la camada por camada, revelando sentimentos, sonhos e desejos que ela nunca conhecera. Com ele, sentia-se...

completa. Como isso era sequer possível para alguém tão quebrado quanto ela?

Sua sobrancelha enrugou. Obviamente, ainda haviam muitas coisas que precisava entender sobre si mesma, sobre Thane e este relacionamento entre eles. Ainda não sabia o que pensar sobre o que ele dissera na sacada. Qual era a daquele juramento; sangue e alento e... *ossos*? Foi um pouco estranho e, ainda assim, a coisa mais sincera que alguém já falara para ela.

Uma súbita pontada de pesar atravessou seus pensamentos, seguida por uma onda de culpa. *Bessie.* Seus olhos se fecharam. Sua amiga fora morta há pouco mais de vinte e quatro horas e aqui estava ela, tendo o melhor momento da sua vida com Thane.

Não. Ela não conseguia pensar nisso. Ainda não.

Assoviando um suspiro, caiu de bruços e aninhou-se nos travesseiros. Uma borra de maquiagem tingiu a fronha branca impecável, onde antes estava seu rosto. Com uma careta, ela levantou a cabeça para ver melhor. *Droga!* Nem passou por sua mente tirar a maquiagem antes de adormecer, mas como conseguira deixar *tanto* no travesseiro de Thane? Argh! Teria que pedir desculpas e tentar limpá-la, mais tarde.

Ele desligou o chuveiro. Lançando-se para fora da cama, Violet vestiu uma das camisas brancas de Thane. A porta do banheiro estava ligeiramente aberta e ela a empurrou, revelando Thane de pé no lavatório, enrolado em uma toalha.

— Dia — ela falou. — Para o café da manhã, eu estava pensando...

Thane girou, derrubando alguns itens do lavatório no chão.

— Opa! Não quis te assustar — disse Violet, cobrindo seu sorriso com a mão. Ela agachou-se para pegar um tubo que havia rolado até seu pé.

Thane esboçou um sorriso torto.

— Tudo bem. — Ele passou por cima dos objetos espalhados

para envolver os braços na cintura de Violet e beijá-la. — Eu só não consigo acreditar que você está mesmo aqui.

Um comichão reverberou por todo o interior de Violet, espalhando-se pelo restante do seu corpo. Ela circulou os próprios braços no pescoço de Thane e inclinou seu queixo para um beijo mais intenso, perdendo o fôlego quando ele reagiu, pressionando seu corpo contra o batente da porta. Por alguns instantes, ou talvez uma eternidade, as mãos de Thane se movimentaram sobre ela, redescobrindo suas curvas.

Justo quando Violet estava certa de que os acontecimentos da noite estavam prestes a ser reencenados, seu estômago deu um ronco muito alto.

Thane sorriu contra sua boca.

— Desculpe, estava dizendo algo sobre o café da manhã?

— Não. Não faço ideia do que está falando.

E mais um ronco audível. *Maldito estômago.*

Thane arqueou uma sobrancelha, achando graça.

— Que tal tomarmos o café da manhã primeiro, e depois podemos continuar de onde paramos?

Ela soltou um suspiro excessivamente dramático.

— Muito bem. Se você e o meu estômago vão conspirar contra mim, então eu gostaria de sugerir que fôssemos àquela pequena cafeteria que vi no caminho.

— Soa como um bom plano. E parece que vamos precisar de roupas. — Ele fitou sua camisa, a única peça que ela usava no momento.

Violet fez um bico.

— Muito bem. Mas somente porque não quero ser presa por atentado ao pudor.

Ele riu.

Ela lembrou-se do tubo em sua mão.

— Aqui está sua... maquiagem? — Franzindo os olhos para o rótulo, ela leu: *Corretivo Magia do Cinema. Ótimo para encobrir marcas de nascença, cicatrizes e tatuagens. Duração de até doze horas.* Confusa, ela levantou seu olhar. — Por que tem...?

E, então, reparou no pescoço. Uma tatuagem que não estava lá na noite anterior. Uma tatuagem que a assombrava todos os dias desde que tinha dezesseis anos. A tatuagem de um escorpião de cristal.

Onde raios estava seu canivete?

CAPÍTULO 20

EU SOU MUITO ASSEDIÁVEL

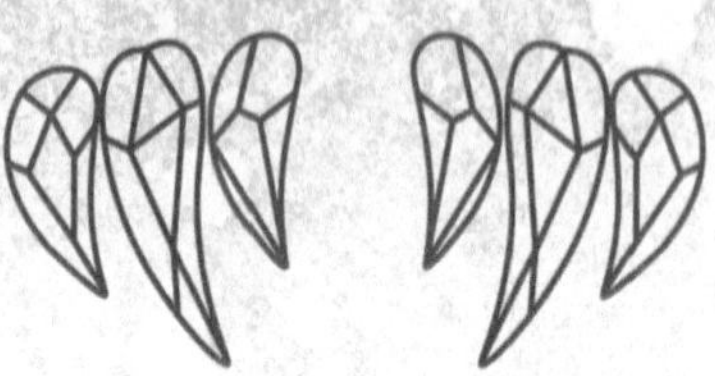

MUITO CEDO, SAGAN ANUNCIOU QUE ESTAVA NA HORA DE começarem a se mover novamente. Nathan resmungou, sem saber se tinha, de alguma forma, conseguido dormir.

O jovem caçador navegava com o Land Rover pela floresta como um piloto de rally experiente, diminuindo a velocidade apenas quando chegaram ao desfiladeiro. Ficou evidente o motivo por que Sagan insistira em viajar pela cordilheira à luz do dia. Muitas seções da estrada de terra possuíam desmoronamentos e pedras caídas e, em alguns pontos, a estrada mal era larga o suficiente para o veículo. Nathan agarrou a alça da porta com força, tentando ao máximo não olhar para o abismo do lado de fora de sua janela. Somente relaxou quando o Land Rover saiu do desfiladeiro e voltou ao asfalto, serpenteando por outra floresta.

Nathan sacudiu levemente a cabeça. Como viera parar aqui, no banco do passageiro de um caçador que o tinha resgatado — do próprio pai, ainda por cima? Ele apoiou o cotovelo na porta e descansou o queixo em sua mão, analisando as árvores enquanto passavam.

— Então, eu queria perguntar — disse Sagan, cortando os pensamentos de Nathan —, o que tem de tão especial em Violet?

Nathan encarou-o.

— Quero dizer — acrescentou Sagan rapidamente —, por que a rainha está tentando matá-la?

Nathan se mexeu em seu assento.

— Bem, é uma história um pouco longa.

— Temos duas horas até chegarmos à próxima cidade.

— Ah. — Nathan voltou sua atenção para a floresta, pensando se deveria ou não responder. — E que tal isso? Eu responderei suas perguntas se você responder às minhas.

— Tudo bem, mas vai depender das perguntas.

— Certo, e quanto à esta: por que *você* está tentando ajudar Violet? Achei que os caçadores só se importassem em derramar sangue para encher as ampolas de seus amuletos, não resgatar pessoas.

— Porque eu... — Sagan deixou passar alguns segundos, antes de continuar. — Porque eu devo isso a Violet, por estar lá pela minha irmã, quando eu... não estava...

— Oh — disse Nathan, um pouco surpreso. Ele tentou pensar em algo melhor para dizer, mas felizmente, Sagan continuou.

— Lyla era vítima de bullying no ensino médio e, por mais que eu tentasse estar ao seu lado, meu pai continuava me arrastando em todas as missões de caça. Quando Violet tornou-se sua amiga, foi como se seu mundo inteiro tivesse mudado. Ela estava feliz, confiante. Sempre serei grato a Violet.

"Quando elas foram sequestradas, meu pai e eu estávamos fora da cidade. Fui mandado para casa mais cedo e, quando descobri o que tinha acontecido, eu imediatamente saí à procura de Lyla. Mas... cheguei muito tarde. — A voz calma de Sagan se tornou amarga. — Sua rainha enviou aqueles traficantes de escravos veniri para raptar minha irmã, e eu vou fazê-la pagar caro por isso."

— Hmm. — Foi tudo que Nathan conseguiu dizer. Ele esperava que Sagan se esquivasse de qualquer pergunta que fizesse, não que respondesse, abrindo seu coração.

— Então, por que a rainha quer Violet? — Sagan perguntou. — Passei tempo suficiente com Violet para saber que ela não é veniri, e a rainha não contrataria meu pai para rastrear uma simples garota humana se não estivesse acontecendo algo mais.

Nathan levantou uma sobrancelha.

— Muito perspicaz. — Ele soltou um suspiro audível. — Você está certo, tem algo mais acontecendo, mas não é Violet quem a rainha quer. Violet é só um meio para um fim. Ela é a chave para localizar sua mãe e sua irmã.

— *O quê?* — A cabeça de Sagan virou para ele. — Sua mãe e irmã?

— Sim. — Nathan nunca imaginou que teria essa conversa com alguém. Ele pretendia levar o segredo para o túmulo, para garantir não apenas a segurança de Violet, mas também a de sua mãe e irmã mais nova. Se fosse revelar isso para alguém, um caçador erathi deveria estar no fim da lista. Ainda assim, um acordo era um acordo.

Além disso, mantivera tudo aquilo reprimido por tantos anos. Talvez fosse um efeito colateral do seu desabafo sobre os rituais fúnebres dos veniri, na noite passada. Sendo assim, agora as comportas estavam realmente abertas.

— A mãe de Violet foi sequestrada do hospital logo depois que Violet nasceu. Ela foi levada pelos veniri e escravizada como reprodutora.

— Uma reprodutora? Isso é... o que eu penso que é?

— É exatamente o que você pensa que é.

Nathan ignorou o bufo de repulsa de Sagan e continuou.

— No decorrer do último século, vem acontecendo uma rápida diminuição no nascimento de fêmeas veniri. Ninguém sabe por que, mas chegou ao ponto em que nasce apenas uma fêmea para cada cem machos.

"Muito antes de eu nascer, uma das rainhas anteriores decidiu que algo drástico precisava ser feito para evitar a extinção da nossa raça, então ela criou o programa de reprodução, onde jovens fêmeas erathi eram sequestradas e forçadas a procriar com nossos machos. Era para ser temporário mas, infelizmente, o programa não ajudou muito."

Sagan meneou a cabeça.

— Com certeza deve ter um jeito melhor de preservar sua raça do que sequestrar nossa espécie.

— Como o quê? — Nathan assumiu um sotaque pomposo. — Com licença, Sr. Presidente, nossa raça metamorfa está morrendo. Por favor, nos entregue suas fêmeas para produzirmos mais bebês metamorfos.

Sagan revirou os olhos.

— Certo, entendi. Mas, e toda essa coisa de reprodução forçada? Duvido muito que seus machos elitistas ficariam radiantes em juntar-se com garotas erathi.

— Sim, o programa de reprodução é obsceno tanto para os erathi quanto para os veniri, mas os veniri estão cientes de que é um mal necessário.

— Definitivamente perverso — zombou Sagan. — E os bebês, então? Suponho que você seja o resultado de uma combinação erathi-veniri? É por isso que vocês conseguem mudar?

— Até onde eu sei, nossa raça sempre foi metamorfa.

— E, uma coisa que eu sempre quis saber, como os veniri se originaram na Terra?

Nathan sacudiu os ombros.

— Como os lobisomens se originaram? Como os yranum surgiram? Ou os djiovis e todos os outros metamorfos? — Ele lançou um olhar penetrante para Sagan. — Como os erathi se originaram na Terra?

— Hmm...

— Eu não sei, garoto. Não me foi ensinado sobre as origens dos veniri, mas normalmente mudamos somente quando deixamos nossa... hm, colônia. Caso contrário, não existe razão para ficar na forma humana.

"E sim, minha mãe era uma reprodutora erathi. O DNA erathi é mais compatível com o veniri do que o de qualquer outra raça metamorfa. O gene veniri é muito predominante e cada bebê nascido no programa de reprodução é, basicamente, um veniri puro-sangue. No entanto, existe uma pequena diluição a cada geração e me foi dito que, se o programa de reprodução continuar, dentro de um milênio seremos praticamente humanos."

Sagan bufou.

— E isso seria uma coisa ruim?

Nathan deu de ombros.

— Quem sabe? Eu não estarei aqui para descobrir.

— Certo, então, qual é o lance com Violet? Por que a rainha precisa dela?

— Idália precisa de Violet, ou mesmo de sua mãe, para localizar a irmã. Sua irmã é veniri, o que significa que ela pode, um dia, desafiar Idália pelo trono.

"Os veniri são matriarcais. Fundamentalmente, somos governados por uma imperatriz, mas cada colônia é liderada por uma rainha sob o seu comando. E por conta de sua raridade, cada fêmea veniri nascida torna-se realeza por padrão. Quando uma fêmea atinge a maioridade, pode desafiar a rainha atual pelo poder."

Nathan parou. Por mais que sua mente continuasse gritando que ele não devia compartilhar nada disso, especialmente com um caçador erathi, poder finalmente falar a verdade simples e imaculada sobre si mesmo e sua raça enchia-o de um alívio incontestável. Mas, até este ponto, a conversa tinha sido praticamente uma aula de história veniri. A próxima parte era onde as coisas se tornavam mais pessoais.

— Infelizmente, porque a nossa cultura tem nossas fêmeas em tão alta consideração, rivalidades acirradas e ressentimentos podem se formar entre elas. A lei de uma rainha é definitiva, isto é, até que uma nova rainha atinja a maioridade e a desafie.

"Na minha colônia, a rainha Idália foi a única fêmea a nascer em quase cinquenta anos. Pelo menos, isso é o que todos nós fomos levados a acreditar. Pouco antes de eu ir embora, descobri que Idália estava, na verdade, matando todos os bebês do sexo feminino que nasciam. Assim que descobri isso, ajudei a mãe e a irmãzinha de Violet a escapar."

— Hmm. — Sagan franziu o cenho. — Mas os veniri não são os melhores rastreadores em todo o reino metamorfo? A rainha não vai apenas mandar um de seus subordinados rastreá-las?

— Não. Meu pai conseguiu colocar uma blindagem nelas, antes que ele... — Nathan pigarreou. — Elas não podem ser localizadas com uma blindagem. Mas, infelizmente, existe uma brecha. Se um veniri puder provar a essência de um membro próximo da família, vai reacender a essência da pessoa protegida e a blindagem será anulada.

— Mas acredito que você já tenha colocado uma blindagem em Violet. Na floresta, eu te vi colocar algum tipo de luz brilhante na cabeça dela. Essa era a blindagem?

Nathan lhe deu um olhar de soslaio.

— O quão perto de nós você estava naquela noite? E como é que eu não captei sua essência?

As feições de Sagan permaneceram serenas, nada demonstrando.

— Você não iria gostar de saber.

— Bem, iria sim. — Nathan estreitou os olhos. — Seria bom saber, caso um caçador furtivo estivesse me assediando.

Sagan caçoou.

— Não se superestime tanto.

— Por que não? Ainda não notou? Eu sou muito assediável.

Sagan apenas sacudiu a cabeça.

— Então aquela luz era a blindagem ou não?

A mudança de assunto não escapou da atenção de Nathan,

mas ele tinha a sensação de que, se pressionasse, Sagan se recusaria a falar. Apesar do seu acordo provisório em dar uma resposta por outra, Nathan tinha todo o direito de se calar e abreviar a conversa, mas seus instintos lhe diziam que valia a pena se aliar a Sagan. E ter outro aliado para apoiá-lo contra os inimigos veniri e erathi certamente não seria uma má ideia.

— Não — disse Nathan, decidindo cumprir sua parte no acordo de "honestidade".

Ele voltou seu olhar para a paisagem, do lado de fora da janela. Já tinham passado pela floresta há algum tempo. A vegetação exuberante fora substituída por campos agrícolas; vastos campos gramados para bois e ovelhas, e plantações em fileiras organizadas que se estendiam até o horizonte. Nathan reconheceu trigo, cana-de-açúcar, oliveiras e sorgo.

— A blindagem requer um implante de glândulas nas costas do indivíduo — continuou Nathan. — Se você remover as glândulas, remove a blindagem.

— Então, era isso o que estava fazendo com as costas de Violet? Mas espera aí, onde estão a mãe e a irmã de Violet agora?

— Não faço ideia. Posso tê-las ajudado a escapar, mas elas não confiavam em mim. Nos separamos pouco tempo depois. Era mais seguro para todos nós nos separarmos, de qualquer maneira.

— Mas sem dúvida você, de todas as pessoas, consegue localizá-las com a essência de Violet, certo? Você não sentiu o seu aroma, antes de blindá-la?

— Violet ainda estava passando pela puberdade, naquela época, e sua essência permanente era pouco desenvolvida; ineficaz para rastreamento.

— Hmm. — Sagan fez uma pausa antes de fazer a próxima pergunta. — Então... Violet sabe alguma coisa sobre isso? Sobre sua mãe e irmã?

A culpa golpeou o estômago de Nathan.

— Não — ele disse em voz baixa.

Sagan inspirou por entre seus dentes.

— Ah, cara. Isso é cruel.

— Era melhor para todos se ela não soubesse.

— Duvido que Violet veja dessa forma. Está planejando contar para ela?

— Talvez.

No instante em que Violet descobrisse, ela iria querer localizar sua família, e a única maneira de fazer isso era removendo sua blindagem. E depois que as glândulas fossem removidas, o procedimento não poderia ser feito outra vez. Tanto Violet quanto sua família ficariam expostas aos rastreadores veniri. Se por algum milagre a rainha esquecesse de todas elas e não estivessem mais em perigo, então, talvez, pudesse contar a verdade a Violet.

Mas, por enquanto...

Recordou o que Sagan dissera na noite passada.

"Eu vou matá-la."

Se Sagan realmente planejava matar Idália, não tinha como ele conseguir fazer isso sozinho. A rainha era uma potência real, que governava os veniri do país da maneira que lhe convinha. Ela era uma manipuladora genial que tinha seus seguidores comendo na palma de sua mão e os inimigos beijando seus pés.

Como Sagan imaginava conseguir? Ele planejava arrebentar os portões da cidade escondida, dirigir-se até a rainha e colocar uma adaga de diamantium em seu coração? Mesmo a resistência veniri não obteve sucesso em nenhuma de suas tentativas de assassinato — embora fossem evidentemente pouco numerosos, carentes de equipamentos e habilidades, e compostos principalmente de escravos erathi fugitivos.

Realizar uma missão tão gigantesca exigiria alguém que conhecesse as pessoas certas para subornar. Uma compreensão profunda dos aposentos pessoais labirínticos e da rotina diária de Idália seria uma obrigação, juntamente com uma noção sólida de como e quando ela se desviava dessa rotina. Nathan passara tempo suficiente com ela para saber que haviam apenas alguns lugares para onde ela se deslocava...

Antes que percebesse, já tinha um plano aproximado de como dar um fim à tirania de Idália com sucesso. Com ela morta, estaria seguro. Violet e sua família estariam seguras. Jovens garotas erathi estariam a salvo de sequestros. Com a morte de Idália, sua colônia poderia comunicar-se com as colônias de outros países e trabalharem em equipe para aumentar o nascimento de fêmeas sem sequestros e derramamento de sangue.

Sua raça precisava fortemente purificar-se da corrupção que se alastrara por sua cultura como um veneno.

— Certo — disse Nathan —, eu faço.

— Faz o quê?

— Vou te ajudar a matar a rainha veniri.

Sagan deu-lhe um olhar de soslaio, e Nathan poderia jurar ter visto o canto da boca do caçador se levantar.

Nathan inclinou-se no encosto de cabeça e fechou os olhos.

— Vai ter que fazer um desvio até minha casa. Precisamos de alguns materiais.

CAPÍTULO 21

LASCAS DE VIDRO

VIOLET ESTREMECEU. ELA PRECISAVA FUGIR, ESCAPAR, MAS AO invés disso congelou, incapaz de desviar os olhos da tatuagem do escorpião de cristal no pescoço de Thane.

Thane esticou as mãos.

— Violet, não...

Ela o interrompeu com uma joelhada na virilha. Ele caiu para frente, gemendo de dor. Violet lançou-se em direção à porta do quarto, mas Thane se recuperou o bastante para alcançá-la e lhe dar uma rasteira. Ela tropeçou e caiu de cara nas roupas jogadas no chão, ao lado da cama.

Ela gritou e chutou, quando uma mão agarrou seu tornozelo.

— Violet, pare!

Ela momentaneamente parou de gritar — não por causa da ordem, mas porque localizou seu jeans amarrotado.

E estava fora do seu alcance.

Tentou correr em direção a ele, mas mãos fortes a viraram de costas para encarar o homem dos seus pesadelos. Só que o homem com a tatuagem no pescoço não era mais sem rosto.

— Não me toque! Me deixe ir! — ela soluçava. — Era você! Todo esse tempo era *você*!

Jeans. Jeans. Precisava do seu jeans. Mas não importava o quanto ela se debatesse, seus esforços eram inúteis contra a resistência feroz de Thane.

— Se acalme! — ele berrou, agarrando seus pulsos com força, mas seus gritos e soluços chorosos o abafaram. A tatuagem era clara e inconfundível agora. Definitivamente não era um produto dos seus sonhos.

— Era *você*! — Ela ofegou de horror quando peças restauradas daquela lembrança esquecida se encaixaram. Sua mente ardia em uma dor agonizante, como se lascas de vidro estivessem perfurando cada milímetro do seu crânio.

Tudo veio à tona...

Lyla e ela, amarradas e enfiadas no porta-malas de um carro.

Quem são aqueles homens? Um deles possui uma tatuagem de escorpião no pescoço.

Lyla tem uma adaga secreta, feita de cristal.

— Eles não são humanos, Violet. Temos que fugir.

O homem com a tatuagem vem pegá-la. Ele a leva até um quarto trancado com barras.

Dias. Noites. Quantos já se passaram? Tanta fome. Tanto frio.

— Hora de ir para o seu novo lar, meninas.

Lyla tem uma família. Eles sentirão sua falta.

— Por favor. Leve apenas a mim e deixe Lyla ir para casa.

Um homem de moletom a agarra. Ela tenta se afastar. Dor, muita dor.

Lyla o ataca. Tão rápida. Ela está lutando com o Moletom, que possui um rosto monstruoso.

Moletom é forte demais. Lyla está morta. Tanto sangue.

Ela grita. Moletom e Tatuagem de Escorpião discutem.

Ela vê a adaga de cristal no bolso de Lyla. Ela a pega.

Moletom a atira em cima do seu ombro. Muita dor.

Ela o apunhala. Moletom ruge. Líquido azul cintilante.

Escuridão.

A dor lancinante em seu crânio cessou. A acidez queimava no fundo de sua garganta e Violet cobriu seu rosto com as mãos, sufocando em sua respiração entrecortada. Lágrimas escorriam por suas bochechas. A memória que retornara ainda incendiava sua mente, escaldante e brutal.

— Violet? Pode me ouvir? — Mãos fortes sacudiam seus ombros.

Ela abriu os olhos. Thane pairava acima de si, cobrindo-a. Thane, um dos sequestradores das suas lembranças. A tatuagem era tão vívida quanto se recordava.

— *Você* — ela rosnou por entre os dentes trincados. — Eu me lembro de *você*!

— Violet, eu...

Ela empurrou seus quadris, deslocando o centro gravitacional de Thane e fazendo ambos rolarem para o lado. Com um grunhido de surpresa, ele desabou no chão e ela arremessou-se para cima dele.

Antes que ele pudesse se recompor, Violet lhe esmurrava no rosto o mais forte que podia. Ela acertava golpe atrás de golpe, usando uma combinação de seus punhos e cotovelos. Em uma tentativa de bloquear o ataque, Thane conseguiu segurar um de seus braços.

Os olhos de Violet dispararam até seu jeans, agora ao alcance. Ela impulsionou seu braço livre para frente.

— Violet, pare! — Thane bradou, o aperto de ferro em seu braço estreitando; precisava agir rápido. Assim que ele estendeu a mão para segurar seu outro braço, ouviu um tênue *shink*.

Violet enfiou o canivete no peito dele.

Os olhos de Thane arregalaram-se. O rugido gutural que escapou dele era diferente de qualquer som humano que Violet já ouvira antes. Ela arrancou a lâmina, agarrou seu jeans e correu pela porta do quarto. Thane gritava por ela, chamando seu nome entre os arquejos e grunhidos de agonia.

Ela pegou sua bolsa, junto com as chaves e o celular, e fugiu para a saída. Os urros angustiados de Thane ecoaram atrás de si, enquanto ela descia as escadas do complexo de apartamentos.

CAPÍTULO 22

NÃO FIQUE COM RAIVA, ESTÁ BEM?

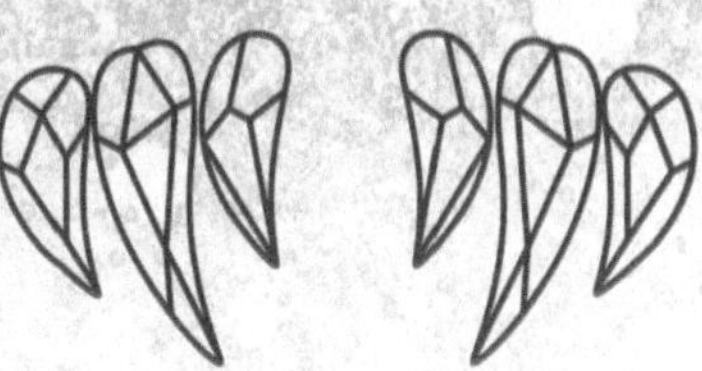

SAGAN MANOBROU O LAND ROVER, ENTRANDO NA RUA DE Nathan.

— Encoste na porta dos fundos — disse Nathan, apontando para uma estrada lateral.

Ele avistara Jude em um carro de patrulha quando adentraram a cidade. Se ela passasse ali em frente e visse um veículo na entrada, certamente viria averiguar, e isso era a última coisa de que precisava. Não tinha certeza de quanto tempo estava desaparecido, mas, seja como for, Jude devia estar preocupada com seu sumiço.

Ela pode se preocupar por mais um tempo, pensou.

— Quer entrar? — Nathan perguntou, quando Sagan estacionou na entrada de cascalho dos fundos. — Talvez tenha algo comestível no armário.

Sagan meneou a cabeça.

— Também tenho suprimentos que preciso pegar em casa. Esteja pronto quando eu voltar.

Nathan arqueou uma sobrancelha.

— Acho que você perdeu sua convocação para sargento.

Sagan reagiu com uma carranca, enquanto engatava a marcha do carro e voltava para a estrada. Nathan balançou sua cabeça, rindo, e seguiu direto para o chuveiro.

Alguns minutos depois, ele secava seu cabelo na toalha com uma das mãos e vasculhava o guarda-roupas com a outra. Vestiu um par de jeans cinza-escuro — que se ajustavam muito mais do que o jeans preto de caçador que Sagan lhe dera — e escolheu uma camisa, detendo-se quando viu seu reflexo no espelho da porta.

Franzindo a testa, ele esfregou seus dedos sobre a pele lisa de sua musculatura peitoral. *Interessante*. Não haviam vestígios da facada. Nem mesmo o indício de uma cicatriz. Seu couro era resistente, mas a cicatriz extensa logo abaixo de suas costelas provava que as lâminas de diamantium deixavam sua marca.

A memória do período que ficou no covil dos caçadores passou por sua mente, reacendendo sua raiva. Seu medo. Sua...

Seus olhos arregalaram-se. Um lampejo tênue das escamas turquesas reverberou por sobre seu peito exposto e subiu pelo pescoço. Quando alcançou seu rosto, banhou as feições, revelando por um instante sua verdadeira aparência.

Ele levou a mão ao rosto e, com um sobressalto, notou um espinho cristalino projetando-se de seu cotovelo. Num ímpeto, verificou o outro braço e, então, sibilou um palavrão. O movimento repentino fez com que a segunda lâmina proeminente fatiasse algumas de suas roupas penduradas nos cabides. Os pedaços de tecido danificados flutuaram até o tapete.

Ele girou os braços, inspecionando os cotovelos. Como pode ser? Não teve nenhuma dor. Nenhuma ardência. Nenhum *sinal*. Testou as lâminas, retraindo-as em seus braços e, depois, as expondo novamente — sem qualquer resistência. Ficou maravilhado com a ação suave e indolor. E isso era... *péssimo*.

Como seria capaz de reprimir as lâminas se não pudesse senti-las? Em público? No trabalho? Com Jude? Não tinha como ele...

Um *tum* discreto veio de um dos cômodos externos. Ele estreitou seus olhos e verificou o relógio. Sagan ainda não poderia estar de volta. Sua casa era do outro lado da cidade.

Tomando cuidado para não fazer barulho, Nathan arrastou-se na direção do som. Ele se encostou na parede ao lado da porta aberta do quarto, esperando e ouvindo. Lá estava outra vez: passos suaves no assoalho do corredor, gradualmente ficando mais altos à medida que se aproximavam do quarto de Nathan.

Então, o silêncio.

Nathan preparou-se; quase conseguia *sentir* o intruso do outro lado da parede do corredor, a um passo da sua vista. Ele flexionou os joelhos, esperou meio segundo, então saltou.

Nathan atingiu o invasor no instante em que ele entrou no quarto. Uma voz deixou escapar um *ugh* quando Nathan prensou um par de ombros largos na parede, mas ele parou assim que avistou a tatuagem de um escorpião de cristal no pescoço do intruso.

— Thane! Mas que diabos?

Thane levantou ambas as mãos.

— Caramba, velhote. Qual é o problema?

— Acho que eu te falei para ficar longe. Ou você esqueceu que os caçadores erathi estão atrás de mim?

— Não, eu não esqueci.

— Então por que está aqui? — Nathan soltou, entre dentes.

Thane hesitou.

— Pode me soltar primeiro?

Nathan inclinou sua cabeça para as lâminas nos cotovelos de Thane, que brilhavam em seu campo de visão.

— Vai guardar isso?

— Você vai? — Thane retrucou.

Nathan franziu o cenho. Baixou o olhar e percebeu que suas próprias lâminas também estavam à mostra. Ele as embainhou, ainda sem nenhuma dor, e deu um passo para trás. Isso estava realmente começando a preocupá-lo.

Após um segundo, Thane retraiu suas lâminas e rodopiou um de seus ombros.

— Céus, você consegue dar um belo soco. Está fazendo levantamento de peso ou algo assim?

Nathan soltou uma risada.

— Não exatamente.

— Bem, o que quer que esteja fazendo, está funcionando.

— Essa é a primeira vez que te vejo se transformar em muito tempo. — Nathan apontou o queixo para os cotovelos de Thane. — Pensei que você tinha dito que estava farto de ser um veniri e que nunca mais se transformaria.

Thane estremeceu e esfregou o ombro.

— Sim, bem, quando alguém pula do nada e te prende contra a parede, acho que o instinto entra em ação.

— Esta é a minha casa. — Nathan pontuou. — Você é o intruso. O que me leva de volta à minha pergunta original: por que está aqui?

— Eu só... tinha esperança... — Thane esfregou a mão na nuca e olhou em torno do quarto.

Nathan não gostou da expressão no rosto de Thane. Estreitou os olhos.

— O que aconteceu?

Thane continuou a evitar o contato visual, seu olhar percorrendo o corredor.

— Bem, eu, hm... não fique com raiva, está bem?

Nathan cruzou os braços.

Com um suspiro pesado, Thane perguntou:

— Violet está aqui?

Nathan piscou.

— O quê?

— Violet está...

— Eu ouvi o que você disse. Por que ela estaria aqui? Deve estar na faculdade.

Thane fechou os olhos e puxou o ar por entre os dentes.

— Não. Não está...

— O que quer dizer com ela não está? — Nathan baixou seus braços. — E como *você* saberia?

— Bem... — Thane começou cautelosamente, suas palavras acelerando pouco a pouco, enquanto falava. — Eu meio que fiquei de olho nela desde que você a deixou na faculdade, para, você sabe, ter certeza de que ela estava segura. O que foi bom, porque houve um incidente ontem. Ela e alguns outros alunos foram mandados para casa. Mas quando você não atendeu nenhuma das suas ligações, eu ofereci para ela ficar na minha casa e... Espera! — Seus olhos se arregalaram e ele ergueu as mãos. — Qual é, Nathan. Isso não é necessário.

Nathan seguiu o olhar de Thane até as reluzentes lâminas de seus cotovelos. De novo, sem dor e sem aviso. Ele deu um passo à frente e, em sincronia, Thane deu um passo para trás.

— Nathan...

— Onde ela está?

— Eu... eu não sei. As coisas estavam bem. Ela estava bem. Mas então ela... Nathan, algo aconteceu com o bloqueio de memória que você colocou nela. Ela lembrou quem eu era, e...

— O quê? — Nathan cuspiu as palavras com os dentes cerrados. — Tem alguma ideia do que você fez? — O retorno das memórias de Violet, sem mencionar sua mente já frágil processando todas elas, deve ter sido totalmente excruciante. A avalanche de horrores poderia ter potencialmente esmagado-a. Nathan tremia, cada músculo do seu corpo tenso. — *Eu te disse para ficar longe dela*!

Avançando, colidiu contra Thane. Eles ricochetearam na parede e despencaram no chão com um estrondo, a mão de Nathan apertando a gola da camisa de Thane. Com os olhos arregalados e amedrontados, Thane agarrou os pulsos de Nathan, mas o mais velho não se moveu.

— Eu não poupei sua vida para que pudesse arruinar a dela! Eu devia ter te matado naquela noite, como fiz com seu irmão. Por que não ficou longe?

— Porque — um turbilhão de emoções cruzou o rosto atormentado de Thane — eu estava tentando protegê-la.

— NÃO! *Eu já estava protegendo-a*! — Nathan levantou os ombros de Thane pela camisa e, então, bateu-os no piso novamente.

— Alguém tinha que cuidar dela! — Thane retrucou. — Tem mais coisas por aí que podem prejudicá-la do que apenas os veniri.

— E o que *você* poderia fazer? — Nathan cuspiu. — Considerando que tudo o que fez até agora foi machucá-la!

A expressão de Thane passou instantaneamente de derrota para fúria. Ele contorceu os quadris, derrubando Nathan no piso com uma pancada violenta. Aproveitando-se do momento, Thane colocou seus antebraços por entre os braços de Nathan e o forçou a soltá-lo. Segurou os bíceps de Nathan e os prendeu no chão, no segundo em que as próprias lâminas saíram fatiando, brilhantes, dos cotovelos.

— Eu não a machuquei! — bradou com os dentes à mostra; suas narinas dilataram-se e seus olhos ardiam, dourados. — Nunca a machucaria! *Eu a amo*!

Nathan deteve-se, inspecionando o rosto determinado do homem que o segurava. Apesar da declaração obstinada de Thane, os instintos de Nathan ainda o levaram a testar aquelas palavras com um toque de sua língua bifurcada. Uma mistura pungente de cloro e agulhas de pinheiro invadiu os sentidos de Nathan. O aroma puro do cloro comprovava que Thane falara a verdade. As agulhas de pinheiro representavam o amor de Thane, não falso ou passageiro, mas perene.

Nathan não tinha certeza de como se sentia sobre isso. O

que isso significava para Violet? Ela sabia? E se Thane a amava, deveria saber, mais do que qualquer um, que a melhor coisa para Violet era mantê-la afastada do mundo veniri.

— Então, por quê? — Nathan perguntou, o timbre cheio de angústia. — Por que não pode simplesmente deixar Violet em paz? Por que não pode ficar longe dela?

Depois de alguns segundos, a pressão de Thane nos braços de Nathan afrouxou.

— Por causa da minha mãe — falou, por fim. — E do que ela me disse, antes de morrer.

Nathan foi pego de surpresa. Thane tinha oito anos quando sua mãe morreu. O que poderia ter dito a ele?

— Ela disse... — A voz de Thane falhou. Ele soltou Nathan e deslizou para trás até se encostar na parede. — Ela disse: "A verdadeira força e o poder genuíno não vêm de couros resistentes, fragmentos de cristal ou mesmo de coroas. Eles vêm do interior. De erguer-se depois de uma derrota, de lutar pelo que é certo quando todos os outros abraçarem o que é errado. Vêm de comprometer-se com aqueles que você ama com tanta devoção, que sacrificaria tudo por eles."

Thane cobriu seu rosto e respirou profundamente. A tristeza esmagou Nathan quando ele se lembrou do quanto a mãe de Thane sacrificara por seu filho.

Thane baixou as mãos e continuou, sua voz firme.

— Minha mãe era a mais forte e mais corajosa de toda aquela maldita colônia, e ela era apenas uma erathi frágil. Quando eles a mataram, eu não tinha mais nada. Seguia ordens como um escravo erathi, esperando para que meu pai, enfim, me matasse. Foram tantas as vezes que ele chegou perto, e houve tantas vezes que eu queria, *precisava,* que ele acabasse com tudo. E então alguma coisa mudou em mim. Na primeira vez que vi Violet.

Thane cerrou os olhos. Nathan não precisou provar as emoções de Thane para constatar a auto aversão escrita em todo o seu rosto. Ele ficou em silêncio, permitindo a Thane a chance de prosseguir.

— Me arrependo todos os dias de estar envolvido no sequestro de Violet. Mas, ao mesmo tempo, não consigo me arrepender de tê-la encontrado. Ela... — Thane levantou seus olhos para o teto, em busca de suas próximas palavras. — Eu vi nela a mesma força e coragem que minha mãe possuía. Nós ficamos escondidos naquele barracão por dois dias, esperando o outro veniri voltar com mais algumas garotas. A amiga de Violet estava à beira de um colapso. Violet nos implorou para soltarmos sua amiga e levarmos apenas ela. Quando ficou claro que nenhuma das duas iria para casa, Violet foi forte por ambas, até o momento em que sua amiga surtou. Violet machucou-se no processo, e quando me virei para sua amiga, era tarde demais. Meu irmão já a tinha matado.

Thane cruzou seus braços sobre os joelhos dobrados.

— Violet me fez lembrar que há mais neste mundo do que apenas eu mesmo. Era o que minha mãe estava tentando me ensinar quando eu tinha oito anos, mas eu não entendi na época. Violet me mostrou que, mesmo quando você está a ponto de perder o que tem, ainda pode continuar dando tudo de si.

Thane voltou sua atenção para Nathan.

— Você e Violet me deram uma segunda chance e eu garanto que fiz o melhor que pude para endireitar minha vida, para compensar o que eu fiz e corrigir meus erros. E eu tentei, Nathan, realmente tentei ficar longe dela, dar a ela espaço para viver sua vida. Mas uma parte de mim continua me arrastando de volta e eu não tenho mais forças para lutar contra isso.

Nathan processava silenciosamente as palavras de Thane, um peso melancólico em seu peito. Ainda não se arrependia de matar o irmão de Thane, na floresta. Os três irmãos mais velhos de Thane tinham a mesma natureza monstruosa que seu pai e estavam bem enredados na palma da mão da rainha. Quanto menos escória veniri neste mundo, melhor. Mas ele nunca percebera o fardo que Thane vinha carregando por todos esses anos.

— Por que não me contou tudo isso?

Thane bufou levemente.

— Você teria escutado? Estava tão preocupado que eu ficasse longe da Violet. Você não estava pronto para ouvir a minha versão.

Nathan estava prestes a refutar quando, em uma enxurrada de vergonha, percebeu que Thane estava certo.

— Sinto muito — disse, por fim.

Thane ergueu um canto de sua boca.

— Está tudo bem. Eu sabia que você estava concentrado no que era melhor para Violet.

Nathan lentamente assentiu, absorvendo o novo sentimento de humildade.

— Eu não machuquei Violet — Thane repetiu. — Estive cuidando dela, assegurando-me de que ela estava bem. Sei que você acha que a blindagem vai mantê-la a salvo agora que ela atingiu a maioridade, mas isso não impediu que um homem a atacasse em uma boate. Tive que atropelá-lo com meu carro para que ela e seus amigos pudessem fugir.

Nathan exalou um *hum*.

— Você disse que Violet se lembrou. O que aconteceu depois disso? Como ela reagiu?

Thane meneou a cabeça.

— Não muito bem. Ela começou a gritar, como se estivesse sentindo muita dor. E quando olhou para mim, ela... ela lembrou de quem eu era. Eu tentei... tentei explicar. Tentei dizer a ela que não estava em perigo, mas ela continuou gritando e não me ouvia. E, logo depois, ela sacou um canivete e me esfaqueou.

— Ela te esfaqueou?

— Isso mesmo. — Ele puxou a gola da sua camisa para baixo, revelando um ferimento medonho. O centro preto-azulado estava rodeado por carne irregular e borbulhada, que parecia ter sido queimada com ácido. Linhas nodosas de pele elevada fluíam do núcleo para formar uma espécie de estrela irregular.

— Imagino que foi você quem presenteou Violet com uma lâmina estelar. — A expressão de Thane era um misto de indignação e divertimento.

Nathan arqueou uma sobrancelha.

— Foi bem feito. Eu te avisei para ficar longe dela.

Thane riu e balançou a cabeça.

— Onde você encontrou uma lâmina estelar? Violet sabe o que mais aquilo pode fazer?

Nathan soltou um suspiro pesado.

— Infelizmente, existem muitas coisas que Violet não sabe. E eu estou começando a questionar a minha sensatez ao esconder tudo isso dela.

Thane assentiu. Depois de um segundo, perguntou:

— Então, ela está aqui?

Nathan meneou a cabeça.

— Não, eu não a vi.

— Por que não disse isso antes? — Thane soltou um grunhido frustrado e ficou de pé. — Temos que encontrá-la. Pode tentar ligar para ela?

Nathan esfregou seus olhos com o indicador e o polegar.

— Não. Eu, hm... perdi meu telefone durante a minha estadia com os caçadores erathi.

Os olhos de Thane arregalaram-se.

— Eles te pegaram?

Nathan assentiu.

Thane sussurrou um xingamento.

— Maldição. Isso é... Espera. — Seus olhos estreitaram. — Então, como é que você está aqui?

— É uma longa história. Eu te conto mais tarde. — Nathan levantou-se, recolheu sua camisa e apanhou o casaco de camurça bege. — Que tal me explicar por que Violet foi mandada para casa? E seja rápido, estou de saída.

Ele deu uma olhada no relógio; Sagan devia chegar a qualquer momento. As únicas coisas que Nathan ainda precisava pegar eram um pouco de comida e seu estojo de sobrevivência, o qual estava no armário perto da porta da frente. Continha suprimentos suficientes para durar cerca de setenta e duas horas, em conjunto com um estoque bem extenso de armas.

Enquanto Thane falava, Nathan seguiu até a cozinha para revirar o armário, mas tudo o que encontrou de comestível foi um saquinho fechado de carne seca. Realmente precisava reabastecer seus mantimentos.

— Eu sabia que algo estava errado naquela noite — dizia Thane, relatando os detalhes do assassinato. — Não consigo explicar, mas sabia que algo ruim iria acontecer. Eu conseguia sentir no vento. Canela. Era muito forte. Violet ficou acordada até tarde, estudando na biblioteca. Ela foi a última a sair e eu precisava ter certeza de que ela estava segura, então a segui de volta ao quarto. Quando chegamos, tudo estava um caos. Uma garota foi morta. Era uma das amigas de Violet e seu único crime foi cair no sono na cama dela. — Thane passou a mão nos cabelos. — Nathan, o assassino cometeu um erro. Ele estava atrás de Violet. Precisamos encontrá-la.

— Eu vou encontrá-la — falou Nathan, com a boca cheia de carne seca.

Ele consultou seu relógio novamente e franziu a testa. Sagan já deveria estar de volta.

— Ótimo — disse Thane. — Vamos. Eu dirijo. — Deu um passo em direção à porta dos fundos.

— Espere aí, Romeu. — Nathan bloqueou seu caminho. — Você vai ficar aqui.

Thane vincou a sobrancelha.

— O quê? Não vou, não. Eu sou...

Nathan balançou a cabeça.

— Thane, sinto muito por ter que ouvir isso, mas você é a última pessoa que ela quer ver agora.

— Mas, eu... — A dor, a mágoa e a compreensão seguiram-se, uma após a outra, no semblante de Thane.

— Só dê um tempo — disse Nathan. — Ela já passou por muita coisa. Pelo menos dê espaço para ela processar.

Thane baixou o olhar para o piso e seus ombros caíram. Ele deu alguns passos para trás, só parando ao colidir com a mesa de jantar. Incapaz de encontrar palavras para aliviar a atmosfera pesada, Nathan dobrou e desdobrou o pacote vazio de carne seca em suas mãos. O plástico estalava, preenchendo o silêncio prolongado.

E, então, um corpo se chocou contra ele e braços envolveram sua cintura.

— Nathan! Onde esteve?

— Violet?

Lágrimas jorravam de seus olhos vermelhos e inchados, e escorriam por suas bochechas. Ela enterrou o rosto úmido na camisa de Nathan.

— Sinto muito — ela disse, finalmente. — Eu não sabia mais para onde ir. Uma garota morreu na faculdade e fomos mandados para casa. Eu tentei te ligar, de novo e de novo, mas você não atendia. — Ela o fitou. — Por que não retornou nenhuma das minhas ligações?

Nathan encarou-a, paralisado. Sua mente disparou, tentando descobrir o que fazer ou dizer.

— Me desculpe, eu não queria chorar em você. — Limpou as bochechas na manga. — Argh! Os últimos dias foram *horríveis* e... — Ela sufocou um soluço.

Nathan colocou os braços em volta dela.

— Está tudo bem, Violet.

Ela se aninhou em seu peito. Nathan tentou sorrateiramente chamar a atenção de Thane. Evidentemente, ela não o tinha visto ainda. Mas a concentração do metamorfo mais jovem estava grudada em Violet.

Thane se mexeu, seu sapato rangendo suavemente no assoalho.

O soluço de Violet parou e ela virou-se para olhar a origem do ruído. Cada pitada de cor foi drenada de seu rosto, à medida que seu corpo se transformava em pedra nos braços de Nathan.

CAPÍTULO 23

JOGOS DOENTIOS

O ESTÔMAGO DE VIOLET EMBRULHOU.

Thane estava ao lado da mesa de jantar com as mãos erguidas, os dedos bem abertos. Seu olhar mirou a tatuagem de escorpião no pescoço dele. Gelo se dispersava por suas veias, formigava em sua espinha. Sua garganta apertou e ela sentiu um gosto ácido.

Ela gritou.

Os braços de Nathan se fecharam mais ao seu redor.

— Violet, tudo bem.

— Violet. — Thane deu um passo em sua direção. — Eu...

Violet apontou, seu dedo tremendo.

— É ele! Nathan, é *ele*!

— Violet, por favor. Me deixe explicar — implorou Thane.

Ela encolhia-se contra Nathan enquanto Thane se aproximava.

— Thane. Pare. Agora não é o momento.

Nathan se colocou entre eles, obstruindo a visão de Violet, mas isso não impediu que a imagem do escorpião de cristal continuasse a fervilhar em seus olhos. Ela se espremeu nas costas de Nathan. Em meio aos pesadelos e sua realidade, não conseguia escapar do homem com a tatuagem no pescoço.

— Violet, por favor, você tem que acreditar em mim...

— Thane. Pare — alertou Nathan novamente.

A voz de Thane ficou mais alta.

— Diga a ela, Nathan. Diga que eu nunca a machucaria.

O choque se apoderou de Violet, seguido de um pavor intenso e nauseante. Ela se afastou de Nathan e colidiu contra a bancada, procurando por seu canivete. Os dois homens detiveram-se e se voltaram para ela quando ouviram o sutil *shink*.

Ela apontava a faca para Nathan, os dentes à mostra.

— Conhece ele?

Os olhos de Nathan se arregalaram. Ele endireitou seu corpo até ficar de frente para Violet, a mão estendida em um gesto apaziguador.

— Violet, me dê a faca.

Ela brandiu a lâmina uma vez, mas assegurou-se de deixá-la fora do seu alcance.

— Você conhece ele? — Sua voz falhou.

A boca de Nathan abriu e fechou, e ele começou a sacudir a cabeça.

— Não minta para mim! — ela berrou.

Os soluços iminentes sacudiram seu peito. Isso não podia estar acontecendo, não podia ser real. Era uma outra versão dos pesadelos mórbidos dela. Nathan não conhecia, não poderia conhecer o homem que a assombrara pelos últimos três anos. Um homem que mantivera sua identidade escondida para executar jogos doentios com seus sentimentos, enganara-a para o seu entretenimento deturpado.

— Há quanto tempo você o conhece?

Os ombros de Nathan desabaram.

— Violet, eu...

— Você sabia que ele foi um dos homens que sequestraram Lyla e eu?

Nathan baixou seu olhar e respirou fundo.

— Sim, eu sabia que era ele.

Ela cerrou seus olhos e pressionou a palma da sua mão livre na testa.

Isso não é real.

A dor em sua garganta e seu peito a convenceram do contrário. Se Nathan tinha escondido isso de si... então o que mais ele estava escondendo?

— Vamos, Vi. O que acha de me entregar a faca e conversarmos.

Fora. Precisava dar o fora.

Ela fixou um olhar severo em Nathan.

— Se chegar perto de mim novamente, eu vou te *matar*. — Sua voz baixa destilava veneno.

Ela avançou para a porta da sala de jantar, o canivete ainda estendido, os olhos nunca deixando Nathan. A expressão ferida dele enviou uma pontada de culpa ao seu coração, mas ela colocou-a de lado; ele era um traidor.

Girou e correu, ignorando as exclamações suplicantes de Thane. Quando estava a poucos metros da porta, algo pesado bateu no piso logo atrás de si. Virou sua cabeça. Thane estava esparramado no chão, com Nathan por cima. Violet não se deteve para assistir o confronto. Passou correndo pela porta da frente e desceu o caminho até onde estacionara seu jipe.

O motor foi ligado e ela arrancou, dirigindo-se para os limites da cidade, checando os retrovisores a cada segundo. Ninguém a seguira, mesmo quando alcançou a placa Obrigado por visitar Brookhaven e continuou para a floresta.

Uma melodia aguda sobressaltou-a. Ela fitou seu celular, tocando no assento do passageiro. O nome de Gus piscava na tela.

Ela pressionou o botão para atender.

— Gus... — Um nó contraiu sua garganta e seus olhos embaçaram pelas lágrimas.

— Oi, Vi. Só pensei em conferir para saber como você está. Autumn e eu estamos em casa agora e... Violet? Você está bem? Qual o problema?

— Eu só... Eu... — Seus soluços a reivindicaram. Ela enxugou os olhos com as costas da mão.

— Onde você está, Violet? Está dirigindo?

Seu olhar voltou para a estrada à frente e, em seguida, ela pisou no freio.

Havia uma pessoa parada no meio da estrada.

Ela gritou quando o jipe deu uma guinada.

CAPÍTULO 24

VENHA PARA MIM, REPTANTE

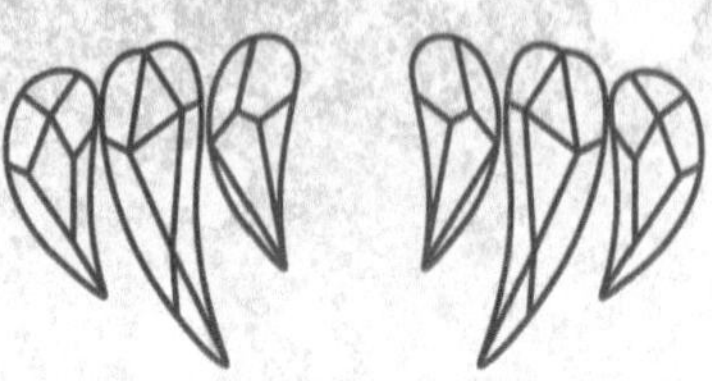

— Saia de cima de mim! — bradou Thane, debatendo-se. — Eu preciso ir atrás dela.

O aperto de Nathan afrouxou e Thane empurrou-o. O metamorfo mais velho permitiu que seu corpo tombasse enquanto Thane saia como um raio pela porta dos fundos, o assoalho reverberando sob seus pés.

"Se chegar perto de mim novamente, eu vou te matar." As palavras de Violet ecoavam em sua mente como um cântico.

Nathan suspirou e esfregou os olhos, mas não conseguiu apagar a imagem da expressão traída de Violet. Suas mãos caíram ao lado do seu corpo e ele encarou o teto revestido de madeira, o restante de sua energia se esvaindo. O cansaço dos últimos dias alcançara-o — se bem que até mesmo os raios malignos de Afrodite foram mais fáceis de suportar do que as palavras dolorosas de Violet.

"...Eu vou te matar."

Ela tinha sido ferida e derrotada, quando a conheceu. Ele a ajudara a juntar os pedaços, mas agora ela estava ferida de novo e, desta vez, a culpa era sua.

E tudo isso por quê?

Por Thane?

Ele meneou a cabeça. Devia se arrepender de ter rastreado Thane na noite em que encontrou Violet? Tinha toda a intenção de matá-lo. Thane representava tudo o que era podre e repugnante na raça de Nathan. Ele queria destruir cada veniri existente, começando por Thane, o patético veniri com a tatuagem no pescoço. Quando Nathan levantara um braço para o golpe fatal, Thane não lutou contra sua morte iminente, apenas implorou para Nathan acabar com sua vida.

Mas Nathan parou. Não conseguiu seguir adiante com o ataque mortal. Na última vez que vira o garoto, pouco antes de Nathan fugir da colônia e de sua raça, Thane tinha cerca de oito anos de idade. Apesar das feições amadurecidas de Thane, ele ainda detinha uma forte semelhança com alguém a quem Nathan tinha quebrado uma promessa há muito tempo, uma mulher erathi, também sequestrada quando era adolescente e forçada à escravidão. A mãe de Thane.

Ela fez o possível para proteger Thane dos maus-tratos de seu pai e dos três irmãos mais velhos, mas chegou um momento em que ela já não podia mais cuidar de seu filho mais novo. As palavras de tempos atrás soaram nítidas na mente de Nathan. *"Por favor! Prometa-me que você vai proteger o meu filho."*

Ele falara a verdade naquele instante: *"Eu prometo."* Mas logo ignorara o juramento em vista de sua própria ganância.

A tristeza e o auto ressentimento invadiram-no enquanto ele fitava o veniri cabisbaixo, que não conseguia sequer encarar o que tinha se tornado. Nathan estava olhando para uma versão mais jovem de si mesmo, no momento decisivo em que percebeu que não queria mais ser um veniri.

A língua bifurcada de Nathan tremulou e experimentou todos os sabores da auto aversão de Thane. Mas havia muito mais além dos aromas pesados e amargos do desespero e da dor. Um toque de brisa marinha da saudade, esperança tal como hortelã recém-colhida, e amor. Um profundo vínculo de amor, cedro fresco e acentuado.

Por um momento, Nathan se perguntou se sua raça poderia ser redimida, afinal. Naquela noite na floresta, ele decidiu cumprir sua promessa.

Mas alguns dias depois, descobriu a grande paixão de Thane por Violet. Nathan avisara-o para ficar longe. Infernos, ainda se lembrava da frase exata que tinha usado: *"Aproxime-se dela e vou empalar você com seus próprios fragmentos. Entendeu?"*

Nathan deu um soco no piso de madeira. Por que aquele maldito imbecil não o escutou? Se Thane tivesse ficado longe de Violet, então ela...

Um grito abafado veio de fora da casa. Nathan virou-se para a porta dos fundos aberta, uma imagem de Violet lutando para escapar de Thane lampejando em sua mente. Rangendo os dentes, ele levantou e se adiantou em direção à saída. Em alguns passos largos, já estava do lado de fora.

Sons de cascalho sendo triturado chamaram sua atenção e o estômago de Nathan desmoronou. Três homens de preto prendiam Thane no chão, nos fundos da garagem. Todos usavam amuletos distintos pendurados nos pescoços e brandiam armas de diamantium reluzente para Thane.

Nathan estava prestes a intervir e afirmar que Thane era apenas um erathi, um simples humano, mas então suas esperanças por Thane afundaram. Mesmo de onde estava, ele podia distinguir a leve repercussão das escamas sobre a feição furiosa de Thane. O jovem veniri estava se esforçando ao máximo para não se transformar.

— Vá em frente, reptante. — Um caçador se inclinou sobre o rosto de Thane. — Mostre-nos aqueles lindos espinhos. — Ele colocou a ponta de seu machete de diamantium no peito de Thane. — Se não nos mostrar seus espinhos, então terei que encontrá-los sozinho.

— Ei! — bradou Nathan. Todos se voltaram para ele.

— Ora, ora — falou o caçador que ameaçara Thane. Ele se levantou e pousou o machete no ombro, o amuleto balançando em seu peito. Das dez ampolas do amuleto, cinco estavam preenchidas. Cinco tipos de sangue colorido, de cinco espécies de metamorfos abatidos por aquele caçador. O homem olhou Nathan de cima a baixo em uma exultação casual. — Acredito que este é o nosso foragido, rapazes.

O coração acelerado de Nathan batia contra seu tórax. Como diabos os caçadores o rastrearam tão depressa?

O caçador riu.

— Devia ver o olhar em seu rosto. Você não só foi muito idiota por pensar que poderia escapar, como também foi estúpido o bastante para pegar um carro com dispositivo de rastreamento. Não foi muito esperto, hein, reptante?

Nathan cerrou os punhos. Sagan foi quem escolhera o carro. Por que Sagan o ajudaria a fugir, somente para vê-lo sendo capturado de novo? A menos que Sagan não soubesse sobre o dispositivo de rastreamento.

— Soltem ele. — Nathan indicou seu queixo na direção de Thane. — Não estão aqui para capturá-lo. Sou eu quem vocês querem. Então soltem ele.

— O quê? E perder um belo bônus no salário deste mês? Acho que não. — O rosto do caçador se distorceu em um olhar ameaçador. — Os *dois* vêm com a gente. — Seu olhar estreitou e, com um sorriso largo, ele apontou com seu machete. — Ora, assim que eu gosto de ver.

Nathan olhou para baixo. Ambas as lâminas de seu cotovelo estavam estendidas, brilhando à luz do sol. De novo não houve qualquer aviso, mas desta vez ele não se importou. Encarou novamente o caçador.

— Venha, reptante. — O sorriso do caçador transbordava malícia — Vamos brincar.

Nathan saltou, subindo no ar em uma velocidade impressionante. Os olhos do caçador arregalaram, seu sorriso arrogante desvanecendo. Antes que o homem sequer tivesse a chance de erguer o machete, Nathan atingiu, com sua própria lâmina de diamantium, o antebraço do caçador. A mão decepada e o machete de cristal bateram no chão ao mesmo tempo que os pés de Nathan.

Gritos agonizantes encheram o ar. Os joelhos do caçador se dobraram e ele tombou, segurando o que restava de seu braço. Uma torrente vermelha cobriu seu rosto e a mão restante.

Nathan se conteve para não ficar boquiaberto com a cena. Nunca ouvira falar de ninguém, erathi ou metamorfo, movendo-se com a velocidade e destreza que acabara de demonstrar. Ele levantou seu olhar. Thane e os outros dois caçadores usavam expressões estupefatas semelhantes.

Por vários segundos, ninguém, além do caçador aos berros, se moveu.

Nathan sorriu, transformando o restante do seu corpo na forma veniri. Suas escamas surgiram e os numerosos espinhos de diamantium refletiram espectros de luz nos rostos dos caçadores. Suas expressões se retorceram em caretas e, em conjunto, ambos se atiraram contra Nathan.

Thane estirou uma perna, fazendo um dos caçadores tropeçar; Nathan preparou-se para o outro.

O caçador atacou, brandindo as duas machadinhas de diamantium, mas nem um único golpe chegou perto de seu alvo. Nathan contornava os ataques agressivos, tão rápido e hábil quanto antes. Ou ele estava mais rápido agora? Sempre se sentira mais natural e capaz em sua forma veniri.

Ele esboçou um sorriso. Apesar da situação, estava se divertindo. Seu sorriso irritou ainda mais o caçador e os ataques do homem aceleraram, desleixados pelo desespero e a raiva.

Nathan adoraria continuar provocando esse caçador com suas recém-descobertas habilidades, mas um grito agonizante de onde Thane estava o trouxe de volta à sua terrível realidade. Ele bloqueou as machadinhas com as lâminas do braço, depois entrou com um contra-ataque, enfiando o joelho no abdômen do caçador. O espinho do seu joelho atravessou o homem, atingindo-o no coração.

A vida sumia dos olhos do homem enquanto ele afundava no joelho de Nathan. As machadinhas de cristal retiniram de encontro ao chão.

Ele empurrou o caçador, em seguida se voltou para Thane, que se erguia acima do inimigo que ainda restava. A vítima de Thane se contorcia no chão, apertando uma ferida aberta no pescoço. Embora Thane permanecesse na forma humana, suas escamas entravam e saíam de vista, ondulando pelos braços até o limite das mangas de sua camisa cinza-escura. Nathan arfou quando apertou um de seus ombros; filetes de sangue azul-petróleo escapavam por entre seus dedos.

— Você está bem? — perguntou Thane.

— Não ligue para mim — disse Nathan. — Onde está Violet?

Thane meneou a cabeça.

— Foi embora. Fugiu antes que eu pudesse alcançá-la. Ela desceu a estrada principal em direção à saída da cidade. Esses animais apareceram assim que ela se foi.

Um galho se partiu atrás de Nathan e ele girou. Uma figura estava à espreita nas árvores do outro lado de seu quintal. Apesar da vegetação, não havia dúvidas de que era um veniri em sua forma plena. Os olhos de Nathan arregalaram-se em reconhecimento, e seu estômago embrulhou.

— Kronan. — O nome saiu em um sussurro dos lábios redimensionados de Nathan.

— O quê? Tem certeza? — Thane moveu-se para se pôr ao lado de Nathan.

Nathan açoitou sua língua.

— Certeza absoluta. Reconheceria seu fedor em qualquer lugar.

O ar estava com um cheiro forte de canela, um vestígio dos caçadores e seu próprio desejo homicida. Mas os outros aromas ao vento confirmaram o que Nathan suspeitava. Cada veniri na colônia de Nathan conhecia a essência da alma de Kronan, primo da rainha Idália. Ela ainda detinha os aromas da maldade e da covardia.

Nathan não via Kronan desde que fugira da colônia. E, durante anos, Nathan tinha contornado a detecção de sua raça. Ainda assim, aqui na sua casa...

O intruso veniri sibilou e fustigou a própria língua bífida. Então, num piscar de olhos, Kronan passou correndo por cima da cerca, atravessando o quintal vizinho e sumindo de vista.

Nathan estreitou os olhos. Se Kronan estava aqui, então a rainha o enviara. E isso significava...

— Pegue-o — disse Nathan. — Ele está atrás da Violet.

Como dois projéteis, eles dispararam pelo quintal atrás de Kronan, mas um segundo antes de alcançarem a cerca, Thane subitamente desapareceu da visão periférica de Nathan. Antes que ele pudesse entender o que aconteceu, uma dor percorreu sua perna. Rugiu. Sua perna foi puxada para baixo e, com um baque retumbante, ele caiu com força no chão. Uma farpa com ponta de diamantium presa a uma linha de arame tinha perfurado sua panturrilha.

Thane e ele estavam sendo arrastados por cabos, diretamente para um novo grupo de caçadores.

Nathan rangia os dentes, à medida que a farpa rasgava sua perna. Thane grunhia e se debatia em seu próprio sofrimento, levantando nuvens de poeira.

Eles pararam a poucos metros dos caçadores. O alívio invadiu Nathan quando o puxão cessou, mas a tira farpada ainda enviava espasmos torturantes por sua perna. Dois homens, um de cavanhaque castanho e o outro de cabelo ruivo, controlavam os aparelhos que os fisgaram. Entre eles estava Matthias, a expressão triunfante mais arrogante do que nunca. O grupo de demais caçadores em cada lado dele brandiam armas na direção de Thane e Nathan. Um deles segurava uma besta modernizada. Outros dois empunhavam o que pareciam ser bazucas nos ombros.

O medo inundou cada célula do corpo de Nathan. Medo por Thane, medo por Violet. Precisava deixá-los em segurança. *Qual é, Delano. Pense!*

Se apoiou nos pés.

— Fique abaixado, reptante — ordenou Matthias.

O caçador de cavanhaque puxou o cabo, fazendo Nathan cair no chão. Ele segurou um grunhido de dor. Thane gemeu, apertando sua perna.

— Aguente firme — murmurou Nathan para que apenas Thane pudesse escutar. — Precisamos sair dessa, entendeu? Por Violet.

Thane encontrou seu olhar. Com a mandíbula trincada, deu um breve aceno para Nathan.

— Por Violet.

— Você fica com o ruivo. — Nathan olhou diretamente para Matthias e, em uma voz mais alta, falou: — Vou começar com o feioso.

Matthias abriu um sorriso, os olhos brilhando com a sede de sangue. Ele levantou a mão e chamou Nathan com os dedos.

— Venha para mim, reptante.

Nathan concentrou sua energia restante e saltou. Como antes, sua velocidade foi surpreendente, mas desta vez não foi o bastante. Enquanto ele ainda estava no ar, os dois caçadores com as bazucas miraram, um para ele e outro para Thane. E atiraram.

Nathan se agitou inutilmente quando a bala se expandiu em uma rede que o envolveu no impacto. Mais uma vez, Nathan atingiu o chão.

Seus espinhos o libertariam. Diamantium podia cortar quase qualquer coisa...

O corpo de Nathan tremeu à medida que um choque de eletricidade pulsava através da rede, enviando explosões de dor por todo seu corpo. A combinação dos rugidos seus e de Thane, e o zumbido elétrico agudo quase rasgaram seus tímpanos. Então, em um instante, a eletrização parou. O torpor arrepiou seus membros — exceto por sua perna farpada, onde a dor se intensificara.

Thane e ele gemeram. Nathan tentou virar a cabeça, mas a rede permitia apenas o mínimo movimento antes de firmar o abraço em torno de seu rosto.

— E agora? — Um dos caçadores deu um pontapé nas costelas de Nathan. — Levamos este de volta para a colheita?

Matthias esfregou seu queixo.

— Não, acho que tenho uma ideia melhor. Seria um desperdício colhê-los tão cedo. — Ele apontou para Nathan. — Quero ver este em ação.

O ruivo meneou a cabeça.

— Mas esse reptante está marcado. O cliente disse que especialmente *este* reptante...

— Eu sei o que o cliente disse. — Os olhos de Matthias se estreitaram em advertência e o outro homem baixou o olhar, os lábios comprimidos. Colocando as mãos nos quadris, Matthias se voltou para Nathan, o sorriso de tubarão ampliado. — Além disso, podemos atrasar a transação por um tempo e ganhar um pouco de dinheiro extra, enquanto isso.

— E quanto a este aqui? — perguntou outro caçador enquanto chutava Thane.

Thane exibiu os dentes, mas a rede o manteve preso.

Matthias bradou.

— Traga-o junto. Ele luta bem o suficiente para servir de isca para os cães, pelo menos. Onde está Axel? — ele chamou por sobre seu ombro.

— Ainda está procurando por Sagan — foi a resposta.

Matthias apertou a ponte do seu nariz.

— Tomara que ele volte logo. E espero que com aquele garoto empalado em seu tridente. — Resmungou de frustração.

— Sendo assim, um de vocês vai buscar os tranquilizantes no carro. A última coisa que eu quero é um desses reptantes pensando que podem escapar. De novo.

Um dos caçadores saiu.

Nathan lutou contra a rede. Não, não, *não*! Isso não podia estar acontecendo. Tinha que chegar até Violet. Ela precisava dele.

— Hmm, enquanto esperamos os tranquilizantes...

Os olhos de Matthias brilhavam demais para o gosto de Nathan, quando ele gesticulou para os caçadores restantes se aproximarem. Ele falou em uma voz baixa demais para Nathan decifrar, mas julgando pelos sorrisos maliciosos nos rostos dos caçadores, não era um bom sinal. Em conjunto, eles se afastaram, deixando apenas Matthias e os dois que controlavam as redes eletrificadas.

O coração de Nathan disparou.

Matthias se agachou ao seu lado, as mãos apoiadas nos joelhos.

— Eu admito, você é um pouco mais problemático do que eu esperava.

Uma luz laranja brilhante iluminou o campo visual de Nathan. Ele se virou assim que o cheiro de petróleo e a fumaça queimaram seus pulmões. Um dos caçadores estava encharcando a varanda de Nathan com gasolina, jorrada de um galão de plástico vermelho. O outro acendia trapos encharcados de combustível e os atirava nas paredes.

Não! Não! Não!

Mas não havia nada que Nathan pudesse fazer. As chamas surgiram instantaneamente com um *vush* audível, engolindo sua bela casa de madeira. Ele ficou tenso contra suas amarras. Precisava deter o fogo. Precisava salvar todas as fotos de Violet que cobriam seu corredor. Precisava ter certeza de que as chamas não chegariam ao quarto dela — o lugar seguro para onde ela sempre poderia voltar. Tinha apenas que...

— Hora de ir, rapazes — falou Matthias.

Algo afiado picou a coxa de Nathan. Ele rosnou, esforçando-se mais para se libertar. Ignorou a dor latejante na sua panturrilha, o calor intenso das chamas e a fumaça rançosa em seus pulmões. Mas uma nova sensação de dormência tomou conta de seu corpo, formigando a partir da ponta dos dedos de seus pés. Se ao menos pudesse...

Uma sombra negra invadiu os cantos de sua visão. Suas pernas e braços começaram a afrouxar. Sua vista obscureceu e a mente ficou atordoada.

Não! Lute! Fique acordado! Fique acordado! Fique... ac...

A escuridão o consumiu.

CAPÍTULO 25

DIAMANTE MANCHADO COM SANGUE

Violet pisou no freio, e o jipe saiu da estrada e desviou para o acostamento, os pneus triturando o cascalho. Seu corpo chicoteou para frente e para trás quando o carro sacudiu até parar e o motor ficou em silêncio. Por um instante, sua pulsação acelerada martelou em seus ouvidos.

Que raios foi aquilo?

Ela verificou o retrovisor e os espelhos laterais, mas a estrada atrás de si estava vazia.

Por favor, me diga que eu não o acertei.

Devia sair e conferir se estava bem. Mas uma pequena parte sua continuava cautelosa. Ela girou em seu assento e olhou pelas janelas traseiras. Nada. Não conseguia ver nada.

A não ser... Aquilo era...?

Uma figura jazia no chão a alguns metros, do outro lado da estrada. Ainda estava vivo. Mesmo daquela distância, Violet conseguia ver o subir e descer do peito do indivíduo.

Seu canivete ainda estava na mão. Ela o apertou com mais força e, em seguida, saiu do jipe. Seu sapato arrastou uma pedra e a fez quicar algumas vezes ao longo da estrada.

A pessoa virou a cabeça para o ruído e o queixo de Violet caiu.

— Sagan! — O cabelo totalmente louro e os olhos de um azul-pálido eram inconfundíveis. Ela correu e desmoronou ao seu lado. — Você está bem? O que estava fazendo no meio da estrada?

Sagan arqueou as sobrancelhas.

— Violet... — Ele aspirou algumas golfadas de ar. — Violet, você está aqui, e está... — Suas feições endureceram em uma carranca. — Você não pode estar aqui. Precisa ir.

Ela inspecionou a pele esfolada e as contusões recentes dele. O lábio inferior estava rachado e o sangue escorria pela lateral do rosto, partindo de um corte na linha do cabelo. Suas mãos cobriram sua boca.

— Ah, não! Eu *acertei* você.

Com um gemido e um estremecimento, Sagan se apoiou no cotovelo, seu outro braço segurando o abdômen.

— Pare. Não se mexa — disse Violet. — Vou ligar para uma ambulância. Ah, Sagan, eu sinto muito. — Ela enfiou a mão no bolso da calça jeans para pegar seu celular, então percebeu que o tinha deixado no carro.

Sagan agarrou seu pulso.

— Vá! — ele berrou. — Você tem que sair daqui!

Violet paralisou com sua ferocidade repentina.

— O quê? Não. Eu não posso te deixar aqui. Acabei de acertá-lo com meu carro. Só me deixe...

Ele balançou a cabeça, então fez uma careta.

— Não. Não foi você. Foi... — ele puxou uma lufada entrecortada — Axel.

— O quê? O que quer dizer com não fui eu? Eu... — Ela correu seus olhos mais uma vez sobre os ferimentos, desta vez percebendo que o sangue no rosto dele estava escuro e endurecido, obviamente não era uma lesão recente. — Sagan, o que aconteceu com você? Quem é Axel?

Um graveto estalou. Ambos ergueram os olhos.

Um homem enorme esgueirava-se para fora da floresta atrás deles. Ele olhou diretamente para Violet, o rosto se abrindo em um sorriso ameaçador. Uma sensação de formigamento percorreu sua nuca e desceu por sua espinha.

A força de Sagan em seu pulso passou de apertada para uma quase quebra-ossos.

— Como diabos essa coisa nos encontrou? — Sua voz estava tão baixa que ela quase não o ouviu. — Não. Você não pode ficar com ela.

O homem soltou uma risada estridente, como a gargalhada de uma bruxa.

O cabo do canivete de Violet enterrava-se em sua palma enquanto seu polegar procurava o botão para liberar a lâmina. Mas ela se deteve, estranhamente hipnotizada, quando o homem virou o rosto para o céu.

Diante dos olhos de Violet, ele começou a se transformar.

A textura suave de sua carne enrugou-se em escamas que brilhavam à luz do sol e espirais de cristal afiadas irromperam através de suas roupas. Um segundo conjunto de pálpebras tremeluzia sobre os olhos que ele agora fixava em Violet. Seu sorriso nefasto se alargou — pouco antes de uma língua bifurcada sair por entre três conjuntos de presas.

— Violet, *corre!* — Sagan urrou.

Ela ouviu o aviso, mas seu corpo se recusava a se mover. Este homem — ou melhor, esta criatura — era horrivelmente semelhante ao monstro que matara Lyla. Sua mente gritava em agonia física e emocional, à medida que a lembrança restaurada queimava sua mente.

A coisa saltou em direção a Sagan e ela, as pernas poderosas impulsionando-a no ar.

Violet aspirou o que supôs ser seu último suspiro e fez a única coisa que lhe veio à mente. Jogou-se de bruços em cima de

Sagan. Todos os seus músculos, fibras e células ficaram tensos, enquanto ela aguardava o impacto fatal.

Em vez disso, um som agudo perfurou seus ouvidos e a sensação de chuva quente se espalhou por suas costas. Algo pesado bateu contra o chão, a alguns metros de distância, e derrapou no asfalto. Violet ousou dar uma espiada; a criatura estava se contorcendo e gemendo no meio da estrada. Líquido azul projetava-se de um dos membros, o qual se debatia.

Outro homem com uma espessa barba grisalha surgiu na visão de Violet e casualmente avançou até a criatura, um tridente reluzente na mão. Algumas outras armas, incluindo uma que parecia uma besta, estavam presas a ele.

A criatura parou de se contorcer quando Barba Grisalha se aproximou e, então, o atacou. Os dois se atracaram em um confronto violento — homem e tridente de cristal contra a fera vingativa.

Violet enxergou uma oportunidade.

— Vamos lá, Sagan. Levante-se. — Ela ignorou os protestos de dor e o colocou sentado.

— Espere, preciso da minha mochila.

Sagan apanhou uma bolsa preta ao lado de sua coxa, a qual Violet imediatamente arrancou das suas mãos e pendurou no próprio ombro. Ela agarrou Sagan, envolvendo um dos braços dele em torno de seu pescoço para ajudá-lo a se içar do chão. Ele grunhiu e se encolheu, mas rapidamente desistiu de lutar contra seus esforços. Ela cambaleou um pouco sob o peso dele, mas conseguiram se arrastar desajeitadamente na direção do seu jipe.

— Sagan, eu já vi uma dessas coisas antes. Foi ... isso que matou Lyla.

— Eu sei.

— O quê? Como...

Os lamentos sofridos da criatura ficaram mais gorgolejantes

e desesperados. A batalha estava nitidamente indo a favor do Barba Grisalha.

— Não acho que aquela coisa vai durar muito mais — falou Violet.

— Hmm — resmungou Sagan. — Ainda precisamos sair daqui.

Eles se apressaram em direção ao jipe. Os grasnados e rugidos ferozes atrás deles começaram a diminuir.

— Rápido — disse Sagan.

Mais três passos a percorrer. E, logo, dois.

Um grito definitivo partiu da fera que, então, se calou.

Outro surto de adrenalina percorreu Violet. Ela não arriscou olhar para trás. Em vez disso, abriu a porta do passageiro, jogou a mochila e ajudou Sagan a subir no assento. Ele fechou a porta enquanto ela corria pela frente do veículo e subia no assento do motorista. Seu celular, agora na área dos pés, voltou a soar sua melodia estridente, mas ela o ignorou.

Felizmente tinha deixado as chaves na ignição. O motor ligou com um movimento de seu pulso. Ela deu uma olhada em todos os espelhos laterais e no retrovisor, e seu coração parou por um segundo.

A criatura morta estava estendida no meio da estrada, mas o homem que a havia matado não estava em lugar nenhum.

— Onde está ele?

Um ligeiro assovio duplo veio do lado da janela de Sagan. Ambos se voltaram para encontrar Barba Grisalha sorrindo para eles, o artefato em forma de besta nas mãos.

— Ora, onde os dois pensam que vão?

O corpo de Violet ficou rígido e seus olhos se arregalaram; a flecha da besta estava apontada diretamente para ela.

Quando nem Violet nem Sagan falaram, o sorriso do homem desvaneceu, mas o reflexo da sede de sangue permaneceu em seus olhos. Ele gesticulou com a arma.

— Na minha opinião, vocês têm duas escolhas. Os dois

podem vir comigo vivos ou... sem vida. — Ele deu de ombros. — Seja como for, vocês vêm comigo.

A mão de Sagan buscou a mochila que estava entre ele e Violet.

— Uh-uh — advertiu o homem. — Nem pense nisso, Sagan. Mãos onde eu possa vê-las. Você também, mocinha.

O ácido queimou a garganta de Violet enquanto seu estômago ameaçava despejá-lo.

A ponta reluzente da flecha da besta chamou novamente a atenção de Violet. Precisava dar o fora. Sua mente gritava para ela correr. Fugir! Mas o medo ainda a paralisava. Podia pisar no acelerador, mas a que preço? A besta do Barba Grisalha atingiria ela ou Sagan, antes que pudesse fazer o carro se mover?

Sagan levantou as mãos.

Barba Grisalha olhou-a incisivamente quando ela não se moveu. Sua respiração se acelerou em arquejos superficiais à medida que deixava cair o canivete em seu colo e também erguia as mãos.

O homem sorriu.

— Fico feliz em ver que ambos podem seguir orientações simples. Vai facilitar o meu trabalho.

Ela sobressaltou-se com a súbita gargalhada rouca do homem.

— Deviam ver as suas caras. Especialmente a sua. — Ele apontou para Sagan — Quão primitivos acha que somos? Pensou mesmo que nós te deixaríamos surrupiar aquele reptante e escapar tão facilmente? Seu *imbecil.*

A mente de Violet girava. Do que este homem estava falando? Que raios era um reptante? E por que Sagan o roubou? Em que tipo de problema Sagan se envolvera? Sagan estava... ele era... Na verdade, ela mal o conhecia. Violet não tinha visto-o muito, depois da morte de Lyla.

Sagan ainda estava de costas para ela. Não tinha como imaginar o que ele faria a seguir.

— Eu vou com você — disse Sagan. — Só deixe ela ir.

Barba Grisalha reagiu ao seu pedido com um olhar incrédulo.

— Pensa que eu sou idiota? Você realmente acha que eu não reconheço uma caça quando vejo uma? — Ele revirou um dos bolsos da calça jeans e retirou um pedaço de papel amassado.

No papel estava uma foto de Violet. Seu estômago desmoronou. Ele não estava insinuando que... *ela*...?

Seus dedos se contraíram, doloridos por agarrar o volante.

A flecha lampejou à luz do sol enquanto o caçador pulava na ponta dos pés, rindo.

— Caramba, deve ser meu dia de sorte. Não somente esbarrei em *mais um* reptante — ele inclinou a cabeça em direção à criatura na estrada —, como depois você me conduziu direto para sua namorada como recompensa. — Indicou Violet com a arma.

Seu coração pulsava forte, ameaçando romper suas costelas.

Ele amassou o papel, colocou-o de volta no bolso e assoviou.

— O prêmio por essa garota vale uma nota preta. Vou aproveitar o bônus deste mês, pode ter certeza disso. — A expressão zombeteira do Barba Grisalha endureceu. — Agora, desligue o carro e saiam, os dois.

Sagan não se mexeu, então Violet também ficou parada.

O homem levantou a besta, mirando nela.

— Eu não vou falar de novo — ele disse, soltando cada palavra deliberadamente de forma lenta.

Por alguns segundos, ninguém pareceu respirar. O barulho do motor preenchendo o silêncio.

E então a melodia estridente do celular de Violet atravessou a tensão, como uma serra elétrica. Ela deu um pulo em seu assento. No meio segundo que levou para olhar o telefone, aos seus pés, Sagan moveu-se na velocidade da luz.

Barba Grisalha sacudia-se em um semigiro enquanto Sagan

enfiava uma adaga em seu ombro. Ele grunhiu e tentou apontar a besta para eles novamente.

— Vai! Vai! Vai! — Sagan bradou.

Violet engatou a marcha e pisou fundo no acelerador. O pânico apertou-lhe a garganta quando o jipe não arrancou imediatamente, pelo contrário, deslizou e derrapou no cascalho.

Assim que ela sentiu as rodas do carro finalmente aderirem à estrada sólida, Sagan gritou.

Ela olhou para ele. Uma flecha de metal atravessara não somente a porta do carro, como também a perna de Sagan, logo acima do joelho. A ponta da flecha brilhava como se fosse feita de diamante — um diamante manchado com sangue.

— Ah, não! Sagan!

— Não desacelere! Dirija mais rápido! — ele berrou por entre os dentes cerrados.

O motor aumentou a velocidade quando ela acelerou, porém continuava espiando Sagan. O jeans preto ficou mais escuro e cintilou ao redor do metal que se projetava de sua perna.

— Me diga o que fazer, Sagan. Como posso ajudar?

— Só dirija. Aconteça o que acontecer, não pare. — Ele fez um torniquete com o cinto ao redor de sua coxa, depois parou por alguns instantes, respirando fundo algumas vezes.

— O que está fazendo?

Sagan não respondeu. Ele agarrou a contra ponta da flecha e começou a enfiá-la ainda mais em sua coxa, gritando de dor à medida que a flecha avançava.

— O que está fazendo? — Violet guinchou. — Pare com isso! Eu vou te levar para um hospital o mais rápido possível.

— Nada de hospitais. Só continue dirigindo — ele falou, suas palavras carregadas de tormento.

— Sagan, pare! Está piorando as coisas.

Ele prosseguiu, sibilando em agonia.

— Tenho que tirá-la.

— Por favor, espere até eu encontrar um hospital. Um médico irá retirar isso.

— Eu já disse, nada de hospitais!

— Muito bem! Mas pelo menos espere até eu encostar para que eu possa te ajudar.

— Não! Não pare! Eles vão nos encontrar se você parar. Essa coisa tem um dispositivo de rastreamento dentro de uma das farpas.

— O quê? — Violet esfregou a palma da mão em sua testa. — Está dizendo que aquele cara está nos rastreando? — Ela olhou pelo retrovisor, esperando ver um veículo acelerando atrás deles.

— Sim. É por isso que eu preciso me livrar disto o mais rápido possível. — Ele grunhiu, suas mãos pingando vermelho enquanto empurrava a flecha pontiaguda mais além.

Violet desejou poder tampar os ouvidos e abafar os gritos agonizantes de Sagan. Com um último gemido deplorável, ele arrancou a flecha e a ergueu. Farpas alongadas de cristal abaixo da ponta da flecha ainda detinham pedaços vermelhos de sua carne.

A ânsia de vômito de Violet entrou em ação e o gosto azedo da bile atingiu sua língua. Ela cobriu sua boca com uma mão.

Sagan atirou a flecha pela janela e tornou a afundar no assento. Lentamente, vasculhou em sua mochila outra vez e puxou uma ampola de vidro contendo um líquido branco-perolado.

— Nossa — falou Violet. — O que é isso?

— É melhor não saber. — Sagan retirou a rolha. Ele despejou um pouco do líquido em sua perna, então inclinou a cabeça para trás e tomou um gole. Engasgando, limpou a boca com a parte de trás de sua manga.

— Quem era aquele cara? — Violet perguntou.

— Axel.

Violet observou os outros ferimentos de Sagan.

— Por que esse tal de Axel está atrás de você? O que aconteceu?

Os minutos a seguir foram silenciosos, exceto pelos arquejos entrecortados de Sagan.

— Eu fiz uma coisa que realmente irritou meu pai. Ele mandou Axel atrás de mim, que me encurralou na minha casa. Consegui escapar pela porta dos fundos e atravessei a floresta até encontrar a estrada para fora da cidade.

— E aquele outro cara... aquela coisa com escamas e espinhos?

— Aquilo era... hm... — Ele resmungou as próximas palavras enquanto sua cabeça começava a baixar.

Violet sacudiu seu ombro.

— Sagan? O que era aquela coisa?

Ele levantou a cabeça com uma inspiração pesada.

— Era um veniri.

— Um o quê? O que é um...

Sagan continuou falando.

— Mas não se preocupe, Violet...

Ela não conseguiu distinguir o restante de suas palavras, além de algo sobre uma blindagem.

— Por que aquele cara estava atrás de mim?

Nenhuma resposta.

— Sagan?

Ela o olhou de relance. Seus olhos estavam fechados e a cabeça pendia para um lado.

— Sagan?

Ainda sem resposta. Ela tocou em seu ombro.

— Sagan, preciso que me diga para onde ir.

Nada.

Ela sufocou um soluço e apertou o volante, tentando engolir seu pânico crescente. O que diabos sabia sobre fugir de barbudos psicopatas? E se ele ainda os estivesse rastreando? E se conseguiu colocar outro dispositivo na parte traseira do carro? Devia parar o carro e conferir.

Não! Sagan dissera para não parar. Isso daria a Axel a oportunidade de alcançá-los.

Aumentou a pressão no acelerador e o motor roncou. As árvores de ambos os lados da estrada passavam mais rápido. E mais e mais rápido.

Um som agudo veio dos seus pés. Ela pulou e soltou um grito assustado, fazendo o carro oscilar e entrar na pista contrária. A melodia continuou enquanto ela liberava um pouco da pressão no acelerador e recuperava o controle do carro. Fitou Sagan, mas ele nem havia se mexido.

Alcançando seu celular, ela visualizou o nome de Gus piscando no visor.

— Gus?

— Violet! O que diabos está acontecendo? Você está bem?

— Sim, estou bem. Ao menos... eu... — As palavras ficaram presas em sua garganta.

Ela podia ouvir Autumn ao fundo. Em seguida as duas vozes se tornaram altas e claras, conversando entre si, enquanto Gus — ela supôs — colocava o telefone no viva-voz.

O alívio oprimiu seu pânico e ela desatou a chorar.

— Minha nossa, gente. Vocês não têm noção do quanto estou feliz de poder ouvir suas vozes.

— Violet, o que está acontecendo? — perguntou Gus.

Violet soltou alguns suspiros chorosos.

— É uma história longa e muito doida.

— Nos conte *tudo* — exigiu Autumn.

CAPÍTULO 26

SEH'VUTHI

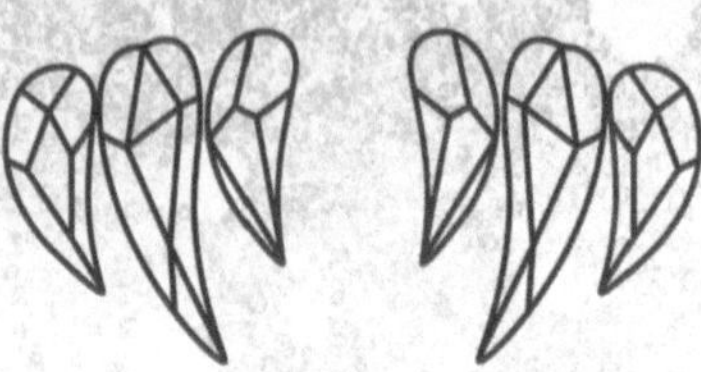

Filetes enevoados de consciência cutucavam os cantos da mente de Nathan. Quanto tempo estivera adormecido e quanto tempo ainda tinha, antes de ser arrastado de volta ao esquecimento? O cansaço profundo repuxava seus membros, mas alguma coisa o incomodava — algo que ele precisava fazer. O que era?

A malha apertada se agarrava ao seu corpo, unindo suas pernas e prendendo seus braços no peito. Ele tentou mexer os dedos, mas mal conseguiu uma débil contração. Um comichão fez cócegas em suas escamas. Estava em sua forma veniri? Por quê? Quando tinha se modificado?

Onde eu estou?

Ele estava de costas, seu corpo sacudindo levemente à medida que o ruído de um ronco enviava vibrações através da superfície dura na qual estava deitado. Tinha que estar na parte de trás de algum tipo de veículo. Uma van, talvez? Alguma coisa estava situada à sua esquerda, esbarrando no seu ombro em intervalos regulares.

Com um leve solavanco, o balanço parou. A vibração abaixo

de si continuava, embora o ronco tenha se aquietado para um ronronar suave.

Com um leve *clique* e um *bam*, a porta de um carro abriu e fechou. Alguns segundos depois, a porta traseira se abriu, lançando uma luz intensa nas pálpebras cerradas de Nathan. Mesmo a ação minúscula de erguer as pálpebras pesadas era quase impossível, mas ele conseguiu abrir os olhos o suficiente para vislumbrar um rosto conhecido.

Thane.

— Já estava na hora de aparecer, Axel — disse uma voz masculina, do lado de fora do veículo. — Onde está o garoto Branstone?

— Desapareceu — falou uma voz mais baixa e rouca.

Seguiu-se uma sequência de palavrões brutais.

Nathan fez o possível para manter a névoa em seu cérebro sob controle, enquanto ouvia o restante da conversa.

— Estou cuidando disso — disse o homem chamado Axel. — Consegui colocar uma farpa rastreadora no carro. — Ele grunhiu como se levantasse algo pesado. Um segundo depois, algo bateu bem ao lado de Nathan, à sua direita. — Encontrei este quando estava perseguindo o garoto.

A primeira voz bufou.

— Precisava golpeá-lo tantas vezes? Vou ter que limpar todo o sangue quando voltarmos. Por que não usou redes atordoadoras, como fizemos com esses dois?

Axel deu um sorriso de escárnio.

— Qual é a graça nisso? Conseguiram pegar o fugitivo, então? De onde veio o outro reptante?

— Sei lá. Apanhamos ele junto com o fujão.

— Parece que essas coisas se multiplicam mais rápido do que podemos matá-las.

— Melhor assim. Quanto mais matamos, mais dinheiro recebemos.

Axel riu.

— Falando em receber, eu encontrei aquela criança também. Ela fugiu com o garoto.

— A menina Violet?

A atenção de Nathan atingiu seu auge. *Violet.*

— Sim — foi a resposta.

Uma língua estalou.

— Eu ainda não entendo aquela caçada. O que ela tem de tão especial? É só uma humana.

— Contanto que eu seja pago, não me importo — disse Axel.

— Então vamos atrás deles para podermos receber.

A porta foi batida e, pouco depois, o balanço recomeçou.

A pulsação de Nathan começou a disparar. Para onde Thane e ele estavam sendo levados? Revirou sua mente, tentando perscrutar a escuridão que encobria suas lembranças. Qualquer coisa que lhe desse uma pista.

Aqueles homens haviam mencionado...

Violet!

Onde ela estava? Onde estava Violet?

Seu rosto se materializou através da névoa na mente dele com uma clareza surpreendente, quase como se pudesse estender a mão e tocá-la. Porém, tentáculos vorazes de horror se agarraram em seus ombros e braços e entrelaçaram-se em seu pescoço, capturando-a. Ela gritou, estendendo sua mão para ele, o implorando para salvá-la, mas os tentáculos sufocaram seu choro. Estavam arrastando-a na direção de um campo coberto de grama, com três lápides; os túmulos das pessoas mais próximas e amadas de Nathan.

Não! Violet também, não!

Em sua mente, ele avançou e agarrou a mão estendida, usando cada grama de sua energia esgotada para puxá-la em um abraço apertado. Em vez de lutar contra ele, os tentáculos também o enredaram e arrastaram-no em direção à condenação de Violet.

Um grito atravessou o pesadelo de Nathan. Palavrões furiosos vieram da frente do carro.

— Aquele maldito garoto se livrou do rastreador!

— Então, por qual caminho devo ir agora?

— Eu não sei! — rugiu a voz.

A névoa negra de Nathan abafou a discussão em desenvolvimento. Não conseguia mais lutar contra ela. Em sua mente, ainda segurava Violet com força enquanto os tentáculos a libertavam, recuando para as profundezas.

Em seguida, a névoa tragou Violet e ele, enviando ambos para um abismo profundo.

* * *

— Nathan?

Nathan se mexeu com o murmúrio suave do seu nome.

— Nathan? Está acordado?

Tentou responder, mas conseguiu somente um gemido grogue.

— Nathan, acorde.

Ele abriu os olhos e pestanejou; a escuridão comprimindo sua visão.

— Thane?

— Sim, sou eu — veio a resposta, da sua esquerda.

Nathan tentou virar a cabeça, mas a rede em seu rosto ainda dificultava os movimentos.

— Droga — ele disse enquanto uma onda de memórias o invadia, lembrando-o da situação deprimente em que estavam. Felizmente, a névoa em sua mente tinha se dissipado, de certo modo. O tranquilizante estava perdendo o efeito. — Onde estamos?

— Não sei — disse Thane. — Parece que estamos na estrada há horas.

— Há quanto tempo está acordado?

— Hmm, não tenho certeza. Talvez uma hora? Eu tentei te

acordar, mas você estava bem fora de si.

Nathan grunhiu. Seu corpo rígido precisava desesperadamente se reposicionar, mas não havia possibilidade da rede que encapsulava seu corpo permitir isso.

— Alguma chance de você ter descoberto para onde estão nos levando?

— Nenhuma. — Alguns segundos de silêncio se passaram antes de Thane continuar, o pânico aumentando em sua voz. — Então o que fazemos agora? Como chegamos a Violet? Nós precisamos sair daqui e encontrá-la. Temos que...

— Eu sei, estou ciente. Só tente ficar calmo. — Nathan não estava disposto a admitir seu próprio pânico crescente. — No momento não há nada que possamos fazer, a menos que você tenha conseguido se livrar de sua rede.

— Não. Acredite, eu tentei.

Nathan respirou fundo.

— Certo, então vamos ter que esperar. Assim que soubermos o que está acontecendo, talvez possamos bolar um plano.

Nathan tentou evitar que sua mente ficasse girando para analisar e reanalisar inutilmente tudo o que tinha acontecido nos últimos dias. Precisava se concentrar em algo mais — falar sobre qualquer outra coisa.

— Então, você passou todo esse tempo com Violet. Como manteve a tatuagem escondida?

— Cachecóis, a princípio. E, depois, me deparei com um corretivo que fez o serviço.

— Não deve ter feito um serviço muito bom, se ela acabou vendo.

Thane resmungou.

— Tive um lapso de concentração e, hm... esqueci de colocar. E, como pode imaginar, virou um inferno.

Nathan não pôde evitar fazer um pequeno deboche.

— O que esperava? Seu trauma foi tão extenso que a blindagem não conseguiu encobrir tudo. Esse detalhe se tornou o cadeado para as memórias dela. Ver a sua tatuagem foi o gatilho para destrancá-las. — Nathan tentou menear a cabeça, mas a rede o segurava firme. — Ela deve ter agonizado, quando tudo veio à tona.

Thane gemeu.

— Sim, essa parte foi a *pior*.

— É, aposto que sim.

— Até aquele momento, as coisas estavam indo muito bem. Tirando o incidente com a garota na faculdade, Violet estava... feliz.

Nathan encarou o teto escurecido do bagageiro.

— Como vocês se conheceram? Sabe, na segunda vez.

— Certo, na segunda vez — falou Thane, depois de uma risada nervosa. Ele relatou a história do encontrão em Violet na cafeteria. — Depois, nós começamos a sair, sabe, apenas para conversar sobre café e chai. Além disso, eu... — Thane pigarreou. — Eu a ajudei em um dos projetos dela e, então, nós... na verdade, tinham essas, hm...

— O quê? — Nathan perguntou quando Thane não prosseguiu.

— Haviam umas luzes douradas esquisitas.

Nathan franziu as sobrancelhas.

— Não tenho ideia do que elas eram — continuou Thane. — Foi meio bizarro.

— Você disse que eram douradas?

— Sim.

— Elas irradiaram da sua pele.

— Sim. Como você...

Nathan sussurrou um palavrão. Independentemente do que pensava sobre o relacionamento de Thane com Violet, era mais sério do que ele imaginara. E claramente, estava fora de seu controle.

— De que cor eram as luzes de Violet?

— De Violet? Como assim? Ela... Só haviam luzes douradas.

Nathan soltou uma expiração pesada.

— Nathan? Você sabe o que elas são?

— O que vocês vivenciaram foi o início de um Seh'Vuthi.

— Não — disse Thane, após uma pausa. — Não pode ser. Isso é... isso é proibido.

Nathan soltou uma risada ressentida.

— De acordo com a rainha Idália, mas não está em seu poder controlá-lo, apesar do quanto ela e sua mãe tentaram proibir todas as conversas e ensinamentos sobre o assunto. Tornou-se excepcionalmente raro, especialmente quando o programa de procriação foi introduzido. Mas quando isso acontece, é um poder a ser considerado.

— O q...? Como sabe de tudo isso?

— Já o vi duas vezes. A primeira quando eu era criança, por volta da época que foi proibido. Uma rebelião começou, liderada por dois veniri agraciados com o Seh'Vuthi. O império da rainha Imoranda quase chegou ao fim. Infelizmente, o casal Seh'Vuthi foi capturado e executado, e a rainha Imoranda derramou sua ira sobre o povo veniri e os rebeldes.

— Essa não é a versão que eu ouvi — falou Thane.

Nathan riu.

— Sim, bem, a realeza gostaria que a verdade se perdesse, mas ainda há muitos de nós que se lembram do que realmente aconteceu.

— Hmm. Então, o que é o Seh'Vuthi? O que isso faz?

— É quando... Vamos ver... Como eu posso explicar? — Os olhos de Nathan buscaram a escuridão. Por que tinha que ser ele a dar essa explicação? Preferia revelar que Papai Noel não existe ou que a salada de caranguejo na verdade não tem nenhum caranguejo, não esse tipo de "história da cegonha". — Hm... o que você experimentou é o início de um, por falta de uma palavra melhor, 'vínculo espiritual'. É quando você, ou a sua alma, encontra alguém a quem quer se unir. As suas luzes douradas foram uma proposta.

— O quê...? Uma proposta? Tipo... de casamento?

Nathan se retraiu.

— Basicamente, sim. Mas em vez de vestidos brancos e smokings, como os casamentos erathi, o Seh'Vuthi é mais profundo. É mais metafísico. Sua alma começa a assumir aspectos gerais da outra pessoa: o que ela vê, o que sente e como percebe as coisas. Qualquer coisa que te ajude a entendê-la em um nível mais profundo. No entanto, o processo Seh'Vuthi só é concluído se a alma da outra pessoa aceitar sua proposta.

— Oh... então, como vou saber se a outra pessoa aceitou?

— Suas luzes também aparecem e, eventualmente, suas almas se entrelaçam. Não sei se é igual para todo casal Seh'-Vuthi, mas coisas como habilidades de comunicação mental são criadas. Pode acontecer das capacidades especiais que somente um membro tinha serem, então, compartilhadas com o outro. O que antes beneficiava um, agora beneficia ambos. Essa é a principal razão pela qual os rebeldes Seh'Vuthi veniri foram capazes de quase destronar a rainha Imoranda, e do por que ela decidiu proibi-lo.

— Espera um minuto — falou Thane —, você disse que já tinha visto isso duas vezes. Quem era o outro casal?

Nathan abriu sua boca, mas não foi capaz de elaborar uma resposta.

— Era você, não era? — disse Thane, depois de alguns instantes. Nathan não conseguia ver o rosto de Thane, mas o choque em sua voz era claro. — Mas... com quem?

— Não quero falar sobre isso.

Nathan fechou seus olhos, permitindo que a pausa na conversa se prolongasse. Um rosto de muito tempo atrás deslocou-se para o primeiro plano em sua mente. O sorriso e a luz dela estavam tão radiantes como sempre, apenas obscurecidos pela sombra de sua própria dor.

— Você que sabe.

Thane se movimentou na escuridão, ao seu lado.

— Não tenho certeza se gosto da ideia de qualquer uma das minhas habilidades serem transferidas para Violet — ele, por fim, falou. — A última coisa que ela precisa é se tornar a porcaria de uma máquina de matar. Acho que preferiria evitar o Seh'Vuthi e manter apenas o Voto Divino.

— O quê? — Nathan exclamou. — Me diz que você não fez. Diga-me que não jurou o Voto Divino a Violet.

Thane não respondeu.

— Mas ela não é da realeza. Nem sequer é uma veniri.

— Não me importo — disse Thane, a voz afiada como aço. — Não vou desperdiçar meu voto com nenhum veniri, quanto mais com aquela besta abominável da Idália, que pensa que pode...

— Morda. Sua. Língua — chiou uma voz diferente.

Nathan congelou.

Entre respirações ásperas e tragos audíveis, a voz na escuridão prosseguiu:

— Renuncie suas palavras e serei misericordioso em nome de Sua Divina Majestade, a rainha Idália, e pouparei sua vida.

Um rancor profundo percorreu o corpo de Nathan quando ele reconheceu a voz.

— Kronan — ele disse com os dentes cerrados. Ele tremulou sua língua através da rede e, efetivamente, captou o odor pútrido da essência de Kronan.

Kronan deu uma gargalhada sibilante.

— Você não tem ideia de quanto tempo esperei por este dia, Nathan... O dia em que eu finalmente vou acabar com sua vida.

Algo pesado se moveu à direita de Nathan. Um surto de medo e fúria bombeou adrenalina em suas veias e, numa onda de desespero, ele lutou para se libertar da rede.

Então tudo silenciou, quando o veículo fora desligado.

Sem qualquer aviso, a porta traseira foi aberta e uma intensa luz branca entrou. Através das pálpebras semicerradas, Nathan registrou três caçadores aproximando-se deles.

Kronan saltou sobre Nathan com um guincho gorgolejante e se agarrou a um dos caçadores.

— Céus, Axel. — Um caçador assoviou. — Pensei que tivesse dito que tinha matado este aqui.

— Hein. — Um quarto caçador com uma barba grisalha apareceu. — Parece que eu me enganei.

Enquanto três caçadores combatiam Kronan, Axel se inclinou, segurou a rede de Nathan e o arrastou para fora do veículo. Nathan soltou um *ugh* quando Axel o largou sem cerimônia no chão. Alguns segundos depois, Thane bateu ao seu lado.

Os urros de Kronan por fim se transformaram em chiados ofegantes.

Nathan tentou assimilar o máximo do ambiente que conseguia. Ele estava deitado na madeira. A melodia da água vagava, vinda de baixo das tábuas, e o forte cheiro de sal enchia seus pulmões a cada inspiração de ar. Gaivotas guinchavam acima dele. Nathan girou a cabeça tanto quanto a rede permitia e avistou vários barcos balançando suavemente na orla do píer.

Axel mais uma vez agarrou a rede de Nathan e o arrastou por uma prancha de embarque, depois desceu algumas escadas até o compartimento de carga da embarcação. Finalmente, ele empurrou-o para dentro de um contentor feito do familiar metal esverdeado. A porta foi batida e trancada e, logo depois, outro caçador atirou Thane no contentor ao lado.

Um rosto com o conhecido sorriso de tubarão surgiu por entre as barras. Nathan cerrou seus dentes, lutando arduamente contra as amarras.

Matthias inclinou-se.

— Guarde sua energia para os poços de luta, reptante. E certifique-se de me deixar orgulhoso.

Com uma piscadela, Matthias se virou e os outros caçadores o seguiram escada acima. O último fechou a porta atrás de si, mergulhando o mundo de Nathan de volta na escuridão.

CAPÍTULO 27

ARROZ TEMPERADO

VIOLET FECHOU SEUS OLHOS E INCLINOU A CABEÇA PARA TRÁS, aproveitando o calor do sol. Ao seu lado, Autumn desabou novamente na manta de piquenique e recostou-se em seu ombro.

— Como está se sentindo? — Violet perguntou, repousando sua bochecha no topo da cabeça de Autumn.

Autumn suspirou.

— Na verdade, estou me sentindo uma péssima amiga. Eu deveria estar lá. Mas eu... não consigo. — Ela escondeu o rosto no braço de Violet, um soluço estremecendo seu corpo.

— Está tudo bem. — Gus sentou-se do outro lado de Autumn e tanto ele quanto Violet passaram um braço por trás de suas costas. — Podemos fazer nossa própria homenagem para ela. Uma em que assistimos seus filmes favoritos usando camisetas da Hello Kitty, enquanto comemos uma variedade dos seus petiscos japoneses prediletos.

Autumn fungou em uma pequena risada.

— Para ser sincera, isso soa fantástico. A outra cerimônia provavelmente vai ser muito mais formal e triste, nada parecida com Bessie.

— Sim — concordou Violet, embora também sentisse uma pontada de culpa por não estar no funeral de Bessie.

Quando os três receberam um e-mail informando os detalhes, debateram seriamente a ida — até compraram passagens de avião —, mas, quanto mais o dia se aproximava, maior ficava a aflição de Autumn. Violet entendia pelo que Autumn estava passando; como era não se sentir preparada para dizer adeus.

— Beleza, feito — falou Gus. — Quando voltarmos para o alojamento, farei uma encomenda online de uma quantidade obscena de guloseimas japonesas.

— Demais. — Autumn enxugou suas lágrimas.

— E você, Sagan? — perguntou Gus. — Está dentro?

Sagan situava-se na beira rochosa do riacho, a poucos metros de distância.

— Acho que não — disse ele com um leve menear de cabeça. — Eu não a conhecia.

— Bessie não vai se importar — falou Autumn. — No máximo, ficará brava por estar de fora.

— Ainda assim, não quero me intrometer — disse Sagan.

Ele agachou-se, pegou um seixo e o jogou na água. Seu rosto se enrugou em uma pequena careta, à medida que massageava sua coxa. Já caminhava cada vez melhor desde que Violet e ele chegaram ao complexo de Gus e Autumn, há pouco mais de uma semana, mas ainda não tinha se recuperado totalmente.

— Venha se sentar, Sagan. — Violet deu um tapinha na manta, ao seu lado. — Dê um descanso à sua perna.

— É, fala sério — concordou Gus. — Ninguém vai pensar que você é menos másculo se apenas relaxar um pouquinho.

— Não, eu estou bem. — Ele cruzou os braços e reajustou sua postura.

Gus recostou-se nos cotovelos.

— Você é quem sabe.

A conversa cessou, permitindo que os sons da natureza se destacassem. A água jorrando do riacho borbulhava e se agitava em uma melodia ondulante, com o ruído baixo de uma cachoeira próxima adicionando suas próprias notas graves. Os pássaros esvoaçavam e cantarolavam, e o vento farfalhava a grama alta e os juncos à beira da água.

Os olhos de Violet seguiram um radiante martim-pescador azul e verde pairando sobre a água. Suas asas batiam a uma velocidade inacreditável. Em seguida, com uma graciosidade impressionante, ele mergulhou na água, apenas para ressurgir um segundo depois com a presa segura em seu bico afiado. Ele voou para um ramo baixo pendurado sobre a água, bateu a cabeça do peixe no galho e, depois, o engoliu.

Ela mordeu seu lábio, remoendo os acontecimentos das últimas semanas. Alguns ainda não pareciam reais.

Levou vários dias para dirigir até a pequena comunidade hippie de Gus e Autumn, com apenas alguns cochilos intermitentes entre eles — irregulares devido aos novos pesadelos com tridentes de cristal, flechas farpadas e criaturas com línguas bifurcadas. O homem sem rosto não era mais o foco dos sonhos, mas sua presença ainda assombrava constantemente a escuridão da memória dela. Vez ou outra, seu rosto se configurava no de Thane.

Sagan mal estava consciente durante toda a viagem. Quando despertava, era apenas tempo o bastante para tomar outro gole do frasco com o líquido branco-perolado. Ele questionaria o paradeiro deles, mas dificilmente obteria uma resposta antes de apagar novamente.

Várias vezes ela teve vontade de parar em uma delegacia de polícia, mas para quê? Que policial acreditaria que ela havia visto um homem com um tridente de cristal matar um humanoide reptiliano e que, agora, esse homem a estava perseguindo? Além disso, Nathan era um policial. Ela confiara nele. Como poderia confiar em um policial que nem sequer conhecia?

Quando finalmente chegou à propriedade de Gus e Autumn, próximo ao mar, quase desmaiara de cansaço e alívio.

A mãe de Gus, Dawn, era uma das médicas do complexo e foi ágil em cuidar de Sagan, quem foi ainda mais rápido em sua recuperação, para o espanto de todos. Depois de apenas uma semana, seu ferimento já parecia uma velha cicatriz. Violet tinha uma forte suspeita de que o líquido misterioso em sua mochila preta teve algo a ver com isso.

No caminho, ela contara tudo a Gus e Autumn pelo telefone. Não conseguiu responder a muitas de suas perguntas, como o que era a criatura na estrada ou por que Axel estava atrás de si. Quando Sagan finalmente ficou consciente o bastante para manter uma conversa prolongada, Gus e Autumn também o bombardearam com perguntas. Ele ficou de boca fechada a princípio, mas não demorou muito para se abrir, especialmente depois de Violet insistir que ao menos ela tinha o direito de saber por que tinha uma foto sua em um decreto de recompensa.

Cada resposta que Sagan dera levantava, pelo menos, mais dez perguntas. A mente de Violet ficou confusa com a compilação das novas palavras que Sagan dizia. *Veniri, diamantium, erathi.*

A palavra *erathi* divertiu-a. Era do que os metamorfos chamavam os humanos; era o que *ela* era. E quanto aos próprios metamorfos, se não tivesse visto a criatura com língua bifurcada por si mesma, pensaria que o pequeno frasco com líquido branco-perolado de Sagan era, na verdade, algum tipo de alucinógeno.

Mas, apesar de todas as informações novas que forneceu, Sagan não conseguira esclarecer por que o homem de barba grisalha estava na sua cola. Não conseguia ou não queria, Violet não tinha certeza de qual delas. Mas o termo que ele usara foi "caçando-a".

Um calafrio percorreu seu corpo com a lembrança dessas palavras.

O som distante de um gongo chamou a atenção de todos.

— Hora do almoço. — Gus ficou de pé e estendeu suas mãos para ajudar as duas garotas a se levantarem. Autumn e ele dobraram a manta e lideraram o caminho em direção ao sinal do almoço.

Violet esperava por Sagan, que subia cuidadosamente o leve declive onde a borda rochosa do riacho encontrava o campo gramado. Sua perna machucada vacilou em uma pedra e ele cambaleou para a frente.

Violet correu para encontrá-lo.

— Aqui, me deixe te ajudar.

— Obrigado, mas eu me viro.

Violet ignorou-o e segurou seu braço, colocando-o sobre o pescoço.

— Eu disse que consigo. — Apesar do tom severo, ele não a afastou. Seu mancar era discreto, mas Violet podia dizer que ele ainda sentia dor, mesmo com o rosto impassível.

— Devia tomar alguns analgésicos quando voltarmos.

Ele riu consigo.

— Eu posso aguentar. Já passei por coisas piores.

— Sério? Quão piores? Perdeu a perna inteira da última vez?

Ele bufou, mas um canto de sua boca se remexeu. Fitou-a e sustentou seu olhar. O contorno azul-cobalto das íris dele desbotavam para um quase branco ao redor de suas pupilas, e algumas partículas de um azul-pastel salpicavam os círculos brancos.

Violet quebrou o contato visual e encarou o chão. Para seu ligeiro alívio, Sagan tirou o braço de seus ombros e ela deixou cair os próprios. Continuaram andando a alguns centímetros de distância um do outro, enquanto a trilha os levava até um pomar. Abelhas zumbiam e ziguezagueavam ao seu redor para encontrar as árvores e vinhas floridas.

— Então, quanto tempo planeja ficar por aqui? — Sagan perguntou.

Ela vinha se fazendo a mesma pergunta nos últimos dias,

principalmente quando Gus e Autumn falavam sobre voltar para a faculdade. Não tinha certeza se conseguiria voltar e viver uma vida universitária normal depois de tudo o que acontecera.

— Ainda não sei. Existe alguma chance daquele cara com o tridente ainda estar nos seguindo?

O alojamento ficou visível do outro lado das árvores.

— É bem provável — falou Sagan após uma pausa.

— Você acha que estamos seguros aqui?

— Se não nos encontraram até agora, então sim. Acho que, no momento, você está segura.

— Bom, porque estou ficando sem lugares para onde posso ir.

Ela deu um longo suspiro. Seu peito se apertou com a lembrança da descoberta de que Nathan fora amigo de Thane desde o início. Havia dias em que odiava Nathan; em outros, deixava seu polegar pairando sobre o número de discagem rápida, tentando reunir coragem suficiente para falar com ele. Sua mente girava com tantas perguntas e, no entanto, todas se resumiam a apenas uma. *Por quê?*

Ela não poderia ficar no quarto de hóspedes da casa de Autumn para sempre, mas também não conseguia imaginar retornar para casa — a casa de Nathan. Não somente agora, mas, pensando bem, talvez nunca mais. Sua traição a tinha ferido profundamente.

— Pelo menos você tem uma casa para voltar — disse ela, abraçando-se.

— Não, não posso voltar.

— Mas, com certeza seu pai...

— Não!

Ela pulou com seu rompante.

Ele parou de andar e olhou para ela.

— Eu não vou voltar. Sobretudo, não para *ele*.

Sua expressão despertou uma memória há muito adormecida de uma festa do pijama na casa de Lyla. Violet acordara no meio da noite precisando de um copo de água e, acidentalmente, escutou uma discussão feroz que Sagan e seu pai estavam tendo no escritório. Matthias prendia Sagan contra a pesada mesa de madeira, uma das mãos agarrando a garganta de seu filho.

— Não fale sobre ela. Nunca! — Matthias rosnara, a um centímetro do rosto de Sagan.

Os olhos de Sagan estreitaram-se em direção ao pai, o desafio e a raiva evidentes mesmo de onde Violet permanecia, espiando o escritório.

— Mas ela é a *minha* mãe — rebateu Sagan.

Matthias reagira com uma bofetada, dada com as costas de sua mão e, então, deixou Sagan sozinho, alisando a bochecha.

Agora Sagan exibia a mesma expressão dura daquela noite.

— Tudo bem — disse Violet. Ela não tinha mais ideia do que dizer.

Sagan não respondeu. Em vez disso, interrompeu o contato visual e continuou o resto do caminho alguns passos na sua frente.

Nas semanas seguintes, Violet entrou em uma rotina tranquila. Ofereceu-se para ajudar sempre que possível, tentando manter sua mente ocupada com tarefas, ao invés de preocupações e medos. Mesmo lavar as roupas de todos era bem-vindo — até se deparar com as roupas que estava usando quando encontrou Sagan na estrada. Manchas secas de um azul iridescente espalhavam-se por sua calça e por toda a parte de trás de sua jaqueta. No fim, ela nem se preocupou em lavar as roupas manchadas de sangue. Em vez disso, as embrulhou e jogou direto no lixo.

Enquanto a mãe de Gus era uma médica genial, a mãe de Autumn, Skye, era uma excelente cozinheira. A família de Gus, junto com Sagan, que havia se instalado em seu quarto de hóspedes, se reunia para a maioria das refeições noturnas. Quase todos os produtos que constituíam os banquetes deliciosos eram feitos em casa. Violet tinha desenvolvido um gosto especial por iogurte caseiro e pão recém-saído do forno.

Gus não estava brincando quando contara a ela que sabia fazer macramê. Ele era um tutor entusiasmado, guiando as mãos de Violet para formar os nós e as tramas.

— É isso, agora você está pegando o jeito — comentou ele, uma noite, sobre um de seus nós. — Mais alguns dias e vai ter sua própria rede de macramê.

— O quê? Dias? — Violet fez cara feia. Ao menos dois de seus dedos tinham começado a criar bolhas e a pele de vários outros já estava descascando, das tentativas do dia anterior.

— Aqui. — Gus pegou algumas linhas do barbante cru. — Vou trabalhar deste lado.

Autumn estava sentada com seu laptop na bancada da cozinha, a poucos metros de distância, uma visão comum quando não estavam no jardim. Seus fones de ouvido estavam ligados e o estalar constante de suas teclas mesclava-se com o ritmo dos ruídos de sua mãe cozinhando. Panelas borbulhavam e chiavam no fogão, com promessas de dar água na boca para o próximo jantar. Skye era a imagem espelhada de sua filha, desde os dreadlocks enfeitados até os dedos dos pés.

Sagan estava na extremidade do balcão da cozinha, longe do grupo. Seus cotovelos repousavam sobre a bancada enquanto os olhos centravam-se em algum pensamento distante. Brincava com um trecho da corrente negra que aparecia da gola de sua camisa, enrolando-a entre os dedos.

Desde o dia no riacho, ele se fechou. Ainda a acompanhava em alguns de seus afazeres e atividades, mas apenas observava de lado. Outras vezes ele desaparecia por horas, reaparecendo na hora do jantar.

O receio de Violet de que ele fosse embora definitivamente aumentava a cada dia. Não teve coragem de falar com ele desde aquele dia, mas não se sentia necessariamente estranha perto dele. Sua presença, assim como a de Gus e Autumn, amenizava a inquietude que crescia dentro de si toda vez que estava sozinha ou tentando adormecer, à noite.

De vez em quando, sua ansiedade ficava tão forte que achava que iria desmaiar ou vomitar. Sempre que isso acontecia, ela obrigava-se a se concentrar mais em sua tarefa ou fazia com que os primos contassem outra história das suas travessuras de quando eram crianças. Qualquer coisa para ajudar a afastar o sentimento.

— Vou para o meu quarto — anunciou Autumn. — Me avisem quando o jantar estiver pronto.

— Pode deixar — disse Violet, sem tirar os olhos do macramê.

— Então — Gus baixou sua voz para que apenas ela escutasse —, como está se sentindo? Sabe, depois de todo aquele 'lance' com o Thane?

O peito de Violet se comprimiu.

— Eu estou bem. — Ela enlaçou uma linha do barbante em outro nó, um pouco mais apertado do que o necessário.

— Certo, bom. Eu só queria ter certeza, porque sei que você realmente gostava dele, e...

— Eu não quero falar disso, Gus. — Ela deu outro nó, puxando-o ainda mais apertado do que o anterior.

— Certo — disse Gus em um quase sussurro. — Desculpe por puxar o assunto. Apenas... estou um pouco preocupado com você. Só isso.

Violet largou os barbantes e esfregou seus olhos com as palmas das mãos.

— Eu sei, sinto muito. — Ela lhe deu um pequeno sorriso de desculpas. — Eu só não consigo lidar com tudo isso agora. Eu... — Ela se endireitou para inspirar fundo, então desmoronou, expirando intensamente. — Você está certo, eu gostava dele de verdade. Há dias em que eu realmente sinto falta dele. Sinto falta de estar com ele e da pessoa que eu era quando estávamos juntos. Com ele eu me sentia... livre. Animada. Mas, então, penso na tatuagem e no que isso significa, e só... Eu simplesmente *odeio* ele. — Ela suspirou e brincou com a ponta desgastada de um dos barbantes. — Você deve achar que eu sou uma idiota.

— Não, não é idiota — disse Gus. — Acho que ficar confusa é totalmente compreensível. Ele se aproveitou de você e da sua confiança.

— É. Assim como Nathan. — Ela segurou um soluço. A traição dele a magoou muito mais.

A testa de Gus vincou e ele balançou a cabeça.

— Ainda não entendi. Que interesse que ele tinha? Por que seria amigo do cara que te sequestrou? Não faz sentido.

— Eu sei. Estou ficando louca tentando entender.

— É, aposto que sim. Bem — ele indicou seu ombro —, sempre que precisar de um ombro para chorar, é só me avisar.

Violet riu.

— Obrigada, Gus.

— O jantar está quase pronto — chamou Skye, enxugando as mãos em um pano de prato. — Sagan, se importa de começar a servir enquanto eu coloco a mesa?

— Tudo bem.

Gus levantou-se e seguiu para a porta dos fundos.

— Vou chamar meus pais e o tio Cruz.

— E eu vou buscar a Autumn — disse Violet, soltando sua linha de macramê.

Ela entrou no corredor e bateu na porta fechada de Autumn, mas não houve resposta.

— Autumn, o jantar está pronto.

Silêncio. Violet esperou por alguns segundos, então girou a maçaneta da porta e espiou.

Autumn estava sentada em sua cama com as pernas estendidas. Seu laptop repousava nas coxas e ela usava seus fones de ouvido Bluetooth.

— Autumn, o jantar...

Os olhos de Violet arregalaram quando ela percebeu no que sua amiga estava se focando tão intensamente. Autumn segurava sua bolsa de ouro metalizada a poucos centímetros do rosto — a mesma da festa de luz negra — e o que quer que estivesse dentro lançava uma luz laranja brilhante contra o semblante de Autumn.

— Autumn? O quê...

Autumn olhou em sua direção, fechou a bolsa e a enfiou debaixo do travesseiro.

— Violet! O que está fazendo? Já ouviu falar em bater?

— Eu bati.

— Ah. Tente bater um pouco mais forte, da próxima vez. — Autumn deu um sorriso forçado.

Depois de alguns momentos constrangedores, Violet finalmente falou:

— Hm, o jantar está pronto.

— Tudo bem, legal — disse Autumn, sem dar sinal de que iria sair. — Eu vou em alguns segundos. Só preciso, hm... — Ela apontou um dedo para o laptop. — Só preciso terminar uma coisa.

Violet assentiu lentamente, mas não conseguia parar de lançar olhares para o travesseiro de Autumn, onde ela escondera a bolsa dourada.

— Certo. Eu, hã, te vejo lá fora.

— Legal. — Autumn balançou a cabeça com entusiasmo.

Violet fechou a porta atrás de si e franziu o cenho. O que Autumn estava aprontando? De volta à cozinha, percebeu que estava com fome demais para concentrar-se em desvendar o enigma que era sua amiga. Podia procurar por respostas mais tarde.

Ela se juntou a Sagan atrás da bancada da cozinha, seu ombro colidindo com o dele enquanto pegava um prato.

— Desculpe — disse ela.

— Está tudo bem — ele respondeu, fatiando um pedaço de pão quente. Filetes de vapor escapavam a cada nova fatia.

Violet alcançou a travessa com o inconfundível arroz temperado de Skye — um de seus favoritos. Anis-estrelado e folhas de louro, bem como a canela em pau espiralada, podiam ser vistos através da condensação na parte interna da tampa de vidro. Uma nuvem de vapor aromático subiu quando Violet ergueu a tampa, sua boca salivando.

Mas quando o cheiro de canela atingiu seu nariz, seu estômago embrulhou e ela não conseguiu evitar se engasgar. Cobriu a boca com as duas mãos, a tampa escorregando de seus dedos e caindo no piso. Ela mal registrou o impacto e o jato dos estilhaços de vidro.

Seu mundo girou. Ecos distorcidos martelaram seus tímpanos. O rosto de Sagan ficou borrado diante de si, os olhos arregalados e sua boca formando palavras incoerentes.

E então a escuridão inundou sua visão.

* * *

Um bipe contínuo tirou Violet do sono. Ela estava longe de estar pronta para acordar. Estendeu um braço, em uma tentativa atordoada de desligar o alarme, mas algo segurou sua mão.

Abrindo os olhos exaustos, ela avistou um tubo intravenoso que ia do topo da sua mão até um aparelho, que era a origem do bipe. Sentou-se e pestanejou, e a enfermaria do complexo comunitário entrou em foco, o lugar onde a mãe de Gus trabalhava e onde Sagan passou a maior parte do seu tempo, quando eles haviam acabado de chegar.

— Já era hora de você acordar. — Gus se sentou em uma cadeira próxima.

— O que aconteceu?

Ele aproximou-se e se empoleirou na beirada da cama.

— Bem, resumindo, estávamos prestes a nos sentar para jantar, quando você resolveu desmaiar.

— O quê? — Ela esfregou sua testa, tentando se lembrar e, então, gemeu. — Ah, não. Eu quebrei a tampa de vidro da Skye.

— Não se preocupe com isso. — Gus agitou uma mão. — Ela está mais preocupada com os seus pés.

— Meus pés? — Ela estremeceu, agora ciente de uma leve dor nas solas e um aperto que ia dos dedos dos pés até os tornozelos. Tirou o cobertor, o movimento abrupto fazendo sua cabeça rodar.

— Calma — disse Gus. — É melhor ir devagar.

Ela esperou um ou dois segundos para que tudo ficasse imóvel novamente, então levantou as pernas e inspecionou as bandagens limpas em torno de ambos os pés.

— Você pisou no vidro antes de apagar completamente. Teve sorte de Sagan te pegar antes que batesse a cabeça em alguma coisa. Foi ele quem te carregou até aqui.

— Por quanto tempo estive inconsciente?

— Bem, um bocado. Já se passaram duas noites.

— Duas noites?

— Sim, foi um pouco preocupante. Minha mãe está fazendo alguns exames para descobrir o que aconteceu. Ela disse que deve ter alguma informação hoje.

A porta se abriu e Autumn entrou num rompante.

— Finalmente! Você acordou! — Ela correu e envolveu Violet em um abraço. — Me deixou preocupada, sua cretina.

Violet riu e a abraçou de volta.

— É bom ver você também — ela disse por entre os dreadlocks de Autumn.

Atrás de Autumn, aos pés da cama, se encontrava Sagan.

— Oi — disse Violet —, ouvi dizer que você é a razão de eu não ter um traumatismo craniano.

Ele colocou suas mãos nos bolsos e encolheu os ombros.

— Seus pés estão bastante cortados.

Autumn revirou os olhos.

— Ela está tentando te agradecer, tonto.

Gus gargalhou e Sagan lançou seu olhar de um para o outro. Sua boca se remexeu, então seus olhos encontraram os de Violet novamente.

— De nada. Como está se sentindo? — Os cantos de seus olhos se enrugaram de preocupação.

— Estou bem. — Violet acenou, mas o movimento fez o mundo girar novamente. — Eu acho — acrescentou, fazendo uma careta, e tornou a afundar nos travesseiros rechonchudos.

— Alguma coisa errada? — Gus perguntou.

— Eu, hm... Estou me sentindo zonza.

Gus pegou o prontuário na extremidade da cama.

— Está sentindo náuseas, como se estivesse com vontade de vomitar?

— Não. Ao menos, eu acho que não.

Ele consultou o aparelho que bipava e fez algumas anotações na prancheta, depois passou a verificar sua pressão arterial, temperatura e frequência cardíaca.

— Desde quando você se tornou o Doutor Gus? — Violet perguntou.

— É o talento oculto dele — disse Autumn, radiante de orgulho.

— O quê? Pensei que macramê fosse o seu talento oculto.

Gus sorriu.

— Eu, hã, comecei a ajudar minha mãe quando era criança. No início, eram coisas simples, como entregar um curativo, mas eu meio que desenvolvi um talento. Quando fiquei mais velho, ela me deixava fazer coisas simples se estivesse ocupada com outro paciente, e depois verificava o que eu tinha feito quando voltava.

Ele estava tirando uma nova bolsa com solução intravenosa

de um carrinho de suprimentos ao lado, quando Dawn e Skye entraram.

— Ei, você está acordada — falou Skye.

— Fico feliz em ver que acordou — disse Dawn, o alívio evidente em seu sorriso.

Ela e Gus começaram a conversar em uma linguagem médica que Violet nem imaginava que Gus era fluente. Ele ofereceu a bolsa de solução intravenosa para sua mãe, mas ela gesticulou para que ele continuasse a conectá-la.

— Pronto, isso deve bastar — disse ele depois de terminar. Ele se voltou para Violet. — Pelo que posso dizer, tudo deve ficar bem. Você estava um pouco desidratada e com a pressão baixa por não beber líquido o suficiente nos últimos dias, então eu entrei com outra solução intravenosa para corrigir isso. — Ele lhe deu um sorriso reconfortante. — Deve se sentir melhor logo.

Os olhos de Violet se animaram.

— Pobrezinha. — Skye pressionou sua mão na testa de Violet. — Você provavelmente está com fome também. Vou preparar algo para você comer. — Ela deu um beijo no topo da cabeça de Violet antes de sair do quarto.

— Obrigada, Gus — disse Violet, ainda um pouco surpresa por vê-lo em uma função tão diferente. Ela se virou para Dawn. — Então, você sabe por que eu desmaiei?

A boca de Dawn se comprimiu em uma linha fina.

— Gus, Autumn, Sagan, podem nos dar alguns minutos?

Ela recebeu protestos imediatos de Gus e Autumn, e Sagan parecia preferir comer carvão em brasa a sair dali.

— Está tudo bem — disse Violet, levantando a voz sobre a discussão. — Não vejo nenhum problema por eles estarem aqui.

Dawn colocou suas mãos na cintura, dando aos primos um olhar aguçado. Violet tinha o pressentimento de que eles receberiam um sermão, mais tarde.

— Recebi os resultados de alguns exames hoje — disse

Dawn, voltando sua atenção para Violet. — Alguns foram um pouco intrigantes, mas outros fazem sentido devido aos seus sintomas.

Ela entrelaçou as mãos e seus lábios se apertaram novamente, desta vez em um sorriso forçado.

— Violet, você está grávida.

EPÍLOGO

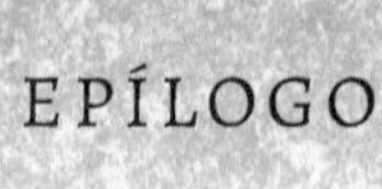

MATTHIAS VERIFICOU A HORA NOVAMENTE, SOLTANDO UM resmungo baixo para os números luminosos no mostrador do relógio. Quanto tempo mais teriam que esperar por esses seres malditos? Perscrutou impacientemente as árvores ao redor, além dos feixes brilhantes e sombras profundas projetadas pelos holofotes dos veículos atrás de si.

Um ganido fraco foi proferido de um contentor quadrado no chão, que tinha cerca de dois terços da altura de Matthias e era feito de metallikite esverdeado. Pouco a pouco, o ruído se transformou em uma briga estridente e animalesca.

— Calem-se! — ladrou Axel.

Ele chutou o contentor uma e outra vez, mas o barulho apenas aumentava.

Matthias cerrou os olhos com força e apertou a ponte do seu nariz.

— Axel, poderia, por favor...

Um guincho agudo reverberou pelos tímpanos de Matthias. Seus olhos se abriram no momento em que Axel puxava seu tridente de uma das brechas do contentor.

— Eu mandei *calarem a boca*! — Axel rugiu.

O grito baixou para um choramingo discreto, que parou alguns instantes depois. Uma pequena trilha de líquido perolado escorria do contentor, acumulando-se por entre as folhas caídas.

Matthias suspirou.

— Axel, por favor, pare de danificar a mercadoria. Não vai sobrar muito, se você continuar derramando.

Axel grunhiu.

— Esse maldito barulho estava me irritando.

— E os chutes tornaram tudo muito melhor — disse um dos caçadores atrás deles.

Axel girou quando mais pessoas caíram na risada. Ele apontou seu tridente na direção das vaias.

— Mais uma palavra de qualquer um de vocês e vou usá-los como isca na próxima caçada.

As gargalhadas cessaram, mas Matthias não precisava se virar para imaginar os olhares de desprezo que Axel devia estar recebendo. Axel era um caçador feroz e impetuoso, mas sua personalidade brutal não lhe rendeu muito respeito dos outros.

Gravetos e folhas crepitavam e se partiam sob os coturnos pesados de Axel.

— Quanto tempo mais vamos ficar aqui? Já estamos esperando há horas. Aposto que essas criaturas detestáveis se perderam.

Matthias inspirou bruscamente pelo nariz e falou entre dentes.

— Quais são as chances de estarem perdidos quando toda a porra da floresta sabe exatamente onde estamos por toda essa algazarra? — Ele encarou Axel com olhos afiados e o homem foi, ao menos, inteligente o bastante para fazer uma expressão acanhada e parar de se mexer.

— Só estou dizendo — murmurou Axel em um tom mais baixo —, acho que devemos arrumar tudo e ir embora, levar os produtos para um dos nossos clientes definidos. Você sabe, ficar com os nossos. Desde quando fazemos acordos com nossas presas? Primeiro a garota humana, e agora isso. — Ele chutou o contentor novamente, mas com menos força do que antes. — Será que sabemos o que eles vão fazer com isso?

Matthias moveu os ombros, como se não quisesse saber.

— Contanto que tragam nossa recompensa, não ligo para o que eles fazem.

Axel resmungou.

— Mesmo que planejem usá-los contra nós?

— Como eles poderiam usar isso contra nós? — Matthias não se importava com as teorias da conspiração de Axel, mas mesmo uma conversa inútil era melhor do que essa maldita monotonia.

Axel analisou o contentor.

— Bem, você sabe o que dizem sobre os yranum e a imortalidade. Não podemos permitir que nossa presa descubra como se tornar imortal à essa altura, podemos?

Matthias caçoou.

— *Nós* ainda não descobrimos. O que o faz pensar que eles irão?

— Mas...

— Vejo alguma coisa. Ali — falou um dos caçadores.

Matthias desviou sua atenção para as árvores à frente.

— Eu também estou vendo — disse outro caçador.

— Tem outro lá.

Os murmúrios e conversas aumentavam à medida que o movimento nas sombras avançava em direção à clareira. Matthias ficou muito consciente do machete de cristal, preso em suas costas, e do conjunto de outras armas fixadas em seu corpo.

Depois de vários segundos, as sombras se solidificaram em uma série de silhuetas humanoides que entraram nos holofotes.

Axel soltou um assovio baixo.

— Olhe para todo esse brilho. — Ele se inclinou para mais

perto de Matthias e sussurrou: — Eu digo para pegarmos eles. Isso é diamantium mais do que suficiente para o meu fundo de aposentadoria, bem ali.

Matthias ignorou-o, examinando os veniri. Em torno de vinte, talvez, situavam-se em sua frente, com possivelmente o dobro desse número, escondidos nas árvores. Todos os que ficaram à vista estavam completamente transformados. Tinha que dar crédito a eles; era muito mais difícil rastrear um reptante sem conhecer sua identidade "humana".

Embora não fosse impossível.

Nenhum dos veniri usava roupas; suas escamas iridescentes e fragmentos de diamantium estavam expostos, da cabeça aos pés. Pequenos arco-íris cintilavam no chão, nos troncos das árvores e nas folhagens, vindos da miríade dos grandes espinhos que se projetavam dos joelhos, cotovelos e clavículas das criaturas.

Os lampejos ofuscantes trouxeram uma imagem para o primeiro plano da mente de Matthias: o rosto de uma jovem, sua expressão aflita, mas esperançosa. Ela estendia a mão para ele, mas antes que pudesse tocá-lo, as defesas das suas ambições e desejos mais profundos trancaram a memória. Apenas seu grito estridente permaneceu na mente dele.

Papai, por favor!

As mãos de Matthias fecharam-se em punhos tensionados. Ele forçou sua concentração de volta para os demônios escamosos diante de si. O ódio agitou-se com uma potência violenta em seu peito, e seus dedos coçavam para pegar seu próprio espinho de diamantium do coldre em seu quadril.

Depois que conseguisse o que queria, iria massacrar cada uma dessas criaturas abomináveis deste planeta amaldiçoado.

Vários veniri tremularam suas línguas para fora das bocas com presas triplas. Outros sibilaram, seus olhos sobrenaturais travados em Matthias. Ele franziu o cenho, examinando as criaturas escamadas algumas vezes. Algo estava errado.

Todos eram machos.

Ele cruzou os braços.

— Onde ela está? Deixei bastante claro que ela deveria estar aqui, desta vez. Sem a rainha, não tem acordo.

Dois dos veniri romperam a fileira e avançaram com seus pés de três dedos, os movimentos flexíveis e ardilosos. Alguns caçadores descreviam como pés de velociraptor, como nos filmes de dinossauros, mas, para Matthias, eram apenas pés de galinha gigantes, esperando para serem decepados na altura dos joelhos e servidos como entradas nos restaurantes de Yum Cha.

Eles pararam a cerca de trinta centímetros de Matthias, perto o suficiente para ele distinguir os padrões complexos das escamas azul-petróleo, brancas e pretas em seus couros. A iluminação brilhante na base de cada espinho de diamantium quase o fez franzir os olhos.

Matthias deslocou suas mãos para os quadris. Com três movimentos ágeis, poderia estripar essas coisas e deixá-las estremecendo seus últimos momentos de mortalidade no chão.

Aquele que estava cara a cara com Matthias mirou o contentor.

— Isso é tudo o que você prometeu?

Matthias levantou seu queixo e olhou para a coisa com os olhos semicerrados.

— Como eu disse antes, 'Sem rainha, sem acordo'. — Ele enunciou cada palavra como se estivesse falando com uma criança.

As feições do reptante se enrugaram em uma carranca. E, então, ele fustigou sua língua.

Na velocidade da luz, Matthias estendeu a mão e capturou o músculo viscoso. Ele o enrolou em seu pulso, reprimindo-o, e o puxou com força até o rosto da criatura ficar a dois milímetros do seu.

— Não atice essa coisa nojenta para mim — Matthias chiou por entre os dentes.

O reptante soltou um rugido gutural e tentou se livrar do seu aperto. Matthias viu a fúria arder nos olhos do ser patético. Ele deu mais um puxão, depois soltou a língua e empurrou a criatura para trás. Ela cambaleou e despencou no chão. Alguns caçadores riram; Axel gargalhou.

Um ruído profundo reverberou no peito do segundo reptante. O som trovejante ficou mais alto quando outros ao redor da clareira o acompanharam, unindo-se ao grito de guerra.

Matthias deu um sorriso. Apesar do claro sinal de ataque, nenhum reptante se moveu um milímetro. *Interessante.*

Voltando-se para os outros, o reptante no chão sibilou algo ininteligível. O barulho parou. A criatura se levantou e gesticulou para a lateral da clareira.

Dois reptantes saíram das sombras, arrastando um terceiro entre eles. Sua cabeça estava tombada para a frente e líquido azul seguia em seu encalço.

Aquele cuja língua foi puxada se dirigiu para trás dos recém-chegados e, com uma mão, agarrou a cabeça do reptante desfalecido e inclinou-a para cima. Um chiado penoso escapou de seus lábios.

Matthias reconhecia uma criatura destruída quando via uma.

Os olhos se abriram e sua boca escancarou quando a lâmina de um cotovelo atravessou a lateral de seu pescoço. A criatura soltou um gorgolejo rouco e cada respiração sua era um arquejo árduo. Córregos de azul percorriam seu peito, trançando filetes através das escamas e espinhos de cristal.

— Estão tentando fazer o nosso trabalho por nós? — Axel balbuciou.

Matthias inclinou sua cabeça e estreitou os olhos.

— Que diabos foi essa exibição ridícula? Nossa — disse, a voz monótona —, estou muito impressionado. Eu poderia...

Ele se deteve quando uma fumaça azul efervesceu das trilhas reluzentes de sangue azul-petróleo do reptante.

Matthias apanhou sua adaga do cinto e deu um passo para trás.

— O que raios está acontecendo?

O tridente de Axel apareceu no canto de seus olhos e o restante dos caçadores margearam a ele e Axel, as armas estendidas. A fumaça azul dançou no ar diante de Matthias, ficando cada vez mais densa, até se fundir no fantasma do que parecia ser uma mulher humana.

Os gritos de ameaças dos caçadores viraram um silêncio perplexo.

Era a mulher mais bonita que Matthias já colocara os olhos. O cabelo, a coroa e suas vestes eram ultrajantes e absolutamente sedutores. Uma mão repousava em sua bochecha e o dedo mindinho acariciava o lábio inferior do seu sorriso arrogante.

O tridente de Axel avançou e apunhalou a aparição. Os feixes azuis ondularam ao redor das pontas cristalinas.

— Que tipo de truque é esse? — rosnou Axel.

Ninguém se deu ao trabalho de lhe responder. A mulher formidável nem sequer rompeu o contato visual com Matthias, enquanto Axel continuava a golpeá-la.

Matthias empurrou o tridente para o lado.

— Pensei ter dito 'cara a cara'.

O sorriso delicioso do espectro se aprofundou. Ela baixou sua mão e deslizou adiante até que seu nariz ficou a um centímetro do dele.

— Do que você chama isso?

Sua voz terna causou tremores na espinha de Matthias. Um canto de sua boca se curvou em um meio sorriso.

— Trapaça.

Ela colocou a mão no peito e riu; o som era como o de um sino de vento feito de vidro.

— Você achou mesmo que eu não tomaria precauções? —

Ela estalou a língua e meneou a cabeça. — Não é tão esperto assim, não é, caçador?

O sorriso de Matthias murchou e um músculo se contraiu em sua mandíbula.

— Bem, então, por favor, me ensine. — Ele fez um gesto para a fumaça azul. — Por que não começa explicando como você faz isso?

— Hmm... — Ela colocou a mão esfumaçada em seu peito. As pontas dos dedos arrastaram-se por ele enquanto ela o circulava, indo até suas costas. — Isso, meu querido, é um assunto tão maçante.

A pele de Matthias formigava por baixo de suas roupas. Realmente conseguia sentir o toque ou estava imaginando coisas? Seu dedo se contorceu em direção à lâmina de diamantium, mas como Axel já tinha demonstrado, sua arma seria ineficaz contra esta aparição.

— Por que não discutimos o acordo em questão? — ele disse. — Trouxe o que eu pedi?

Ela retornou para sua posição em frente a ele e juntou as pontas dos dedos sob seu queixo.

— Isso depende. Você trouxe o que eu solicitei?

Por alguns instantes, Matthias não se moveu. A audácia desta criatura, essa suposta *rainha*. Ela estava abaixo de si em todos os sentidos da palavra. Se ao menos tivesse aparecido em carne e osso e não como uma covarde na forma desta... desta... *fumaça*, ele a teria ensinado como prestar-lhe o devido respeito.

As pontas unidas dos dedos dela começaram a tamborilar uma batida lenta e o sorriso amável começou a endurecer.

Como queria tirar aquele sorriso ansioso do rosto dela. Algumas hipóteses passaram por sua mente, mas a lógica lembrou-o de que nenhuma de suas fantasias selvagens o ajudaria na situação atual. Se agarraria a essas ideias para depois de conseguir o que queria.

Por enquanto, a deixaria pensar que ela estava no controle.

— Axel, saia do caminho.

O homem enorme hesitou e, então, soltou alguns murmúrios indecifráveis conforme se arrastava para o lado. O sorriso do espectro esfumaçado se expandiu enquanto baixava seu olhar para o contentor. Ela deslizou para inspecionar o compartimento, os rastros do vapor azul retorcendo-se e ondulando atrás de si.

Depois de circundar o contentor algumas vezes, ela parou do outro lado e voltou sua atenção para Matthias.

— Quantos estão aí dentro?

— Três.

A rainha arqueou uma sobrancelha delicada.

— Pensei que você tinha dito que os yranum eram raros?

— Eles são — disse Matthias, incapaz de reprimir um sorriso presunçoso.

— Hmm... — A rainha baixou ligeiramente sua cabeça. — Devo confessar, caro caçador, eu tinha minhas dúvidas sobre contatá-lo, mas você teve êxito onde muitos dos meus servos falharam.

Matthias sorriu.

— Como eu disse a você no início, é o que faço melhor.

Ela devolveu seu sorriso convencido.

— Se isso é verdade, então por favor me esclareça por que houve um adiamento na caçada ao macho veniri?

A mandíbula de Matthias trincou quando o reptante em questão surgiu em sua mente. Nathan Delano, aquele que costumava ser um detetive na sua cidade natal. Aquele reptante esteve vivendo à plena vista por anos. Infernos, aquela coisa até mesmo investigara o assassinato de sua própria filha. Como nunca tinha percebido o fato de que aquilo não era humano? Ele nunca imaginou que algum deles fosse capaz de escapar do seu radar. Nunca mais permitiria que isso acontecesse.

— Garanto que tenho meus melhores homens no caso. Você será notificada assim que ele estiver em minha posse.

Ela estreitou os olhos. A expressão provavelmente pretendia intimidá-lo, mas apenas o deixou mais determinado. Não estava preparado para desistir daquele reptante. Ainda não.

— Esqueça-o por enquanto. — Ela acenou uma mão. — Há outra que busco com mais urgência.

Isso estava começando a virar tendência. Qual era a história por trás de todas essas caçadas?

Um dos veniri deu um passo à frente e estendeu uma pasta. Era uma ficha de pessoas desaparecidas. Com uma indiferença exagerada, Matthias examinou o conteúdo. No topo havia uma foto granulada de uma câmera de vigilância, tirada há quase vinte anos, de uma mulher em uma camisola hospitalar. Abaixo, estava uma segunda foto muito mais clara, mais recente, provavelmente da mesma mulher em seus quarenta e poucos anos. Ela usava um sobretudo escuro e um cachecol, e seu cabelo castanho solto caía sobre os ombros. O fotógrafo capturou a mulher olhando para trás, enquanto caminhava por uma rua movimentada de alguma cidade.

Não parecia ter nada de especial nela; até que se deparou com o nome. Glória Chambers.

Chambers? Isso significa...

— Eu quero que essa mulher seja obtida rapidamente — disse a rainha —, viva ou morta.

Matthias assentiu lentamente, ainda analisando o documento.

...Desaparecida do hospital... Vista pela última vez vestindo... Bebezinha abandonada... Pai desconhecido...

Ele fechou a pasta, passou-a para Axel e ergueu seu queixo.

— Considere feito. Meu preço vai ser mais um...

— Sim, sim — disse a rainha, dispensando-o com um agitar de dedos. — Assim que eu a tiver, você será devidamente recompensado.

Matthias exibiu seus dentes em um sorriso largo.

— Onde está a garota?

— Ah-ah-ah. — Matthias balançou o dedo — Eu quero ver o que é meu por direito, primeiro.

Ele não deixou de notar o leve tremor da boca dela, o único sinal de sua irritação.

Ela levantou um braço. Mais dois veniri entraram na clareira, carregando um grande baú de madeira entre eles. O colocaram no chão, diante de Matthias, e abriram a tampa. Fragmentos sobre fragmentos de diamantium brilhavam de dentro e, pelo que Matthias podia perceber, eram fragmentos do cotovelo, joelho, e grandes fragmentos da clavícula e da espinha — tudo o que os clientes de Matthias mais exigiam. Para conseguir um estoque tão grande desses espinhos específicos, seus homens teriam que colher, pelo menos, cinquenta veniri.

Axel assoviou em apreciação.

Matthias colocou sua mão na cintura e ergueu seu olhar de volta para a aparição.

— Quero ver os tomos.

Ela remexeu uma sobrancelha com deleite e, após um segundo, gesticulou novamente. Outros dois veniri emergiram das sombras. Os olhos de Matthias se arregalaram e sua pulsação disparou quando viu as coisas pesadas que eles estavam carregando. Cada veniri trazia um tomo antigo. Mesmo sem uma inspeção minuciosa, Matthias sabia que ambos os tomos eram feitos de ouro maciço e incrustados com joias e pedras preciosas.

Isso! Era com *eles* que sonhava desde criança. Ao menos, este era o começo da realização de seu sonho. Seus irmãos, pai e avô ridicularizaram-no impiedosamente por anos, mas eles não ririam mais. Não sabia como os veniri tinham conseguido colocar as mãos imundas nestes preciosos artefatos erathi. Mas isso era um mistério para se desvendar em uma outra hora.

Os dois veniri pararam, lado a lado, próximos da rainha. Matthias deu um passo adiante, mas deteve-se quando vários veniri sibilaram e se colocaram na frente dos portadores dos tomos.

Ele encarou a rainha.

— Preciso constatar se são autênticos.

Ela sorriu, evidentemente desfrutando desse domínio sobre ele.

— Onde está a garota? — Foi tudo que ela disse.

Foi a vez de Matthias conter sua irritação. Ele levantou a mão e gesticulou para os caçadores atrás de si. Em poucos instantes, quatro caçadores trouxeram uma longa caixa térmica de polietileno azul e colocaram-na no meio de Matthias e da rainha.

Uma fome voraz ingressou nos olhos dela.

— Abra — ordenou.

Todos os caçadores se voltaram para Matthias. Ele deixou o momento se arrastar um pouco mais do que o necessário, então assentiu. Um de seus homens se abaixou, ergueu as quatro travas e abriu a tampa. Axel começou a arrastar novamente os pés e Matthias lhe lançou um olhar.

Uma névoa branca saía da caixa térmica à medida que a rainha se aproximava, os tentáculos azuis rodopiando em seu rastro. Depois de alguns segundos, a bruma se dissipou, revelando o corpo de uma jovem deitada em uma cama de pedras de gelo. Seus longos cabelos castanhos se espalhavam sobre os cubos e veias azuis cobriam sua pele pálida, quase transparente. Em seu pescoço havia um talho grotesco.

Matthias ficara furioso quando descobriu que o caçador inútil que tinha enviado atrás de Violet matara a garota errada. Depois de mais ou menos uma semana sem conseguir localizar seu verdadeiro alvo, eles decidiram recuperar o corpo da garota do necrotério. Felizmente, a garota que foi morta por engano se parecia muito com Violet e, desde que Matthias conseguisse o que queria, não se importava com o que fosse acontecer depois que a rainha percebesse que tinha sido enganada.

O espírito azul inclinou sua cabeça para observar a garota. Sem desviar os olhos, ela levantou uma mão e um dos veniri se aproximou da caixa térmica azul. Ele se agachou para pegar nos ombros da garota.

— O que está fazendo? — Matthias reclamou.

— Eu preciso constatar sua autenticidade — falou a rainha.

Matthias estreitou os olhos. Ele não gostou do tom, ou da reutilização de suas palavras, e muito menos do risco de sua decepção estar prestes a ser revelada.

Axel começou a ficar inquieto outra vez.

Os cubos de gelo trincaram quando o veniri rolou a garota de frente.

Matthias franziu as sobrancelhas. O que este reptante estava procurando? Axel e ele trocaram um olhar carregado.

— Sem cicatrizes — chiou o veniri.

Cicatrizes? Ninguém mencionara nada sobre cicatrizes.

O veniri levantou-se e disparou um olhar acusador a Matthias.

— Esta não é Violet Chambers.

Em um átimo de segundo, o espectro da rainha ficou a um milímetro do nariz de Matthias.

— Você ousou enganar a *mim*! — Sua voz não mais tilintava; em vez disso, parecia uma unha sendo arrastada em um painel de vidro.

Todo o corpo de Matthias tremeu com a adrenalina. Ele desviou o olhar para seu braço estendido; a ponta de sua adaga perfurou exatamente onde estaria o coração do espectro. Feixes turquesa serpenteavam e ondulavam ao redor de sua mão e da adaga de diamantium.

Pela visão periférica, Matthias viu os veniri e os caçadores fecharem suas fileiras em torno dele e da rainha, ambos os lados prontos para atacar ao comando de seu líder.

— Cuidado, *reptante* — Matthias avisou em um sussurro. —

Apenas uma palavra minha e nenhum de sua espécie retornará para casa esta noite.

A rainha arreganhou os dentes, nem um resquício de sua amabilidade anterior sobrando. Mesmo em sua ira, ela ainda era uma deusa da beleza.

— Você está falhando em compreender que, se eu não conseguir o que eu quero, você também não conseguirá o que deseja.

O rosto de Matthias se distorceu em uma carranca. A ordem para atacar estava na ponta da sua língua, mas um relance para os tomos o deteve. Claro que ele e seus homens poderiam pegar os tomos à força e aniquilar até o último reptante nesta clareira, mas haviam mais tomos do que somente esses dois. E, até agora, nenhum caçador foi bem-sucedido em descobrir onde os veniri se escondiam e, menos ainda, onde os tomos estavam guardados.

Sua frustração crônica surgiu. Os satélites podiam rastrear telefones e dispositivos em todo o planeta — conseguiam até mesmo fornecer uma imagem em close-up de um carro estacionado na própria garagem — e, no entanto, a tecnologia ainda não era eficiente o bastante para descobrir onde esta rainha e sua escória veniri se ocultavam.

Matthias engoliu a bile enquanto o pânico agitava suas entranhas. Ainda precisava manter essa aliança temporária. Não havia garantias de que encontraria a cidade veniri em um futuro próximo.

Hora do plano B.

— Curtis! — bradou. Todos ficaram quietos. — Onde está Curtis?

— Aqui, chefe. — Um dos caçadores andou até ele.

— Foi você quem trouxe essa caça. Agora, me diga, quem é essa?

Matthias agarrou a nuca de Curtis e o arrastou até a caixa térmica. Curtis grunhiu quando seu rosto foi empurrado até estar quase encostando no da garota morta.

— *Quem é essa?* — Matthias rosnou quando Curtis não respondeu.

— É... é aquela garota, Violet.

— Não — disse Matthias, entre dentes. Ele pegou o telefone com a mão livre, encontrou uma foto de Violet e o segurou embaixo do nariz do caçador. — Esta é Violet.

Os olhos de Curtis se arregalaram.

— Mas... mas, c-chefe, você fa-falou...

Matthias elevou a voz por sobre a gagueira de Curtis.

— Não vou tolerar ser ludibriado por meus próprios homens. — Ele soltou o pescoço de Curtis e se virou para se dirigir aos outros caçadores. — Que isso sirva de aviso para quem pensa que pode me enganar.

Ele alcançou seu machete de diamantium, girou-o e, em um arco amplo de sua lâmina, decepou a cabeça de Curtis na altura dos ombros. A cabeça despencou no chão e o restante do corpo desmoronou para a frente.

Sem se importar em limpar o sangue, Matthias embainhou o machete e se voltou para a rainha.

— Perdoe-me, Majestade. Meus homens falharam com nós dois. — Ele pôs a mão em seu coração. — Vou me assegurar de que isso não volte a acontecer.

Os olhos da rainha arderam com uma intensidade selvagem e um canto de sua boca se ergueu em um riso. Matthias conhecia essa expressão muito bem — ele mesmo costumava fazer isso logo após uma morte. A sede de sangue, o desejo por mais.

Ela encarou o veniri que inspecionara o corpo da garota e ele fustigou sua língua.

Um músculo se contorceu na mandíbula de Matthias. Jurou que a próxima língua que visse se juntaria à cabeça de Curtis no chão.

O veniri virou-se para a rainha e disse:

— Amêndoas.

Matthias franziu o cenho. O que isso poderia significar?

A rainha encarou Matthias com um pestanejar lento.

— Você afirma que isso nunca vai acontecer de novo?

— Tem a minha palavra e as minhas mais sinceras desculpas.

— Excelente.

A exultação substituiu seu pânico corrosivo.

A aparição delgada deslizou até ele, a sede de sangue ainda persistindo em sua expressão serena.

— Está avisado, caçador, não serei tão misericordiosa da próxima vez. — Apesar da ameaça em suas palavras, seu tom era baixo e rouco, como se estivesse falando com um amante. — Por enquanto, vou cumprir o que resta do nosso acordo, o diamantium pelos yranum. No entanto, espero agora receber *as minhas três* caças sem mais delongas e, desta vez, quero todas *vivas*.

Vários veniri avançaram para apanhar o contentor de metallikite, renovando os lamentos e gemidos em seu interior. Os portadores dos tomos começaram a caminhar, movendo-se em direção à margem da clareira.

— Espere! Os tomos! — Matthias gritou, dando um passo à frente, dolorosamente ciente de que seu tom e expressão eram um pouco ansiosos.

O espectro o encarou com os olhos cerrados.

— Você terá seus tomos quando eu receber minhas *verdadeiras* caças.

— Nesse caso, eu mudo de ideia sobre o pagamento pelos yranum. Quero os tomos no lugar dos fragmentos.

Um misto de emoções passou pelo rosto do espectro, antes que suas feições se tornassem neutras. Ela cruzou os braços.

— Não foi isso que combinamos.

— Não, mas você está esquecendo que eu consegui obter *mais* do que o combinado. Então estou mudando o acordo.

A rainha estreitou os olhos. O olhar dela atingiu seu cerne e, pela primeira vez em muito tempo, Matthias achou difícil não desviar o olhar dos olhos desafiadores de alguém.

Ela não é humana, lembrou a si mesmo. Ela era suja. Uma aberração, uma atrocidade anormal.

— Os tomos pelos yranum, ou não tem acordo.

A rainha desdenhou.

— Eu não irei...

— Rapazes, parem o contentor — exigiu Matthias.

Ele se obrigou a manter contato visual com a rainha, mas, pelo canto de sua visão, podia ver seus homens bloqueando o caminho dos veniri que carregavam o contentor. Mesmo com as armas de diamantium apontadas para eles, os veniri não mostraram sinais de que iriam desistir.

Matthias deu à rainha um sorriso presunçoso.

— Existem muitos outros compradores que estariam dispostos a pagar uma quantia substancial por esta pequena família yranum.

Um riso improvisado escapou dela.

— Estou curiosa para saber qual dos seus compradores vai pagar o que você mais deseja.

— E você? — Matthias retrucou. — Qual dos seus reptantes vai conseguir obter mais yranum para você? Você mesma disse que nenhum deles é capaz.

O júbilo borbulhava no peito de Matthias conforme a expressão da rainha endurecia. Ele a tinha. De jeito nenhum ela iria embora sem os yranum em sua posse.

Por fim, ela casualmente agitou uma mão.

— Tudo bem, vou permitir que o pagamento mude. Mas apenas para *um* dos tomos. — A rainha diminuiu a distância até que seu rosto ficasse a poucos centímetros do dele. — Esta é a última vez que o acordo irá mudar. E a partir de agora, espero que se dirija a mim como Vossa Alteza.

Enquanto a rainha esperava por sua resposta, ela o analisava, piscando vagarosamente. Ele não conseguia compreender sua expressão. Se fosse honesto consigo mesmo, haviam aspectos sobre ela que o intrigavam.

— Feito — disse Matthias e, após alguns instantes, acrescentou: — ...Vossa Alteza. — Não se incomodou em esconder seu desprezo.

Uma inconfundível margem de obscuridade permeou o largo sorriso dela.

Ignorando os olhares de protesto de seus homens, Matthias gesticulou para que eles se afastassem do contentor.

— É uma sorte que você tenha recuperado o bom senso — disse ele.

A empolgação brilhava no olhar da rainha, mas ela não abandonou sua atitude triunfante à medida que o contentor desaparecia dentro da noite. Assim que ficou fora de vista, ela movimentou sua mão e um dos reptantes com o tomo surgiu ao seu lado.

Uma agitação profunda estremeceu Matthias, do centro do seu peito até as pontas dos dedos. Com algum esforço, acomodou suas feições em indiferença. Isso era o mais próximo que ele já havia chegado de um desses artefatos. Raios, provavelmente era o primeiro erathi a colocar os olhos em um deles em mil anos. Seus olhos dançaram sobre as inscrições e incrustações coloridas no revestimento dourado do tomo. Odiava a ideia do outro tomo permanecer com os reptantes, mas era só uma questão de tempo antes que estivesse, também, em sua posse.

O reptante começou a repassar o tomo para Axel.

— Não! — exclamou Matthias.

Ele se adiantou e empurrou Axel para fora do seu caminho. Quando segurou o tomo, o peso fez com que seus joelhos fraquejassem. Ele ajustou seu apoio e conseguiu se erguer, mas não antes que a aparição arqueasse uma sobrancelha e encurvasse a boca em um sorriso. Até mesmo o reptante que antes segurava o tomo fitou Matthias com uma risada condescendente.

O calor subiu para o seu rosto e pescoço, mas com o tomo nas mãos, ele não ligou.

— Quanto ao restante da nossa transação — soou a voz de sino da rainha —, não demore muito, meu querido. Eu também tenho outros que estão interessados no que possuo.

Seus dentes cintilaram em um último sorriso e a imagem azul delgada se dispersou no vazio.

Matthias cerrou a mandíbula, mas seu surto de raiva durou pouco. Estava com o livro. Isso era tudo o que importava.

Sem mais demora, todos os reptantes voltaram para as sombras; o último deles transportando o baú de diamantium.

E uma vez mais, os caçadores ficaram sozinhos na clareira.

— Axel, tire sua jaqueta — falou Matthias.

— O quê? Por quê?

— Apenas faça — ordenou, carregando seu tesouro para a parte traseira de uma das picapes.

Fez um gesto para um dos caçadores baixar a porta do bagageiro e disse para Axel posicionar sua jaqueta ali.

Tão gentilmente quanto podia, ele colocou o tomo sobre a jaqueta de Axel. Os holofotes do caminhão moldavam cada detalhe glorioso do artefato antigo em um relevo nítido.

— Só isso? — Axel se queixou, aparecendo ao seu lado. — Depois de tudo aquilo, isto aí é tudo o que recebemos? Ouro?

— Isto não é apenas ouro, Axel — disse Matthias.

Ele passou os dedos pelas saliências e entalhes da capa em relevo. O design era mais glorioso do que jamais imaginara. Joias incrustadas e pedras preciosas adornavam as figuras, hieróglifos e símbolos egípcios antigos.

— Tudo bem, então conseguimos um pouco de ouro e algumas pedras bonitas — Axel zombou. — O diamantium vale cem vezes mais do que qualquer uma delas.

Alguns dos outros caçadores concordaram.

— Não é o ouro que tem valor — disse Matthias. — É o que está dentro.

Ele abriu o tomo na primeira página, revelando outra imagem magnífica de figuras egípcias em seu icônico desenho de perfil. Seus olhos ambiciosos analisaram o texto hieroglífico e seu coração acelerou ao reconhecer algumas das frases. Ele passou para a próxima página e, em seguida, para a outra. Cada imagem cravejada de pedras preciosas era mais detalhada do que a anterior.

Ele parou nas duas páginas finais — uma página dupla retratando uma mulher com os braços estendidos. Ela usava uma coroa deslumbrante e um lindo vestido multicolorido. Dos seus ombros se alastravam gloriosas asas de malaquita e lápis-lazúli, cada pena contendo pontas de ouro.

— É isso, rapazes — disse Matthias. Ele deslizou seus dedos sobre a superfície ondulada com penas azuis, verdes e douradas. — Vamos recuperar nossas asas.

AGRADECIMENTOS

Nossa! Por onde eu começo?

Escrever este livro foi uma jornada muito divertida e emocionante, mas também cansativa, assustadora e épica. E, naturalmente, há uma série de pessoas sem as quais não existiria "Fragmentos de Vênus".

Em primeiro lugar, devo um agradecimento fenomenal ao meu Senhor e Salvador, Jesus Cristo. Sem o Seu incrível sacrifício, eu teria posto um fim em tudo isso há muito tempo. Ofereço toda a honra a Ti, ao Pai Celestial e ao Espírito Santo, por minha vida e por tudo o que há de bom nela. Muito obrigada!

Ao meu esposo maravilhoso, o seu apoio e incentivo foram espetaculares! Um enorme obrigada por seu feedback e pelo seu envolvimento nesta jornada até agora. Palavras não podem expressar o quão grata eu sou, nem o quanto eu te amo.

Annabelle, você é um encanto e me traz muitas alegrias. Você é tão criativa e imaginativa, estou sempre ansiosa para ver o que você vai realizar em seguida. Te amo demais!

Um grande obrigada à minha mãe por me criar e educar, por

estar ao meu lado sempre que eu preciso, por alimentar meu vício em Enid Blyton e por me apresentar a autores como Frank E. Peretti, C.S. Lewis e J.R.R. Tolkien. Acho que posso tranquilamente culpar você por despertar minha imaginação selvagem, rsrsrs!

Um muito obrigada ao restante da minha família! Sou muito abençoada por fazer parte de uma família tão maravilhosa. Significa muito ter o amor e o apoio de vocês em todos os momentos bons e até mesmo nos ruins.

Ao Grupo de Escritores Unidos; Carleton Chinner, Julie Dickson, Tim Edwards, Suzie Eisfelder, Tarryn Mallick, e Katarina Smythe. Pessoal, vocês são FANTÁSTICOS! Sou muito feliz por ter conhecido vocês e, eventualmente, ter reunido coragem para compartilhar minha pequena história iniciante. Obrigada por todo o feedback, o apoio, as ótimas risadas e o incentivo para continuar escrevendo.

Adele Ritchie, Treece e Dan Stubbs, Lisa Meehan, muito obrigada por estarem disponíveis para ouvir todas as minhas ideias malucas e me ajudar a pensar e consertar vários dos meus furos na trama. Vocês são demais!

Um grande abraço a todos os meus leitores beta, Beryl Peachey, Beth Joyce, Donna Thornton, Gail Donges, Kylee Beauclerc, Karen Drescher, Kat Eveans, Kerrianne Draper, Kristy Phebey, Monica Murray, Rebecca Hampson, Rosie Barlow, tia Sandra Coleman e Tessa Wakefield, que ofereceram o seu precioso tempo para ler meu manuscrito e me fornecer um feedback sincero. Assumir um papel de leitor beta é um trabalho memorável e eu sou realmente grata.

Kirstin Andrews, muito obrigada por todo o trabalho que você colocou na editoração da minha história. É realmente uma honra tê-la como minha editora. Não tenho palavras para descrever o quão grata eu sou. Muito obrigada!

Pela capa fantástica, um muito obrigada à incrível equipe do

Deranged Doctor Design por seu trabalho genial ao trazer meu mundo visualmente à vida. Nossa! Eu não consigo parar de olhá-la...

Espero não ter esquecido ninguém. Se tiver, sinto muito mesmo! Beijos!!

SOBRE A AUTORA

Tjalara Draper começou sua carreira de escritora no início de 2016, quando as histórias em sua louca imaginação continuavam a crescer. Depois de alguns cursos online de Escrita Criativa, ela estava totalmente convencida de que precisava seguir seu maior sonho, o de se tornar uma autora. "Fragmentos de Vênus", uma fantasia paranormal/urbana sobre metamorfos, foi a primeira escolha de todas as suas ideias para a história.

Ela é esposa de um homem maravilhoso e mãe de uma garotinha enfezada, que se torna mais criativa e extrovertida a cada dia que passa.

Quando Tjalara não está escrevendo seu próximo livro ou enfrentando monstros de lavanderia e brincando de luta livre com a lava-louças, está em algum lugar voando em cadeiras de desejos, nadando com sereias, marcando sua pele com as runas de caçadores das sombras, criando dragões ou servindo como degustadora de venenos para o comandante.

ENTRAR EM CONTATO:

Página da Web: www.tjalaradraper.com
Facebook: Pesquisar por Tjalara Draper Author
Instagram: Pesquisar por @tjalaradraper_author
Amazon: Pesquisar por Tjalara Draper, Shards of Venus

www.ingramcontent.com/pod-product-compliance
Lightning Source LLC
Chambersburg PA
CBHW020941310726
48980CB00001B/2

* 9 7 8 0 6 4 5 6 8 8 0 0 9 *